片手の楽園

サクラダリセット５

河野 裕

目次

主な登場人物

浅井《あさい》ケイ《けい》　見聞きしたことを決して忘れない能力「記憶保持」を持つ少年。

春埼《はるき》美空《みそら》　世界を最大三日分、元に戻せる能力「リセット」を持つ少女。

相麻《そうま》菫《すみれ》　「未来視」の能力を持つ少女。二年前に死亡したが、ケイたちの力で再生した。

野ノ尾《ののお》盛夏《せいか》　咲良田の猫の動向を把握する少女。

片桐《かたぎり》穂乃歌《ほのか》　九年間眠り続けている女性。

宇川《うかわ》沙々音《ささね》　管理局の協力者。大学一年生。

浦地《うらち》正宗《まさむね》　管理局局員。

野良猫屋敷のお爺さん　野ノ尾盛夏の古くからの知り合い。

チルチルとミチル　「夢の世界」の神さまと少女。

プロローグ

ガラス窓の向こう側を、ショートカットの女の子が歩いて行く。

彼女が相麻菫《そうますみれ》にみえて、浅井《あさい》ケイは窓の外に視線を向けた。でもその子は、ちっとも相麻に似ていなかった。後ろ姿でもはっきりわかる。背の高さも、耳の形も、歩幅だって。髪型のほかは、まったく違う。

ようやく夏が終わりつつある、九月半ばの街角を、その女の子は軽快なリズムで弾むように歩く。なにか良いことがあったのだろうか。そう考えながらケイはコーヒーカップに口をつける。久しぶりに注文したホットコーヒーは、まだ少し季節にそぐわない。

「結論からいえば」

抑えた女性の声が聞こえて、ケイは視線を喫茶店の店内に戻した。

正面には黒いスーツを着た女性が座っている。歳はおそらく二〇代の後半だろう。化粧も最低限の淡泊なものだし、装飾品の類《たぐい》はなにも身につけていない。注意深く、人目につかないよう息をひそめているような女性だ。

索引《さくいん》さん、というのが彼女の名前だ。もちろん本名ではない。ケイは彼女の本名を知らない。知っているのは、彼女が管理局の局員で、能力に関する膨大な情報のすべてにアクセスする権限を持っていることだけだ。

留守番電話にメッセージを吹き込むような、明瞭《めいりょう》な口調で、索引さんは言った。

「管理局は貴方《あなた》の希望を承諾しました。貴方に奉仕クラブ部員として、彼女の能力の調査を依頼します」

ケイはじっと索引さんの瞳《ひとみ》を観察する。

そこにはわずかな困惑があるようにもみえた。だがあるいは、困惑を浮かべているのは、彼女の瞳に映るケイ自身なのかもしれない。

――こうも簡単に、許可が出るとは思ってなかったんだけどね。

浅井ケイが索引さんに連絡を取ったのは、三日前のことだ。

ある女性の能力について、どうしても詳しく知りたくて、索引さんに電話をかけてみたのだ。

その時点での索引さんの返事は、肯定的なものではなかった。一応は上司に確認を取るけれど、おそらくは無理だろう、というニュアンスがあった。ケイも別の手段を用意するつもりだったが、今日索引さんに呼び出されて、あっさりと許可をもらえた。

予想外に物事が上手《うま》くいくのもなんだか不安だ。管理局の思惑が読めない。でも、喜ばしいことなのは事実だから、ケイは軽く頭を下げる。

「我儘《わがまま》を聞いてくださって、ありがとうございます」

索引さんは首を振る。

「貴方のために許可を出したわけではありません。管理局としても、彼女の能力については、詳しい調査を求めていました。それに貴方の能力は、間違い探しには最適です」

ケイは索引さんの言葉を繰り返す。

「間違い探し」

目的の能力を考えれば、的確な表現だ。

咲良田《さくらだ》内のある病院に、ずっと目を覚まさない女性がいる。彼女はもう長いあいだ、安定した、ひとつの夢を見続けている。そして彼女は自由に自身の夢を作り替え、その中に他の人を招待する能力を持っている。言い回しを変えるなら、「夢を利用して仮想現実を作る能力」ということになる。

彼女は夢の中に、現実そっくりなもうひとつの世界を作り上げた。

「貴方にはリセットしてから、彼女の世界に入っていただきます。現実世界と同じ一日を夢の中の世界でも過ごすことで、夢の世界と現実の世界がどこまで同じなのか、もし相違点があるとすればなぜその違いが発生するのか、調査してもらうことになります」

だから、間違い探し。

ふたつの世界の、違いを探す。

ケイは頷《うなず》く。

「わかりました。すぐに調査を開始しても？」

「いえ。彼女の病室は特別ですから、少し手続きに時間がかかります。担当部署の承諾は得ていますが、まだ手順の詳細を詰め切れていません」

ケイはまた、索引さんの言葉を反復する。

「手順の詳細」

反復は効率的な会話方法だと思っている。一方で、効率を求めるような会話はできるだけ避けたいとも。でも管理局員との会話というのは、高校生にしては珍しい、効率的である場面のひとつだろう。

索引さんはほんの少しだけ、困った風に視線を落とす。

「つまり起こり得る問題を羅列し、対策をマニュアル化しておく必要がある、ということです。貴方の調査期間は来週の土曜と日曜を予定しています」

「わかりました。問題ありません」

ケイはもう一度、コーヒーカップに口をつけて、微笑んだ。

「でも、少し意外ですね」

「許可のことですか？」

「それもですが、貴女《あなた》とふたりきりで会えることが」

「もちろん、私たちを監視している管理局員はいます」

「そうだとしても、ただの伝言に、貴女が現れるとは思いませんでした」

ケイは二年前、彼女から情報を引き出すためだけに、管理局と対立したのだから。

索引さんは眉《まゆ》をひそめるような、不思議な表情で微笑んだ。

「私自身が希望したことです」

「へぇ。どうしてですか？」

「個人的な疑問があります」

それは、いつも無機質な管理局員にはそぐわない言葉だ。

索引さんは息を吐き出す。ため息とも呼べないような、小さな吐息を。その動作もまた、管理局員にはふさわしくないように思う。

「貴方はどうして、夢の世界に入ることを望むのですか？」

夢の世界。ある女性が、能力によって生み出した世界。

現実そっくりに作られた、だが現実ではない世界を、浅井ケイは求めている。

ケイは軽く目を閉じる。口の中にはまだ、コーヒーの熱が残っている。

理由は先月――八月二八日、二年前に死んだ少女が再生したことに起因する。

相麻菫。ケイは彼女と、テトラポットの上で再会した。

＊

空の低い位置が、赤く染まりつつあった。

テトラポットが赤橙色《せきとうしょく》の空気に沈む。二年前の四月八日、初めて相麻菫と出会った場面を再現するように。

――いまさらだ。

浅井ケイは内心でため息をつく。

もう二年前とは違う。あのころには戻りようがない。浅井ケイと相麻菫の関係も、浅井ケイと春埼《はるき》美空《みそら》の関係も、まったく違っている。

なのに相麻菫は二年前と同じ姿、同じ表情で笑う。記憶にある通り平然と、胸の中心に安定した自信を持っているように。彼女の瞳をじっとみつめて、決して目をそらさないよう気をつけて、ケイは言った。

「これから、どうするつもりなの？」

相麻菫は二年前に死んだ。そして能力によって、写真の中の世界で復元され、ケイが外の世界に連れ出した。これを、生き返った、と表現して良いのかはわからない。

「家族も昔の知り合いも、君が死んだと思っている。お墓には君の骨が入っているし、死亡届も提出されている。法律が、世の中のルールが、君を死者として扱う。そんな状況で、まともに生活できるとは思えない」

「ええ、そうね」

「君はこれから、どうするつもりなの？」

彼女は微笑んだまま、軽く肩をすくめる。

なんでもない風に、目の前にあるすべてが取るに足らない問題だという風に。そんな仕草が似合う中学二年生の女の子を、ケイは彼女のほかに知らない。

「どうにかするわよ。自分のことくらい」

頷くことは簡単だった。相麻菫を信頼するのに理由なんていらない。

でも今だけは、色々なことをひとつずつ、丁寧に確認する必要があるのだと思う。

「具体的に、どうするつもりなのかを教えてもらえるかな？」

「もしかして、心配してくれているのかしら？」

「もちろんだよ。相麻を生き返らせたのは僕だし、大切な友達だし、君はまだ一四歳の女の子だ。心配する理由なんて、いくらでもある」

小さな声で、彼女は笑う。

なんだかくすぐったそうに、少しだけ嬉《うれ》しそうに。

「そういえば二年ぶん、貴方は年上になったのね。一〇月には、一六歳？」

彼女につられて、ケイも微笑む。

「君はいつもそうやって、すぐに話を逸《そ》らす」

「貴方は、そんな話が好きでしょう？　本題をはぐらかして、その周りをくるくるしている、回遊魚みたいな話し方が」

その通りだ。けれど今だけは、まっすぐ話すべきことを話そうと思う。

夕陽は足を止めずに立ち去っていく。その後ろ姿はすでに、西の家々の向こうに消えつつある。東の空からは夜が近づいてくる。時間の流れは止まらない。

「できれば君には、普通の女の子と同じように生活して欲しい。きちんと両親の元で生活して、また学校にも通って欲しい」

相麻は軽く目を伏せた。

「そんなことが、可能だと思う？」

「管理局さえその気になれば、死んでしまった過去を消し去ることくらいできる。僕だって咲良田の外では、存在しない人間になっているんだ」

ケイは四年前、この街――咲良田に訪れた。それまで咲良田の外でケイが生活していた痕跡《こんせき》は、管理局によって綺麗《きれい》に消えてなくなった。でも咲良田にいる限りは、普通の高校一年生として生活できる。

彼女は首を振った。

「だめよ。管理局にはまだ、私のことを知られたくないの」

「魔女のように捕らえられてしまうから」

「ええ。私はまだ、管理局のシステムに取り込まれたくない」

魔女。相麻と同じ、未来を知る能力を持っていた女性。

彼女は名前すら失い、管理局の監視下で、三〇年近い時間を独りきりで過ごした。

未来視とはそれだけの価値を持つ能力だ。ひとりの女性からあらゆる自由を奪い、ただの機能としてシステムの一部に組み込んでしまうだけの価値がある。

「管理局にみつからないまま、私を普通の女の子にすることが、貴方《あなた》にできる？」

そう言って、相麻菫は挑発的な笑みを浮かべる。

自信はなかった。でもケイは頷《うなず》く。

「ひとつ、考えていることがあるんだ」

不確かだけど、ひとつだけ。

二年前に死んで、今日再生した相麻菫をどこにでもいる女の子にする方法について、ケイは考えていた。

「相麻。家族と一緒に、咲良田の外に移り住んだらどうだろう？」

この街を出ると、人は能力に関する記憶を失う。

能力なんて存在しない、もっとも自然で都合のよい記憶に置き換わる。

——相麻菫は死に、能力によって再生した。

でも、その記憶も置き換わるだろう。能力がなければ、死者が生き返ることなんて有り得ないのだから。そもそも相麻が死んだという記憶が変化するはずだ。

「咲良田の外に出れば、君の死は消え去るはずだよ。君自身の記憶からも、消えてなくなるはずだ」

相麻菫がただの女の子に戻る方法として、これが最適だと思う。

彼女は軽く、首を傾げた。

「そんなに上手《うま》くいくかしら？　たとえば私が死んだことは、どんな記憶に置き換わるの？」

確かに、現状では不明瞭《ふめいりょう》な部分が大きすぎる。それに能力によって再生した彼女を咲良田の外に出すことには、直感的な不安もある。

このままではギャンブルみたいなものだ。

「でも、相麻。上手くいくかどうか、君にならわかるはずだよ」

本来ならこんな会話をする必要もない。

相麻菫は未来を知る能力を持っているのだから。ケイの計画の結果を、初めから知っているはずだ。

「教えて欲しい。君は、咲良田の外に出れば、普通の女の子になれるのかな？」

上手くいくなら、とりあえず相麻の再生に関する問題は解決する。

もしだめなら、別の方法を考えなければいけない。

そう思っていた。なのに。

「秘密」

と、彼女は言った。

ケイは内心でため息をつく。

「ねぇ、相麻。これはとても真面目な話なんだ」

「私もよ。とても真面目に、誠実に、今は秘密としか答えられないの」

「どうして？」

「これが未来をみて判断した結果だから。私が求める未来のために、これがもっとも適切な回答だから、今はなにも答えられない」

その言葉は、反則じみていた。

未来視能力者に未来のためだと言われたとき、否定する方法をケイは知らない。

「わかったよ。なら、僕が勝手に調べてみる」

相麻菫が咲良田の外に出ると、どうなるのか。まるで未来を知るようにそれをシミュレーションできる方法を、まずは探そうと思う。

相麻は困った風に、小さな声で笑う。

「私のことは、気にしなくていいわよ」

ケイは首を振った。

「そんなわけにはいかない。君を生き返らせたのは、僕だ」

彼女が平穏に過ごすための、正しい手段をみつけださなければならない。

だが相麻は、強い口調で否定した。

「違う。私が貴方を利用して、勝手にまた生まれたの。貴方が責任を感じる必要なんてない」

「君がなにを考えて、なにを計画していたとしても関係ないよ。僕が決めて、僕が実行したんだ。もし君が生き返ったことを後悔するなら、それは僕の責任だ」

彼女はわずかに首を傾げた。

それはどこか幼さが残る動作だった。まるで、年下の女の子みたいに。ただの一四歳の女の子みたいに、首を傾げて笑った。

「なら、それでいい。私は全部、私の責任だと思っている。貴方は全部、貴方の責任だと思っている。庇《かば》い合っているみたいで素敵ね」

口調は明るい。相麻菫の本心は、いつだって不透明だ。きちんとラッピングされたプレゼントボックスみたいに。目を引くけれど、中身はわからない。ふたを開けるには、綺麗な包装紙を破り取る必要がある。

包装紙に爪を立てるために、ケイは言った。

「君にも責任があると考えているのなら、ひとつだけ約束して欲しい」

「なに？」

「もう勝手に、死んでしまわないで」

そしてできるなら、彼女自身が幸せになるためだけに生きて欲しい。

相麻はじっとこちらの瞳《ひとみ》を覗《のぞ》き込む。

「どうして私が、死ぬと思うの？」

「いくら君でも、誰にも知られず生きていくなんてこと、できはしないよ」

法的には死んだまま、人々の記憶の中では死者のまま、一体どうすればまともな生活を送れるというのだろう。それはあまりに、現実味のない話だ。

「なんだか君は、たったひとつの目的のためだけに生き返ったようにみえる。目的を果たしてしまえば、また死んでしまうような。それくらい不安定にみえるんだ」

相麻が再び死ぬようなことを、許すわけにはいかない。

ケイは空の向こうに視線を向ける。

いつの間にか陽は沈んでいた。この街は深い群青色に覆われつつある。夕刻というのは気がつけば終わっているものだ。風のように頬を撫《な》で、後にはなにも残さない。

「そんなの錯覚よ。せっかく貴方に再会できたんだもの。死んでしまうはずなんて、ないでしょ」

そう答えた彼女の声は、夕陽のように綺麗で、後にはなにも残らなかった。

＊

相麻菫を、ありきたりな女の子にするために。

彼女がこれから、なるたけ平穏な生活を送れるように。

浅井ケイは相麻菫を咲良田の外に連れ出したとき、なにが起こるのか調べようと決めた。

すべてが上手くいくなら、相麻菫は能力に関する知識を失い、自身が死んだことさえ忘れて、ただの中学二年生になれるだろう。上手くいかなければ――どうなるのか、ケイにはわからない。それは想像し切れるものではない。

だから極力安全に、その結果を調べる方法が必要だ。厳密で的確なシミュレーションができる実験装置を探していた。

そしてみつかったのが、能力によって作られた世界だ。

現実そっくりに作られた、だが現実ではない夢の世界。偽物の世界を使って、そこにいる夢の世界を作り上げた能力者の協力を得て、ケイは相麻が平穏に生活するための実験をすることを決めた。

瞼《まぶた》の裏側には、未《いま》だ夕陽の赤い光が残っていた。ケイはそっと目を開く。目の前には、こちらの顔をまっすぐに見る索引さんがいる。

――貴方《あなた》はどうして、夢の世界に入ることを望むのですか？

彼女にその答えを返さなければならない。ケイは注意深く口を開く。

「興味があるんですよ。夢の中とはいえ、世界を作ってしまえるような能力者に」

「どうして？」

「だって、そんなの、神さまみたいなものじゃないですか。僕は神さまに憧《あこが》れているんです」

その言葉は、まったくの嘘ではない。だがもちろん真実でもない。今ここで、相麻菫の名前を出すわけにはいかない。

索引さんはおそらく、ケイが隠し事をしていることに気づいただろう。だが彼女は、それについては触れなかった。代わりに言った。

「貴方は写本と聞いて、なにを連想しますか？」

――写本？

唐突な言葉だ。わけがわからなかった。

「とくに、なにも。強いて言うなら、聖書のようなものですね」

宗教関係の書物には写本が多いように思う。古くからあり、複製を必要とした本が、その辺りに集中していることが理由だろう。

索引さんはじっとこちらの顔をみていたけれど、やがて頷《うなず》いた。

「なるほど。いいでしょう。話は以上です」

彼女は席を立つ。カップの中に、まだ半分ほどコーヒーを残したまま。

椅子を戻し、こちらを見下ろして、言った。

「最後にひとつだけ、忠告を」

「なんですか？」

「私の上司は、貴方に興味を持っています。もちろん貴方が先月、魔女にしたことも理解しています。今回の件も彼の意向がなければ、許可は下りなかったでしょう」

興味。嫌な言葉だ。評価がプラスだかマイナスだかはわからないけれど、ゼロではないことだけは伝わる言葉。自業自得ではあるけれど、管理局から注目されるなんてことは厄介なイメージしか湧かない。

「それで？」

「貴方は注目されている。もう二年前のような無茶はしないように。それだけです」

ケイは注意を払って、軽く微笑む。

「ええ、わかっています。ご忠告、ありがとうございます」

「それでは。詳しいスケジュールに関しては、また連絡します」

彼女は背を向けて歩き出す。ケイは彼女の後ろ姿を見送った。

索引さん。能力に関する情報すべてにアクセスする権限を持つ管理局員。

――管理局内の構造なんて、わからないけどね。

彼女の上司が、権力を持っていないはずがないだろう。そして管理局の権力者なんかには、できれば関わりたくなんかない。

――僕は相麻の件だけで、もう手一杯なんだよ。

声には出さずに、そう呟《つぶや》く。

そんな言葉を、もちろん誰にも聞かれるわけにはいかない。

1話　レプリカワールド

1　九月二二日（金曜日）――二回目

左隣に座った春埼美空は、携帯電話を片耳に当てて言う。

「九月二二日、一二時四七分、〇八秒です」

浅井ケイは彼女に視線を向ける。

「どうやら、リセットしたみたいだね」

芦原橋《あしはらばし》高校の二学期が始まって、二〇日ほど経つ。屋上へと続く階段の途中、窓から射し込む光を避けた位置にふたりは座っていた。

秋の始まりは陽と影がくっきりと分かれている。日光を浴びればまだ暑いけれど、日陰に入ってしまえば快適だ。

春埼美空はこくんと頷く。それから膝《ひざ》の上にふたつ重ねていた弁当箱の一方を、兎《と》にも角にも、といった様子でこちらに差し出す。

ケイは「ありがとう」と答えてそれを受け取り、続ける。

「予定通りだよ。明日、九月二三日。僕たちは一緒に街をぶらぶらして、夕食を食べてからリセットした」

管理局に指示された通りに。これらは夢の世界を調査するための準備だ。

現実と夢の世界の差異を見比べるなら、同じ一日を、同じ人物が調査するのが望ましい。春埼のリセットを使えばそれが可能だ。

リセットは最大で三日ぶん、擬似的に時間を巻き戻す。まったく同じ一日を、現実と夢の中の世界で、それぞれ体験することができる。

こういった事情に関しては、春埼にもすでに伝えていた。

「僕たちは明日、病院に行って、夢の世界に入る」

「相麻菫を咲良田の外に連れ出す実験をするために、ですね？」

「うん。でも表向きは、ただの奉仕クラブの仕事だよ。相麻のことはできるだけ口にしない方がいい。彼女はまだ自分の存在を、管理局から隠したがっている」

ケイはそう告げながら、弁当箱のふたを開けた。焼き鮭と煮物がメインの、和食でまとめられた弁当だ。毎日というわけではないが、春埼は度々ケイのぶんまで昼食を用意してくれる。最近はその頻度が上がっている。なにかお礼をするべきだと思っているけれど、なかなか良いアイデアが思い浮かばない。

「いただきます」

と、手を合わせてから、箸《はし》をつかむ。

春埼も同じ動作をした後に、こちらに顔を向ける。

「ケイは、相麻菫を咲良田の外に出したいのですか？」

「今のところは、それがいちばん有効な方法だと思っているよ」

「それで、いいのですか?」

「どうかな。最善ではないのかもしれない。方法はまだまだ考えるけれど、ともかく相麻を普通の女の子にすることが僕の目的だよ」

そのためなら、手段を選ぶつもりはない。

春埼は軽く視線を下げて、

「わかりました」

と言った。珍しい表情だ。なんだか少しだけ悲しそうな、崩れてしまった砂の城をみるような。

——春埼は、悲しんでいるのかな?

そんな気がしたけれど、理由はわからない。相麻菫が咲良田からいなくなることを、彼女が悲しむなんて想像していなかった。

春埼に関しては、この二年間でずいぶん詳しくなったつもりでいた。でも最近、たまに彼女の心理を追いかけられなくなる。出会ったころあれほどシンプルだった少女は、急速に変化し、複雑化しつつある。

ケイは弁当箱に入った煮物の中から、小さながんもどきをつかんで口に運ぶ。

春埼は真剣な面持ちで、その動作を目で追った。ケイが口の中のものを飲み込むのを確認してから、軽く首を傾げる。

「味はどうですか？」

それは、リセット前にも体験したことだった。

「うん。とても美味《おい》しいよ」

ケイは頷《うなず》いて、それから答えを知っている質問を口にする。

「君が作ったの？」

春埼からもらうお弁当には、彼女自身が作ったものと、彼女の母親が作ったものが混在している。普段ならその違いを見分けることは、そう難しくなかった。春埼は彼女の母親に比べて、やや味付けが濃い。おそらくレシピ通りに作るからだろう。

その基準で判断するなら、この煮物は春埼の母親が作ったものだ。

でも、

「はい。今日のお弁当は全部、私が作りました」

と、春埼は答えた。

「レシピを変えたんだね」

「料理の本から少しお醤油《しょうゆ》を減らしました」

ケイは、そう、と頷く。

「僕はこっちの方が好きだな」

春埼は微笑む。

「それはよかったです」

「うん、とても」

もう一度、ありがとう、と告げてから、ケイは焼き鮭に箸を伸ばす。

春埼がなぜ、レシピに従うのを止めたのかはわからない。そこにはなにか特別な理由があるのかもしれないし、ただの気まぐれなのかもしれない。どちらでもいい。なんであれ春埼が変化するのは好ましい。

できるだけ丁寧に味わって、ゆっくりと食事を進めながら、ケイは言った。

「ところで僕たちは、リセット前にひとつの約束をした。なんだかわかるかな？」

春埼は少し首を傾げたけれど、すぐに答えに思い当たったようだった。

「学園祭のことですか？」

「その通り」

彼女はわずかに、ケイから視線を外す。

思い悩むような時間のあとで、言った。

「でも忙しくなるなら、別に構わないです」

「大丈夫だよ。今回の、奉仕クラブの仕事は、そう手間が掛からないはずだから」

予定ではすべての作業が、二日間で終わる。

明日は夢の中の咲良田をぶらぶらと歩き回る。もし現実との相違点がみつかれば、明後日《あさって》に詳しく調査する。その結果を管理局に報告すれば、今回の仕事はお終《しま》いだ。

相麻菫を咲良田の外に連れ出す実験に関しても、その間に済ませる必要がある。奉仕クラブの仕事が終わってしまえば、夢の世界に入ることは困難になるはずだから。時間はそれほどかけられない。だからリセットの前に春埼と交わした約束を、なかったことにする必要はない。

視線の先をこちらに戻して。それでは、と前置きしてから、彼女は言った。

「ケイ。私の恋人役になってください」

リセット前と同じように、ケイはその申し出を断るつもりなんてなかった。

＊

その夜、ケイは自室のベッドに座り込み、携帯電話を片耳に当てていた。

電話の相手は岡絵里《おかえり》という名前の少女だ。彼女には、週に二度ほどの割合で電話をかけることに決めていた。彼女との友情を育むためだ。岡絵里はケイからの電話を嫌がっている様子だが、一応は通話ボタンを押してくれる。

「来月、うちの学園祭に来ない？」

と、ケイは言った。

芦原橋高校の学園祭は一〇月の後半に行われる。まだ一か月ほど先のことだけど、準備は今月の頭から始まっていた。

「学園祭なんかに行って、なんになるのさ？」

「たこ焼きを買ってあげるよ。ホットドッグでもいい」

「そんなの、プロの店で食べた方が美味しいでしょ」

「プロが作ったたこ焼きと、学園祭のたこ焼きはまったくの別物だよ。クラシックとロックくらい違う」

「先輩、さてはロックを馬鹿にしてるね？」

「ひどい誤解だ。僕が持っているCDは、チャック・ベリーがいちばん多い」

「チャック？　なにそれ？」

「岡絵里。君はロックを馬鹿にしてるね」

とはいえケイも、それほどチャック・ベリーについて詳しいわけではない。CDの話は嘘ではないが、みんな友人からもらったものだ。

「ま、たこ焼きに魅力がないとしても、見学のつもりでくればいいよ」

岡絵里は中学三年生だ。受験の時期、高校の見学を兼ねて学園祭を覗《のぞ》くのは悪くないように思うけれど、彼女は否定的だ。

「芦原橋なんて受験するつもりないよ。偏差値高いし、家から遠いし、先輩がいるし」

なにもいいところがない、と岡絵里は言う。

「それは残念だね。もう一度、君が後輩になるのも楽しそうだけど」

「先輩の後輩なんて、人生に一度で充分だ」

残念な話だ。中学生のころよりはもう少し、まともな先輩として振る舞える自信があったのだけど。

特別興味もなさそうに、彼女は続ける。

「で、先輩のクラスはなにするの？」

「演劇だよ」

「へぇ。先輩が主役をやるなら、笑いに行ってもいいよ」

「主役は春埼だよ。僕はその恋人役になった」

「ホントに？」

「本当に」

学園祭では各クラスがそれぞれなにか出し物をすることになる。九月頭に行われたホームルームで、ケイたちのクラスは演劇を行うことに決まった。脚本が完成したのはそれからおよそ三週間後、つい昨日のことだ。

脚本を書いたのは、皆実未来《みなみみらい》という名前の女の子だ。彼女は劇の主人公に、春埼を指名した。「ぴったりだと思うよ」と、元気の良い一言で。

春埼は迷うこともなく、ついでにいえば脚本にも目を通さないうちに、その役目を引き受けることを決めた。頼まれごとを春埼美空が拒否することはまずない。今までもずっとそうだった。

皆実が書いた脚本は、基本的にはラブストーリーだ。ラブストーリーである以上、主人公には恋の相手が必要になる。主役が演じやすいように、春埼の恋人役は彼女自身が選ぶことになった。そして今日の昼休み、屋上へと続く階段で、その役がケイに決まった。おそらくは大方のクラスメイトの予想通りに。

電話の向こうの岡絵里は、呆《あき》れた風に言う。

「よくやる気になったね。先輩、そういうの嫌いでしょ？」

「いや、楽しみだよ。でもばたばたと決まってしまったからね。他にもこの役をやりたかったクラスメイトがいたとすれば、ちょっと後ろめたい」

「大丈夫だよ。学園祭の劇なんて、誰も出たがらないものだから」

そうだといいけれど、とは言いづらい意見だった。少なくとも脚本を書いた皆実はクラス皆で盛り上がりたいと思っているだろうし、春埼にだって彼女なりの熱意があるようだ。

誤魔化すために、ケイは尋ねる。

「今のは、僕を慰めてくれたのかな？」

はっ、と、彼女は笑う。

「そんなわけないじゃん。悪者は残酷な事実を突きつけるだけだよ」

彼女は悪者を自称する。

「ともかく、気がむいたら学園祭においで」

「気がむいたらね。たぶんいかない」

じゃあね、と言って、岡絵里は電話を切った。

ケイは携帯電話に充電用のケーブルを差し込んで、ベッドに寝転がる。

――なんだろうね。少し罪悪感がある。

嘘に似た形をした罪悪感だ。

今、岡絵里と交わした会話は、リセット前にも経験しているものだった。

ケイは一言一句違《たが》わず、前回の会話を再現した。リセットしたことを知らない岡絵里の言葉も、まったく同じものだった。息遣いや電話を切るタイミングまで、すべて。

そのことを知れば、岡絵里は怒るだろうか？　悲しむだろうか？　気にも留めないのだろうか？　少なくとも、喜ぶことはないだろう。

考えていると、部屋のチャイムが鳴った。

時計に視線を向ける。ちょうど、午後七時になったところ。

この後ケイは、近所のパン屋で売れ残りのサンドウィッチと野菜ジュースを買い、部屋に戻ってそれを食べる。食後に劇の脚本を読み、疑問点をまとめたメモを作って、シャワーを浴びてから本を読む。

記憶にある九月二二日の夜は、それだけだ。リセット前、このタイミングで、部屋のチャイムが鳴ることなんてなかった。

ほんの短い時間、覚悟を決めるために息を止めて、ケイはベッドから起き上がる。まっすぐ扉に向かい、ロックを外して、ドアノブを回す。

日の落ちる時間が早くなりつつある。もうすっかり暗くなった空の高い位置に、あと数日で満月になる月が浮かんでいる。

その月明かりに照らされて、女の子が立っている。月光に染まったように白い肌、夜空よりも黒い髪、ケイとは違う高校の制服。

正直なところ、意外だ。

「久しぶりだな、浅井」

と、彼女は言った。

「そうですね、野ノ尾《ののお》さん」

野ノ尾盛夏《せいか》、というのが、彼女の名前だ。

とりあえず用意できるものは、コーヒーくらいしかなかった。

「ホットでいいですか？」

「ああ」

「ミルクはあるけど、砂糖はありません」

「ブラックでいい。火傷《やけど》するくらい熱いのがいい」

「わかりました」

ケイはコーヒー二杯ぶんの水をケトルに入れて、火にかける。それからマグカップをふたつ並べた。

「よく、うちがわかりましたね」

「人に聞いたんだよ」

「春埼ですか？」

野ノ尾とケイの共通の知人は、春埼美空くらいしか思いつかない。でも、ケイは内心で、おそらくは違うだろうなと予想する。春埼がこの部屋を教えたなら、彼女もついてくるように思う。

首を振って、野ノ尾は言った。

「いや、違う。今日初めて会った少女だよ。私は彼女の名前も知らない。なのに向こうは私のことを知っているようだった」

「それで、どうしてうちに？」

「君に頼みたいことがあるんだ」

ふたつのマグカップにそれぞれインスタントコーヒーの粉を落とし込み、ケイは振り返る。

野ノ尾はテーブルの向こうの、クッションの上に座り込んでいる。彼女が部屋にいるのは、なんだか奇妙な光景だ。公共施設のボールペンをうっかり持って帰ってきてしまったような気まずさを感じる。彼女の居場所は、山道の先にある、小さな社の前だと決まっている。

だが野ノ尾自身は平然と、社の石段に座っているときと同じようにこちらを見上げていた。

「会いたい人がいるんだ。その人のところまで、連れて行って欲しい」

それはいいけれど。

「野ノ尾さんひとりでは、会いにいけないんですか?」

「ああ、おそらく」

「その人はなんという名前で、どこにいるんです?」

「名前は知らない。私は、野良猫屋敷のお爺《じい》さんと呼んでいた。彼は夢の中にいるらしい」

夢の、中。

ケイは内心でため息をつく。

「どうして貴女は、僕が夢の中に入ることを知っているんですか?」

奉仕クラブの仕事内容は、基本的には関係者の他は知らないはずだ。とくに今回の仕事は、情報の扱いが難しい部類に入る。

「聞いたんだよ。名前も知らない少女に、君の部屋の場所と一緒に。野良猫屋敷のお爺さんは夢の世界にいて、君に頼めばそこまで連れて行ってもらえる、とな」

「なるほど」

コーヒー二杯ぶんの水は、すぐに沸騰した。

ケイはそれをふたつのマグカップにそそぎ、それぞれスプーンでかき混ぜて、ミルクと共にテーブルまで運ぶ。

一方を野ノ尾盛夏に差し出した。

「どうぞ」

「ありがとう」

ケイは彼女の正面に腰を下ろす。野ノ尾はブラックのまま、コーヒーに口をつけた。

ケイはカップの中にミルクを垂らす。ミルクは渦になって回転しながら、ほどけるように溶けていく。

「その少女というのは、中学二年生くらいでしたか？」

「ああ。だいたい、そんなものだと思う」

「ショートカットで、目が大きくて、痩《や》せている」

「その通りだよ。君の知人か？」

「はい。友達です」

間違いない。相麻菫。彼女のほかには、考えられない。

「野ノ尾さん。いつ、どこで、彼女に会ったんですか？」

「ついさっき、ほんの一時間ほど前だよ。場所は神社の上にある、いつもの社だ」

一時間前――今から行っても、相麻には会えないだろう。

相麻菫。先月、二八日に再生した少女。

あの日、あのテトラポットの上で彼女と再会してから、もうすぐひと月経つ。そのあいだ、彼女は何度か、ケイの前に姿を現した。まるで二年前みたいに。当然のように現れて、意味のわからない会話を交わして、ふいにまたいなくなってしまう。そういうことを繰り返した。

二年前と違うのは、ケイから相麻に連絡する方法がなくなったことだ。

あのころは、相麻のクラスを訪ねれば、いつだって彼女に会うことができた。彼女に電話をかけても、靴箱に手紙を忍ばせてもよかった。だけど今は、相麻がどこにいるのかわからない。向こうから姿をみせるのをただ待つことしかできない。

相麻菫の意図が、わからない。

なぜ彼女が野ノ尾に接触したのか、彼女がなにを望んでいるのか、わからない。

――野ノ尾さんまで、無関係じゃないということだろうか？

相麻菫はひとつの小石に「マクガフィン」と名づけるだけで、自身が再生する準備を整えてみせた。そしてケイが野ノ尾に出会ったのも、マクガフィンの影響のひとつだとも言える。ケイと野ノ尾盛夏が出会うことまで、相麻の計画に含まれていても不思議ではない。

ケイはミルクを溶かしたコーヒーに息を吹きかける。

「その女の子は、他になにか言っていましたか？」

野ノ尾は頷《うなず》く。

「ひとつだけ。彼女から、伝言を受けている」

「どんな？」

「たしか——シナリオの『No．407』をよく読んで、と」

ほら、まただ。意味がわからない。

シナリオ、と聞いて、思い当たるのは学園祭の劇くらいしかない。でもその脚本は二〇ページほどの短いものだ。『407』なんて数字が、どう関係するのだろう？

ことん、と小さな音を立てて、野ノ尾盛夏はマグカップをテーブルの上に置く。

「浅井。できるなら私は、もう一度彼に会いたいんだ。私を夢の世界に、連れて行ってくれないか？」

野ノ尾を夢の世界に連れて行くことに、なにか問題はあるだろうか？

わからない。でもできるなら、野ノ尾の望みは叶《かな》えたい。

「わかりました。夢の世界に入るには、管理局の許可がいります。連絡をとってみましょう」

と、ケイは答えた。

おそらくは相麻菫の思惑通りに、頷いた。

＊

ひび割れた窓ガラスの向こうに、満月になる少し前の月が浮かんでいた。

相麻菫はスプリングの利かないベッドに腰を下ろし、月光に照らされていた。明るい月だった。

九月の後半、日中はまだ暑いくらいだが、日が暮れるとたんに冷え込む。今夜は風が吹かなくてよかった。この部屋の窓はすぐ、かたかたと神経質な音を立てる。

月明かりを頼りに、文庫本の文字を追う。『青い鳥』。一〇〇年も昔に、メーテルリンクが書いた劇のシナリオだ。

──月明かりで『青い鳥』を読むのは、風流といえなくもないわね。

でも目には悪そうだ。

相麻菫は、以前ビジネスホテルだった廃墟《はいきょ》の一室で暮らしている。

当然、電気もガスも来ていない。懐中電灯は用意しているけれど、その明かりをつけるわけにもいかなかった。廃墟の窓から光が漏れているところを誰かにみられると問題だ。

古いベッドの上には、シーツと毛布を敷いている。枕元には目覚まし機能があるチープな置き時計。部屋の隅に置いたスポーツバッグには着替えとタオルが入っていた。あとは財布にいくらかのお金と、ポーチの中の簡単な化粧品。そして手の中にある、『青い鳥』の文庫本。

これが、相麻菫が持っているもののすべてだ。文庫本以外は、二年前、相麻菫が死ぬ以前にここに運び込んでいた。二年前からこのホテルは廃墟だったたし、二年後もそのままの形で残っていることを、相麻は知っていた。

文庫本のページをめくる。『青い鳥』は以前読んだことがあった。知っている物語を追いかけるのは退屈だが、午後七時では眠気もない。それに今夜は、できるだけ眠らずにいたかった。明日、ゆっくりと眠るために。

相麻は窓の外に視線を向ける。

独りきりでいると気が滅入る。月は綺麗《きれい》だが、綺麗なだけで、救いになりはしない。

――まるで墓石で暮らしているような生活よね。

物音を立てず、光も漏らさず、できるだけ身動きもしないように暮らす。昼は青空をみて、夜は夜空をみる。ただ月明かりに照らされているだけなら、死者とそう変わらない。意識があるぶん、本物の死者よりも孤独なだけだ。

否定的な感情を振り払うために、相麻は首を振る。すべて自分自身で選んだことだ。不平を覚えるのは間違っている。それでも。

――ケイに会いたい。

二年前よりもずっと強く願う。

当たり前だ。他には誰もいないのだから。家族も友人も、相麻菫がこの世界にいることさえ知らない。浅井ケイがいなければ、本当に死者との違いを失ってしまう。

たとえば彼の部屋を訪ねて、自然な眠気が訪れるまで彼と話していられたなら、それは幸せだ。だけど毎日、そうして暮らすわけにはいかない。中学時代の知人に姿をみられでもすれば問題だ。できればケイの隣人に顔を覚えられるようなことも避けたい。

なら、これが最適だ。まるで死者のように、呼吸の音も漏れ聞こえないように、独りきり暮らすのが最適だ。

――ケイ。

浅井ケイ。

今ごろ、彼の元を野ノ尾盛夏という女性が訪ねている。

ケイが気に入りそうな女性だ。彼女はどこか他者を拒絶しているところがある。春埼美空と同じように。自然に孤独で、周囲と距離を置き、個人的でシンプルな価値観を持つ。彼はそういう女性を好む傾向にある。

とはいえ野ノ尾盛夏にだって、春埼ほどケイの興味を惹《ひ》くことはできないだろう。彼にとって、春埼美空はやはり特別だ。

――なにを、つまらないことを考えているんだろう。

相麻はベッドに寝転がる。眠るつもりもないけれど、そのまま目を閉じた。

野ノ尾盛夏なんて、どうでもいい。春埼美空も関係ない。そんなことについて思い悩むために、写真の中から出てきたわけではない。

――私の望みは、たったひとつだ。

徹底してそれだけを考えようと思う。

他のことはすべて切り捨てて。野ノ尾盛夏も、春埼美空も、相麻菫自身だって、利用できるものはすべて利用して。上手《うま》く活用して。

たったひとつ望みが叶えば、その他はなにもいらない。

＊

記憶力が良い方ではないことは、自覚している。

春埼美空は学習机の前に座り、学園祭で演じる劇の脚本に目を通していた。明日、明後日《あさって》は奉仕クラブの仕事で時間が取れそうにないし、週が明ければ劇の練習が始まる。今夜のうちにできるだけセリフを覚えてしまうつもりだった。

でも繰り返し脚本を読み上げても、セリフは上手く頭に入ってこなかった。言葉は意識から滑り落ち、すぐにばらばらに崩れてしまう。

代わりに意識の大半を占めているのは、ひとりの少女のことだった。

相麻菫。二年前に死に、先月末に生き返った少女。

なぜだろう？　彼女のことを、考えずにはいられない。

だがそれは、普段春埼が経験している思考とは、まったく別のものだった。順序がなく、結論に向かわない。いくつもの矛盾する意識の断片が浮かんでは消える。春埼にはその不安定な意識の名前を、上手くみつけられないでいた。

――私は、混乱している。

そう思う。

脚本のページをめくって、次の一行を目で追う。春埼が演じる予定の女性は、泣いていた。でもどうして泣いているのか、春埼にはわからない。前のページの、最後の一行を思い出せない。つい先ほどまで読んでいたはずなのに。

混乱している。胸の中心に、混沌《こんとん》とした塊がある。それが、外から入ってくる情報をせき止めてしまっている。

春埼美空は脚本を閉じた。

おそらくこの胸の中心にある混沌とした塊を解消しなければ、なにもできはしないのだ。たとえば劇のセリフを覚えるために、必要な作業だ。

目を閉じて、順番に考える。

胸の塊が生まれた最初のきっかけは、おそらく先月のことだ。本当に始まりまで遡《さかのぼ》るなら二年前かもしれないが、それが表面化したのは先月、赤い目の少女と魔女に関する一連の出来事が原因だろう。

赤い目の少女――岡絵里。

彼女は春埼から、一時的にリセットを奪った。

そのことは春埼に、強い恐怖を与えた。

――どうして？

答えは明白だ。

リセットが使えなければ、春埼はケイと共にいる意味を失う。それが、怖い。だがその時点では、まだ今ほどの混乱はなかった。問題はシンプルで、解決法はわかりやすいものだった。春埼はリセットを取り戻すことを望み、ケイはそれを叶えてくれた。

それですべては解決したはずだった。春埼は安定した日常を取り戻し、なにかに怯《おび》えることなく生きていけるはずだった。

でも、そのもう少し後――八月二八日。

相麻菫が、生き返った。

これが、恐怖だ。リセットを失うのと同質で、より絶対的な。

問題が起こったとき、それを回避するために、浅井ケイはリセットを使う。だが相麻菫の未来視があれば、リセットはその意味を失う。初めから未来に起こる問題がわかっているのだから。未来視があればリセットはいらない。相麻菫がいれば、浅井ケイには春埼美空がいらない。

――ケイは彼女を、この街の外に出したいのだという。

相麻菫から能力に関する知識を奪い、彼女が一度死んだことさえ忘れさせ、この街ではない場所で、ただの女の子として過ごさせたいのだという。

それは、救い、なのだろうか。

――私はそれで、安心すれば良いのだろうか？

ケイの思惑通りにことが進めば、少なくとも彼にとっての、リセットの価値は維持できる。春埼がケイと共にいる理由を奪われることはない。

なのになにかが、引っかかっていた。

胸の中心に、混沌とした塊がある。大きく大きく、育っている。問題文そのものを読み解けない問題のように。自身がなにを問題にしているのかわからないまま、そこに問題があることだけを感じている。

気分が悪い。乗り物酔いに似た感覚だ。脳がぐらぐらと揺れ、平衡感覚も失うような不快感が、身体の内側でのたうっている。

それを。胸の混沌の正体を、知らなければならないのだと思う。混沌の名前を、みつけなければいけないのだと思う。

そこから始めなければ、なにもできない。たとえば脚本を——浅井ケイが恋人役を演じる劇のセリフを、覚えることができない。

2 九月二三日（土曜日）——二回目

——シナリオの『No. 407』をよく読んで。

野ノ尾盛夏からそう伝言を受けたケイは、何度も劇の脚本を読み返してみたけれど、『407』なんて数字の意味はちっともわからなかった。文字数、行数、句読点の数。

数えられるものをみんな数えてみたけれど、どれも無意味なことだった。

翌日――九月二三日、土曜日の一二時三〇分。ケイは大きなあくびをしながら、小さな公園に向かった。ある事情で、昨夜は眠るわけにはいかなかったのだ。

あくびのせいでわずかに涙が浮かんだ目を擦《こす》り、空を見上げる。薄い水色の空、日差しは強いけれど、真夏ほどの熱気はない。長袖《ながそで》のシャツを着ていても、暑すぎるということはなかった。

目的の公園は、咲良田のほぼ東端、七坂《ななさか》中学校の近くにある。少し先には海がある位置だ。

公園にはブランコで遊ぶ小さな男の子がふたりと、そして春埼美空がいた。彼女はベンチに座り、プリント用紙の束を膝《ひざ》に置いていた。でもケイが近づくと、彼女はすぐにそれに気づき、こちらを見上げる。

「こんにちは、ケイ」

「こんにちは。上手く演じられそう？」

ケイは彼女の膝にある、プリント用紙の束に視線を落とす。皆実が書いた脚本だ。

春埼は二度、瞬《まばた》きをしてから答えた。

「少し、不安です。セリフをなかなか覚えられません」

「そう。今度、一緒に練習しようか」

劇のセリフは主に会話だから、相手がいた方が覚えやすいかもしれない。

春埼は躊躇《ためら》いがちに微笑む。

「ありがとうございます。でも、ケイはもう、セリフを全部覚えていますよね」

「覚えるだけならね」

ケイは見聞きしたことを忘れない。正確には過去の五感や自分自身の意識を正確に思い出す能力を持っている。

「でも、上手《うま》く演じられるのかは別の問題だよ」

短い沈黙の後で、彼女は頷《うなず》く。

「では、奉仕クラブの仕事が終わったら、お願いします」

「うん」

ケイと春埼がこの公園にやってきたのは、管理局の指示に従い、病院で眠り続ける女性の夢の中に入るためだ。彼女が眠る病院は公園のすぐ裏にある。

一般的に知られていることではないけれど、その病院には、おそらく管理局の関係者が勤めているのだろう。能力に関係のある患者が集められているようだ。たとえば二年前に出会った、ある女性の能力によって生み出された少女が検査を受けていたのも、同じ病院だった。

「すぐに移動しますか？」

と春埼は言った。

ケイは首を振る。

「病院に行く前に、セーブしておきたい。あと一五分くらい時間を潰《つぶ》そう」

前回、リセットして戻ったのは、昨日の一二時四七分ごろだった。あと一五分ほどで二四時間が経過し、またセーブできるようになる。

「それとね。もうすぐ、野ノ尾さんがくる予定だよ」

春埼は軽く、首を傾げる。

「どうして、ですか？」

「夢の中に、会いたい人がいるらしい」

ケイは春埼の隣に腰を下ろす。木陰のベンチは、少し冷たい。秋がゆっくりと夏を塗り替えていくように。頭上の木の葉も、落ち着いた深い緑色に変化している。

隣で春埼は、また脚本を広げた。

「シナリオの感想は？」

と、ケイは尋ねる。

「よくわかりません」

「そう」

「ケイは、どう思いましたか？」

「あまり客観的には判断できないけどね。面白かったよ」

「どこが面白いのですか？」

「構造が。でも、口で説明するようなことじゃないよ」

その物語には、主人公の女性と、彼女の恋人である男性が登場する。

恋人の男性は、数年前に起こったあるトラブルに巻き込まれて、あらゆる感情を失っている。少なくとも世間の人々は彼が感情を失ったのだと思っている。

だが主人公の女性だけは、彼の中にまだ感情が残っているのだと信じている。それはただみえないところに隠れてしまっただけなのだ、と。乾いた土地の地下にも、水脈があるのだと信じるように。硬い地面を深く掘り起こすように、恋人に接する。

――これは、春埼美空のために書かれた物語だ。

きっと皆実は、春埼を観察し、春埼をモデルにしてキャラクターを作った。それは主人公の女性ではない。恋人である、男性の方だ。春埼は自身をモデルにしたキャラクターを相手に舞台を演じることになる。

たぶん皆実未来が観察した春埼を春埼自身に紹介するために、この脚本は書かれているのだろう。でも、そんなことを、ケイが説明するのは節度を欠いている。

春埼美空は首を傾げる。

「私も、その面白さがわかるようになると思いますか？」

自信を持って、ケイは頷く。

「きっと。すぐにわかるよ」

春埼はこちらを見上げ、微笑んでまた、脚本に視線を落とす。

ケイは彼女の横顔を眺めて時間を潰すことに決めた。風が吹き、彼女の手元のプリント用紙がはためく。空に飛び立ちたがっているように。

――この公園は。

ケイは、二年前の出来事を思い出す。

この公園は、春埼が、マリという名前の少女に出会った場所だ。二年前、春埼が自身の感情をみつけ出そうと決意した、そのきっかけになった場所だ。

脚本を読んでいた春埼は、ふいに視線を上げる。

「じっとみられていると、なんだか読みにくいです」

二年間で、こんなことを言えるくらい、春埼美空は変化した。

彼女の瞳《ひとみ》は以前と変わらず、ガラス球のように綺麗《きれい》で、人工物じみているけれど。でもそのすぐ先に、きちんとした感情が埋まっているのをケイは知っている。

「ああ、ごめんね」

微笑んで、謝って、ケイはベンチの背もたれに体重を預ける。

先ほどまでブランコで遊んでいた小さな男の子たちが、たったと走って公園を出ていく。代わりに、髪の長い少女――野ノ尾盛夏が、こちらに向かって歩いてくるのがみえた。

だいたい一二時五〇分にセーブして、それから三人は病院に向かった。

土曜日は診療を受け付けていないのだろう、表側の入り口は閉まっていた。

建物の裏手にある、小さな扉から院内に入る。それは物陰で息を潜めているような、ひっそりとした扉だった。

通路に入ってすぐ右手に、応対用の窓がついた警備員の詰め所がある。中心に立って両手を広げれば左右の壁に指先が触れるくらいの、狭い詰め所だ。

詰め所には五〇代の半ばほどの男性がいる。彼は一目で警備員だとわかる制服を着ていて、応対用の窓の前でパイプ椅子に腰を下ろし、新聞を広げていた。よく聞く名前の経済新聞だ。

その警備員に、用件と事前に紹介されていた医師の名前を告げる。警備員は短い電話をかけてから、ケイたちにここで待つよう告げ、そしてまた視線を新聞に戻した。そちらの方が本業なのだとでもいう風に。

ケイは通路の壁にもたれ掛かり、あくびを嚙《か》み殺して天井を見上げる。白い天井。だが、隅の方に少し染みがある。あまり新しい建物にはみえない。

「君は入院したことがあるか？」

と、野ノ尾盛夏が言う。

「小さい頃に、一度だけ。肺炎になったことがあります」

と、ケイは答えた。

「そうか。私は入院したことがない」

「別に楽しいものじゃありませんよ」

入院中はひっきりなしに、君は病気なんだよ、と指摘されているような気分になる。壁もカーテンもベッドもすべて白で統一されて、清潔だけれど、生活しているという気がしない。どこまでも純粋で澄み渡った水みたいに、顕微鏡でのぞいてみても、ミジンコもミカヅキモもみつからない。

「入院していたときは、ずっと模様替えのことを考えていました」

「模様替え？」

「はい。カーテンを明るいグリーンに替えて、ベッドの毛布を深いブラウンのカバーに入れれば、この部屋ももう少し居心地がよくなるのに、と思っていました」

「それから？」

「それだけです。僕は結局、白いカーテンの中で、白いベッドに寝転がって本を読んでいました」

しばらくそんな話をしていると、通路の向こうから、白衣を着た男性が現れた。まだ若く、背の高い男性だった。

「貴方《あなた》たちが、奉仕クラブの？」

彼の言葉に、ケイは頷く。正確には、野ノ尾は奉仕クラブに所属していないけれど、そこまで説明する必要はないだろう。

医師は口元を不機嫌そうに曲げて、言った。

「昨日までは、ふたりだと聞いていましたよ」

野ノ尾が夢の世界に入ることが決まったのは昨夜のことだ。いくつも言い訳を考えて管理局に連絡を入れた。でも許可はとてもあっさりともらえた。索引さんの、「上司が貴方の好きにさせろと言っています」という、投げやりな言葉と共に。

ケイは首を傾げる。

「人数が増えると問題ですか？」

「管理局が許可しているのだから、文句はありませんよ。でも、そうですね。シンプルな問題がある」

「それは？」

「ベッドをふたつしか用意していません」

当たり前のことだけど、夢の世界に入るには眠る必要がある。

野ノ尾は春埼と顔を見合わせ、それから言う。

「いいさ。私と彼女は、同じベッドで眠るよ」

隣で春埼も、頷《うなず》いた。

医師はふたりの顔をみて、それからケイに向き直る。

「わかりました。案内します。ついてきてください」

彼は一八〇度向きを変え、通路を歩き出した。ケイもそれに続いて歩きながら、白衣の背中に向かって尋ねる。

「片桐《かたぎり》さんの容態は？」

片桐穂乃歌《ほのか》、というのが、この病院で眠り続けている女性の名前だ。資料によると二三歳。ケイにはあまり馴染《なじ》みのない年齢だ。

落ち着いた口調で医師は答える。

「なにも変わりませんよ。もう九年間ほど、眠り続けています。明日死んでもおかしくないし、一〇年先だって生きているかもしれない」

「意識を取り戻すことはないんですか？」

「どうでしょうね。統計的にみて確率は極めて低い。彼女のように、昏睡《こんすい》状態から目覚めない症状は、時間が経つほど意識を取り戻す確率が下がります。九年というのは、絶望的な数字だ」

とても平坦《へいたん》な口調で、彼は「絶望的」と言った。医師というのはその言葉が身近になってしまう職業なのかもしれない。

「昏睡状態でも夢をみることがあるんですか？」

「色々です。脳のどの部分に障害があるのかによって違います。彼女の場合、脳の活動している部分がかなり広い」

エレベーターの前で足を止め、医師はちらりと、視線をケイに向ける。

「彼女にはまぶたを開けることもできませんが、まだ思考しています」

彼はエレベーターのスイッチを押した。

ドアが開き、四人はその中に入る。大きなエレベーターだ。おそらくは患者をベッドに寝かせたまま、移動できるように作られているのだろう。

医師はなにも書かれていないボタンを押す。三階のひとつ上、本来なら『4』という数字があるはずのボタン。病室としては滅多に使われない階だ。

ドアが閉まり、エレベーターが動き出す。

ケイは尋ねた。

「先生は、彼女の夢に入ったことがありますか?」

医師は首を振った。

「いいえ。申請しましたが、許可が下りません」

「許可というのは、管理局の?」

「もちろん。僕がこの病院にくる少し前、管理局は彼女の能力を知り、隔離しました。肉親でさえ会うことは難しい。夢の中に入れるのは一部の管理局員と、彼らに許可された人だけだ」

野ノ尾が口を開く。

「その、片桐という人の能力は、危険なものなのか？」

夢の中にもうひとつの世界を作る、片桐穂乃歌の能力。

軽く目を伏せて、その医師は答えた。

「少なくとも管理局は、大きな問題を内包する能力だと判断しています」

エレベーターが停止し、ドアが開く。通路の正面には窓がある。青空が眩《まぶ》しい。その光に目を細めて、先ほどまでいた通路がずいぶん薄暗かったことに気づく。

彼女の能力が内包する問題。

医師の後ろに続いて歩きながら、ケイは言う。

「ワンハンド・エデン」

管理局は様々な形で能力を評価する。たとえば持続時間、効果範囲、強度、社会への影響力、そして能力の効果によるカテゴライズ。

ワンハンド・エデンとはある種の能力のために用意されたカテゴリの名前であり、同時にそれらの能力が持つ問題の種類だ。片桐穂乃歌の能力もそこに分類されている。

医師は頷く。

「ええ、その通りです。片手間で作れてしまう、幸福のレプリカ。片手に収まるほどに狭い、閉じた楽園。ワンハンド・エデン。管理局はその手の能力を危険視しています」

「貴方も管理局員ですか？」

「厳密には違います。僕はただ、管理局に協力しているだけです。でも、まぁ、そんなことはどうでもいい」

医師は通路の奥にあるドアの前で足を止めた。無機質に白く、防火扉のように重量感のあるドアだった。彼はふたつの鍵穴《かぎあな》にそれぞれ鍵を差し込み、ドアを押し開ける。

先にもさらに通路が続いていた。窓がないせいだろう、暗い通路だった。

右側の壁に、またエレベーターがある。先ほど乗った物よりもずいぶん小さなエレベーターだ。電卓のように数字が並んだボタンがついている。暗証番号を入力しなければ稼働しないタイプみたいだ。

「彼女はもうひとつ上のフロアにいます」

と、医師は言った。

厳重だな、とケイは思う。

どうして自分たちには、あっさりと管理局の許可が下りたのか、その理由を知りたくなってくる。

――私の上司は、貴方に興味を持っています。

と、索引さんは言った。

興味。怖い言葉だ。警戒が必要だ。

だが一体、なにを、どう警戒すればいいというのだろう。管理局の指示に従っているだけでは意味がない。夢の世界で相麻菫を咲良田の外に連れ出す実験がケイの目的だ。この機会を逃したくはない。

医師は長い暗証番号を入力し、エレベーターの扉を開く。

それに乗り込むと、背後で、春埼が言った。

「ワンハンド・エデンとは、なんですか？」

医師が答える。

「彼女は夢の中でなら、なんだってできる。たとえば全身の痛みに苦しむ患者から、痛みを取り除くことも。足が動かなくなった患者を、走り回れるようにすることも。夢の世界でなら彼女はできる」

純粋に考えるなら、それは幸福なことだ。人を幸せにする能力だ。だが、付随する問題も簡単に推測することができた。

医師は続ける。

「言ってみれば、夢の世界の中では、彼女は全能です。神さまが簡単に幸せにしてくれる偽物の世界に、人間は入り浸ってはいけない。管理局はそう判断し、人が彼女に近づくことを禁止しました」

ワンハンド・エデン。安易な楽園。片手間で作れてしまう幸福。

静かな声で、野ノ尾は言う。

「それが本物の幸福だとしても、問題なのか？」

医師は笑った。低い声で、冷淡に。

「その幸福は偽物だというのが、管理局の判断です」

偽物の幸福と本物の幸福を、誰に区別できるというのだろう？

そう思ったけれど、ケイは口を開かなかった。

ケイたちが案内されたのは、ありきたりな病室だった。白い壁と、ふたつの白いベッド、それを囲う白いカーテン。

片桐穂乃歌は隣室で眠っているのだという。彼女の近くで眠れば、自動的に夢の世界に入ることができる。この病室も彼女の能力の効果範囲に含まれている。

医師は手早くそれだけのことを告げて、病室を出た。

扉が閉まってから、春埼は手提げ鞄《かばん》をパイプ椅子の上に置く。

「スカートをはいたまま眠るのは、初めてです」

「着替えを用意してくればよかったね。僕も、スカートをはいた女の子の隣で眠るのは初めてだ」

しかも隣のベッドでは、ふたりの女の子が眠ることになる。貴重な経験だと言えないこともない。

ベッドに座り、スニーカーと靴下を脱ぐ。隣のベッドでは、春埼と野ノ尾も靴下を脱いでいた。あまりじろじろ見るのも失礼だなと思い、ケイはカーテンを引く。

その向こう側に隠れた春埼と野ノ尾に向かって、言った。

「僕は少し、寝つきが悪いんです。夢の中に入るのが遅くなると思います」

返って来たのは野ノ尾の声だった。もうすでに眠そうな声。

「待っていればいいのか？」

「いえ。どちらにしても、一緒に行動することはできないと思います。だから野ノ尾さんは先に、目的の人に会いに行ってくださってかまいません」

「わかった。じゃあ、好きにさせてもらおう」

ケイたちは名目上、奉仕クラブの活動として夢の世界に入る。管理局の指示にはある程度従わざるを得ないから、野ノ尾と共に、野良猫屋敷のお爺《じい》さんに会いに行くわけにはいかない。

——どうしてその人は、夢の世界にいるのだろう？

管理局は、人が夢の世界に入ることを禁止しているらしい。それなら野良猫屋敷のお爺さんは、なにか特別な許可を得ているはずだ。

気にはなったが、それでも今は、眠ることに集中しようと思う。

ケイも昨夜は眠っていないから、ずいぶんまぶたが重い。それでも寝つくのには苦労するだろうな、と思う。

「それじゃあ、おやすみなさい」

「ああ。おやすみ」

「おやすみなさい」

三人でそう言い合う。

隣のベッドからは、まだ小さな物音が聞こえていた。その音を意識しないよう気をつけて、ケイは目を閉じる。

カーテンを引いても部屋は明るい。まぶた一枚分の暗闇は、どこか赤みがかってみえた。早く眠らなければならないけれど、眠ろうと考えている間は眠れない。真夜中によく陥る、難しい問題だ。

そのまま五分ほど経ったとき、カーテンの向こうから春埼の声が聞こえた。

「ケイ。起きていますか？」

「うん。どうしたの？」

「病室の模様替えについて、考えてみました」

「素敵なシーツの色は決まったかな？」

「シーツはこのままでかまいません。でも、カーテンはない方が良いと思います」

「なるほどね」

もう一度、おやすみなさい、と春埼は言った。

やはりケイも、おやすみ、と答えた。

それからしばらく後で、隣のベッドから、小さな寝息が聞こえ始める。

ケイはまだしばらく、寝つけそうにない。ため息をついて、睡眠薬を処方してもらうべきだったかな、と考えた。

＊

ようやく眠れたのは、それから三〇分ほど経ったころだった。

ケイは目を開く。先ほどまでとなにも変わらない天井がみえた。夢の中でもケイは、カーテンに周囲を囲まれたベッドの上にいた。

カーテンの向こうからは、話し声が聞こえてくる。

「それなら、甘いケーキを用意しましょう。美味《おい》しい紅茶を淹《い》れてあげる」

女の子の声だ。聞き覚えはない。

ケイは起き上がり、カーテンを開く。ベッドに座った春埼と、パイプ椅子に腰を下ろした知らない女の子がいた。ケイと同じくらいの歳か、あるいは少し下といったところだ。室内を見渡しても、野ノ尾盛夏の姿はない。先に「野良猫屋敷のお爺さん」に会いにいったのだろう。

パイプ椅子に座った少女は、ボーダーのカットソーに丈の短いカーディガンをはおり、濃紺色のニーソックスとパンプスを履いて、肩に小鳥を載せていた。空に似た青色の羽を持つ小鳥だった。ケイは小さなころにみた図鑑を思い出してみるけれど、その鳥の名前はわからない。

少女はこちらを見上げる。一緒に青い小鳥も、こちらを向く。

「ようこそ、夢の世界に。貴方《あなた》がケイ？」

ケイは頷《うなず》く。

「はい」

その少女は、ちらりと視線を春埼に向けた。

「今、美空から貴方の話を聞いていたの。甘いものが好きなのよね？」

「大抵は。すみません、貴女《あなた》は？」

「ああ、ごめんなさい。私は、ミチル」

そう言って、彼女は微笑んだ。ミチル、と名乗っただけで、必要な説明はすべて終わったのだという風に。

とりあえず、疑うべきことがある。

――この少女が、片桐穂乃歌だろうか？

とても二三歳にはみえないけれど、夢の世界において片桐穂乃歌は全能なのだと聞いている。姿なんてどうにでもなるだろう。

考えてもわかることではないので、素直に尋ねることにする。

「貴女は、片桐穂乃歌さんですか？」

その少女は笑う。面白そうに、けらけらと。

「おかしな人ね。私はミチルよ。カタギリなんて名前じゃないわ」

「では、片桐さんがどこにいるのか知っていますか？」

できれば片桐穂乃歌とコンタクトを取りたい。この世界の神さまの協力を得られれば、ケイが望んでいる実験を行うことは容易だろう。

だがミチルは首を振る。肩の青い小鳥が滑り落ちる。

「いいえ。カタギリなんて、聞いたこともないわ」

小鳥は空中で羽ばたき、病室内をくるくると回った。それを目で追いながら、ケイは頷く。

「そうですか」

彼女は本当のことを言っているのだろうか？

ケイは質問を変える。

「ここは、どういった場所なんですか？」

「どうって、ただの病室だと思うけれど」

「いいえ、この部屋のことではなくて。夢の世界とは、どんな場所なんですか？」

ミチルは軽く、首を傾げた。

「別に普通よ。晴れると空は青くて、たまに雨が降って、コンビニがあって、この病院があって。外の世界とほとんど同じ」

「では、違う部分もあるんですか？」

「多少はね。でも大体がどうでも良い、つまらないことよ。大きな違いはひとつだけ。この世界では望めば、それが叶《かな》うの。たとえば――」

ミチルは立ち上がり、タン、タンとつま先で床を叩《たた》いた。とても誇らしげに、履いているのが魔法の靴だとでもいう風に。ミチルの頭の上に、青い小鳥がとまる。

「たとえば、現実では立ち上がることもできない私が、走り回ることだってできる。きっと空だって飛べる。さぁ、貴方たちの望みはなに？ 大きなホールケーキを用意してあげましょうか？ それともアイス？ チョコ？ クッキー？」

「では、クッキーを」

別にクッキーを食べたかったわけではないけれど、この世界でどんなことが起こるのか、試してみたかった。

ミチルが指させばそこに、ポン、と音を立ててクッキーが現れるのかと思ったけれど。でも、そんな魔法みたいなことは起こらなかった。ミチルはしっかりと頷いただけだ。

「わかった。チルチルに頼んであげる」

チルチル――チルチルと、ミチル。『青い鳥』の主人公たちだ。ふたりは兄妹《きょうだい》で、手に入れれば幸せになれるという青い鳥を探しに行く。

でも目の前のミチルは、もうすでに青い鳥を持っている。頭の上に青い鳥をとまらせて、微笑んでいる。

「チルチルというのは、誰ですか？」

ふふ、と、彼女は笑う。

「チルチルは私のヒーローなの。とても強くて、頭がよくて、神さまみたいになんだってできる。そして、いつだって私を守ってくれる。私は頼んで、チルチルの妹にしてもらったから、ミチル」

この世界の、神さま。

では、チルチルが片桐穂乃歌だろうか。それならミチルは誰だ？　夢の世界には、野良猫屋敷のお爺さんの他にも、外からやってきた人がいるのだろうか。

ケイは彼女の言葉を反復する。

「チルチルの妹だから、ミチル」

「ええ、そうよ」

「では、チルチルの妹になる前の——貴女の、本当の名前はなんですか？」

そう尋ねると、ミチルは不機嫌そうにこちらをにらんだ。

「私の名前は、ミチル。これが本当の名前」

ケイは、できる限り当たり障りのない笑みを浮かべる。

「それはすみませんでした」

安易な楽園の問題——夢の世界に入った人は、その世界に捕らわれる。

ミチルはまた、微笑んだ。

「いいのよ。ここに来たばかりの人は、みんなそうだから。現実であることが、とても重要なことだって勘違いしてるの。たぶん現実から逃げ出す方法を知らないからね。妥協して、納得して、現実を信じるのよ」

「スイートレモン、ですね」

「なに、それ?」

ミチルは純粋な少女の瞳《ひとみ》で、ケイの顔を覗《のぞ》き込む。

「簡単に言うと、自分が持っているものは素晴らしいんだと思い込む心理です」

イソップ童話で有名な、『すっぱいブドウ』の逆さまだと考えればわかりやすい。

すっぱいブドウでは、木の高い位置に生《な》ったブドウを手に入れられなかったキツネが呟《つぶや》く。――きっとあのブドウは、すっぱくて不味《まず》いんだ。こうやって、欲しいものを無価値だと信じて諦《あきら》める話だ。

スイートレモンは反対に、今持っているものに高い価値があると信じる。

「甘い果物を食べたいのに、レモンしか持っていない。だからこのレモンはとても甘くて素晴らしいフルーツなんだ、と思い込むんです」

こんな方法で人は、自分の心を守る。

満足した様子で、ミチルは頷いた。

「そう。みんな、本当は現実なんてつまらないって知ってるのに。ただすっぱいだけだって知ってるのに、甘いと信じ込んでるのね。ちょっと可哀そう」

彼女の、可哀そう、という言葉には、子供じみた優越感が混じっていた。

それには気づかなかったふりをして、尋ねる。

「できれば、チルチルという人に会いたいのですが」

シンプルに考えるなら、神さまみたいなチルチルが、片桐穂乃歌だろう。

でもミチルは首を振った。

「チルチルに会えるのは、私だけなの。きっと貴方じゃ無理よ」

「それは残念です」

「クッキーのついでに、一応は頼んであげるけれど。たぶん無理だと思う」

ミチルはリズミカルな足音を立てて、病室の扉に歩み寄った。それからまた、くるりとこちらに向きを変えた。

「貴方たちに、なにか言わなければいけないことがあったんだけど」

「なんです?」

「忘れちゃった。たぶん、たいしたことじゃないのね」

じゃあね、と言って、ミチルは病室を出た。軽やかな音を立てて、扉が閉まる。

ケイはベッドから降りるために、とりあえず靴下を履くことにした。靴下はケイが眠るときにそうした通り、足元のスニーカーに突っ込まれている。

隣のベッドの春埼が言う。

「ケイは、現実が無価値だと思いますか?」

「どうかな。感情的には、価値のあるものだと信じたいけどね」

スイートレモンとすっぱいブドウ。難しいところだった。

現実の人たちが、すっぱい現実を甘いものだと信じたがっているのか。それとも夢の世界で生きることを決めたミチルが、手に入らない現実を、すっぱいものだと信じたがってているのか。共に言い換えが可能で、どちらでもあり得る。

靴下を履き終えて、ケイはスニーカーに足を突っ込む。

「春埼はどう思う？」

彼女は軽く、首を傾げる。

「わかりません。でも、夢の世界に価値があったとしても、現実が無価値だという証明にはなりません」

まったくその通りだ。

スニーカーの靴紐《くつひも》を結んだケイは、ベッドから立ち上がる。

「そろそろ行こうか。遅くなってごめんね。やっぱり僕は、寝つきが悪い」

春埼も立ち上がって手提げ鞄《かばん》をつかみ、首を振った。

「いえ」

それから、ひと呼吸ぶんの時間を置いてから、続ける。

「次は子守唄《うた》を歌いましょうか？」

「それは魅力的な提案だね」

でももしかしたら、余計眠りづらくなるかもしれない。

＊

青い小鳥を頭に載せて、ミチルは病院の廊下を歩く。

カタギリ。片桐、穂乃歌。その名前が、なんだか胸にひっかかる。とても細いとげのように。痛みはないけれど、違和感がある。

——どうでもいいことだ。

と、ミチルは思う。

とげが刺さったなら、チルチルに抜いてもらえばいい。片桐穂乃歌という名前が問題なら、そんなものチルチルが忘れさせてくれる。

夢の世界では、どんな望みだって叶《かな》う。苦しいことと悲しいことをみんな消して、楽しいことばかり作ってしまえる。

ミチルは顔の前に手を伸ばす。小鳥が頭上から、ミチルの手に飛び移る。その鳥に向かって、尋ねた。

「さて、これから、なにをしましょう？」

決してミチルを裏切らない、悲しませることもない友達を一〇〇人集めてパーティーを開いてもいい。大好きなお菓子ばかりで可愛い家を作ってもいい。なんだってチルチルに頼めば簡単に叶う。

でも今日は、そうしようという気にならなかった。結局、ミチルは自室に戻る。先ほどまで浅井ケイや春埼美空と話していた病室の、すぐ隣の部屋だった。

当然この部屋も病室だけれど、ちっともそうはみえない。床には色とりどりのお菓子と、ぬいぐるみと、ミチルが興味をもった様々な小物が散らばっている。

「やっぱり、本を読みましょう」

小鳥に向かって、ミチルは囁《ささや》く。

大好きな物語を。メーテルリンクが書いた『青い鳥』を、また読み返そうと思う。

ミチルは病室の窓を開けた。手にとまっていた小鳥が飛び立つ。

青空と同じ色をした小鳥は、窓の向こう側で、くるくると輪を描いて飛ぶ。ミチルの許可を待っているように。

「どこかに行くの？」

「すぐに戻ってきてね」

ミチルがそう声を掛けると、小鳥はもう一度だけ大きな輪を描いて飛び去った。でもなにも心配することはない。青い鳥は、いつだってミチルのすぐ傍にいる。望めばこの手にとまってくれる。

ミチルはベッドに腰を下ろして、枕元にあった本を手に取った。『青い鳥』。その綺麗《きれい》で、不思議で、少しだけ残酷な物語のページをまた開く。

――私はどうして、この物語が好きなんだろう？

それはわからない。でも暖かな毛布のように確実な安らぎを、『青い鳥』は与えてくれる。

物語の中で、チルチルは少し意地悪だが、優しく頼りがいのある兄だった。ミチルは彼に守られながら、青い鳥を探して冒険を続ける。

——でも私は、もうそれを手に入れたのよ。

そう考えて、微笑んで、ベッドの上のミチルはページをめくる。

3　同日／午後二時～

浅井ケイと春埼美空は、ふたつのエレベーターに乗り、薄暗い通路を進んで、入って来たのと同じ裏口の小さな扉から病院の外に出た。

そして一目で現実の咲良田と、夢の中の咲良田の違いに気づいた。

病院を出てすぐ右手の道路が、まっ白で巨大な壁で途切れている。白い壁はとても濃密な霧のようにみえた。その壁は見上げてもどこで途切れているのかわからない。見渡せば大きな円を描き、ぐるりと咲良田全体を取り囲んでいるようだ。空の果てまで途切れない、真っ白な壁に、この街は囲われている。

「これは凄《すご》いね」

ケイは右手――白い壁に背を向けて、咲良田の街に目を向ける。

春埼はぽつりと呟《つぶや》く。パン屑《くず》を鳩の前に投げるような声だった。

「逆さまです」

「うん。逆さまだ」

白い壁のほかにも、もうひとつ大きな違いがある。

この病院は、咲良田のほぼ東端にある。そして病院を出て、左手が東、右手が西だ。

そのはずだった。

本来、病院を出て左手の方向は、すぐ海に突き当たるはずなのだ。海岸まではバスで一駅、三〇〇メートルほどしか離れていない。

だが、今、そちらの方向には、咲良田の街が広がっていた。鏡に映したように、現実とは反対に。東西が反転した咲良田がそこにある。

現実の咲良田と夢の中の咲良田の違いは、病院を出た直後にふたつもみつかった。夢の中の咲良田は、白い靄《もや》のような、巨大な壁に囲われている。そして街の東西が反転している。

ケイは白い壁の前まで歩み寄り、そちらに手を伸ばしてみた。

クッションを押し込むように、柔らかな抵抗を受けながら手が靄の中に入っていく。だがその抵抗は徐々に大きくなり、三〇センチほど突き出したところで、もうどれだけ力を込めても先に進まなくなった。

　――なんてことだ。

　夢の中の世界は、現実が再現されているのではなかったのか？　咲良田の外がないのでは、意味がない。相麻菫を街の外に出す実験を行えない。

「どうするのですか？」

　と、春埼は言った。

　肩をすくめて、ケイは答える。

「とりあえずは予定通り、奉仕クラブの仕事をこなすしかないね」

　この世界について、ひとつずつ理解していく他に方法はない。

「でも、相麻菫を咲良田の外に連れ出す実験ができないのであれば、無意味ではないですか？」

「無意味だとしても、奉仕クラブの仕事を無視するわけにはいかないよ。それに、気になることがある」

「それは？」

「野ノ尾さんの知人がこの世界にいると彼女に伝えたのは、おそらく相麻だよ。相麻は僕たちと一緒に、野ノ尾さんがこの世界に来るよう誘導した」

　そこにはなにか意図があるはずだ。なら、無視はできない。相麻の意図なんか想像もできないけれど、きっと彼女が二年前に死に、また再生した理由に繋《つな》がっているはずなのだから。

軽く目を伏せる。

――野ノ尾さんはなんのために、この世界に導かれた？

相麻菫はなにを狙っている？

わからない。目を開くと、春埼がこちらを見上げていた。古びた記念碑みたいに、ちっとも動かず、表情も浮かべずにそこにいた。

彼女のガラス球のような、感情のない瞳《ひとみ》は、二年前の春埼美空を連想させる。秋の始まりの空気は乾燥していて、重苦しさはない。真夏のように強い日差しが頭の上から押さえつけることもない。なのに少しだけ居心地が悪かった。

春埼は相麻に否定的な感情を持っている。

それは、わかる。でも、それだけではないように思う。彼女の中心にある問題が、よくわからない。春埼を理解できないことは苦しい。

――ねぇ、春埼。

ケイはそう呼びかけようと思った。次の言葉はまだ思いついていなかったけれど、ともかく彼女の名前を呼ぼうと思った。

でもそれよりも先に。

「では、行きましょう。ケイ」

ふいに、春埼美空は微笑んだ。初めて出会った頃から、現在まで。二年ぶんの時間を跳躍するように。

「今日は一緒に、夕食を食べる予定です」

そう言って、無邪気に、彼女は微笑んだ。

ふたりで一緒に夕食を摂《と》るのは、月に二回までと決めている。

*

病室には、大きな窓がついていた。

だがカーテンを引いているので、室内は薄暗い。

相麻菫はちらりとそのカーテンに視線を向けたけれど、立ち上がるのも億劫《おっくう》で、結局はそのままにしておいた。

布とガラスを隔てた先に、青空があることはわかっている。この夢の世界に浅井ケイがいることも。彼の隣には春埼美空がいることも、確かめる必要なんてない。

夢の世界を訪れるのには、大きなリスクを伴った。入り口になっている病院には、何人もの管理局関係者が勤めている。今はまだこちらの存在を、管理局に知られたくはない。

そう考えて、相麻は内心で首を振る。

――でも、それも、どうでも良いことね。

どうせ程なく、管理局は相麻菫を知る。未来視能力者としての相麻を。管理局から隠れ続ける方法はわかっていた。でも、より優先すべきことが他にある。

管理局を抜きにしても、この病院にいることには抵抗があった。

相麻菫はこの病院で生まれた。生まれた直後に、死にかけた。へその緒が首に絡まっていたのだという。そのときの、呼吸できない苦しみを覚えているはずもないが、ここに来るとなんだか息苦しい。

やはり窓を開けよう。風が吹けばまだいくらか、呼吸しやすくなるだろう。

そう決めてベッドから立ち上がろうとしたとき、ふいにカーテンが消失した。それは音も、跡形もなく、ただ消えた。

勝手にロックが外れ、窓が開く。

風が吹き込んだ。わずかに前髪を揺らす程度の、ささやかな風だった。

その風と同時に、一羽の青い小鳥が、窓から室内に飛び込んでくる。青い小鳥はくるりと部屋の中で回転し、向かいのベッドにとまる。

「もう少し、強い風がいいかな?」

と、青い小鳥は言った。くちばしを動かすこともなく、だが確かにその鳥から声が聞こえた。

相麻は首を振る。

「いいえ。心地良いわ。ありがとう」

瞬《まばた》きをしたほんの一瞬で、青い鳥は消えた。代わりにそこに、ひとりの男性がいた。二〇歳ほどの、背の高い男性が、足を組んでベッドに座っている。

彼は微笑む。

「ずいぶん久しぶりだね、菫ちゃん。また会えて嬉《うれ》しいよ」

「そうね。久しぶり」

微笑もうと思ったけれど、それは上手《うま》くいかなかった。表情を誤魔化すために、窓の外に視線を向ける。

「チルチル。貴方《あなた》はまだ、神さまのようなことをしているのね」

彼――チルチルは、小さな笑い声をあげた。

「それが仕事だからね。でもオレからみれば、君の方がずっと神さまみたいだ」

「どうでしょうね」

神さまというのは、自分の世界を持っているものだ。王が国を持っているのと同じように。相麻は世界を持っていないけれど、少なくともチルチルは、この夢の世界を持っている。

そう指摘しようかと思ったが、やめた。未来を知る能力を使うまでもなく、彼の返答は予想できる。

――この世界は、オレのものじゃない。

そして、その言葉が真実だということも、わかっていた。

「機嫌が悪そうだね」

と、チルチルは言った。

なるたけ軽い口調で、相麻は答える。

「ある男の子が、ある女の子と、今夜一緒に食事をするのよ」

「君の好きな男の子が、君ではない女の子と？」

「それは、わざわざ確認するようなことじゃないわ」

彼らのメニューまで知っている。バルサミコソースのチキンソテーに、ミモザサラダとパンプキンスープがつくセットだ。ふたりとも同じものを注文する。

相麻はチルチルに視線を向ける。

「ああ、そういえば。ミチル、伝言を忘れてるわよ」

「伝言？」

「そう。ケイたちに、夜間は出歩かないように伝える予定だったでしょう？」

「ああ、そうか。オレも忘れていたよ。後で伝えておこう」

まったく。それがきちんと伝わっていれば、ケイと春埼が、一緒に食事することもなかったのに。

チルチルは芝居がかった、大げさな動作で手を広げた。

「で、君はそのことの愚痴を言うために、わざわざここまで来たのかな？」

「そんなわけないでしょ」

ここに来たのは、ある人に頼み事をされたからだ。できる限り、頼られれば応えたい相手だった。でもそのことを説明するのも面倒で、相麻は答える。

「ちょっと、貴方の未来を覗《のぞ》きに来ただけ」

「ああ。オレの未来もみえるんだっけ？」

「ええ。今もみてる」

相麻菫の能力は、会話によって発動する。みえるのはあくまで会話している相手の未来だ。ひとりきりでは使用できないし、相麻自身の未来をみることもできない。その点では、管理局に囚《とら》われていた魔女の能力に劣っている。だが親しい人の未来をみれば、間接的に相麻の未来を知ることもできる。

──不思議ね。私は私の未来を知るために、この能力を手に入れたはずなのに。

能力というのは多くの場合、なにかしらの矛盾を孕《はら》んでいる。たとえばリセットも。やり直すための能力なのに、春埼だけでは出来事を変えられない。

でも例外だってある。ケイの能力は、過去に体験したことを確実に思い出す。その制限は一度能力によって思い出したことを、決して忘れられないというものだ。彼は徹底して過去を記憶する。

「オレたちの未来はどう？」

チルチルの声が聞こえて、相麻は彼を通してみえる未来に意識を向ける。

──まだ、大丈夫だ。

チルチルになにかを伝える必要はない。

「相変わらずよ。ミチルはまだ、ミチルのままなのね」

「あの子は変わらないよ。いつまでも」

「貴方がこれだけ頑張っているのに？」

相麻はもう一度、窓の外に視線を向ける。そこにある街は巨大な白い壁に囲われ、東西が反転している。

チルチルは軽く、首を振った。

「オレがなにをしようと、意味なんてないんじゃないかと思うことがある」

「そんなことはないわ。貴方の努力は、報われる」

この世界の神さまは微笑む。少しだけ悲しそうに。

「菫ちゃん。君はミチルを、助けてくれるつもりなんだね？」

「私はなにもしないわ。すべてケイが決めることよ」

「でも彼の行動も、シナリオによって既定されている」

シナリオ。完全なる真理。自動的で、回避不可能な未来。

――そんなの、知ったことではない。

シナリオが実在するとしても。ケイが悩み、決めたという事実は変わらない。

次にチルチルが口を開きかけたタイミングで、相麻は言った。

「ごめんなさい。少し黙っていて」

彼が言う予定だったセリフはこうだ。

——夕食の相手を、君にしてあげようか？

まったく馬鹿げている。そんなこと、なんの救いにもなりはしない。

チルチルはじっとこちらをみつめる。

「二年前、君は死んでしまうべきじゃなかったんだ。生きているのが嫌なら、この世界に逃げ込めばよかった。なにもかもを君の思い通りにしてあげることだってできた」

もう一度、黙っていろと釘《くぎ》を刺すべきだったかもしれない。でも、本当に彼が黙り込んでしまうと、未来をみることもできなくなる。

「ねぇ、チルチル。私はここが、嫌いじゃない。こういう形の幸せもあって良いのだと思う」

「ありがとう。オレもそう思うよ」

「でもね、私の場合、それでは意味がないの」

唯一絶対的な目的を、叶《かな》えることができない。

チルチルはこちらの顔を覗き込むように、首を傾げた。

「昔から気になっていたんだ。君が目指しているものは、なんだ？」

「秘密」

「君の能力があれば、どんなことだってできるだろう？」

相麻菫は首を振る。

「そんなことはないわ」

反対だ。実のところ、もうほとんど行き詰まっている。

その目的は叶わない。彼女自身の未来視が、失敗を予見していた。

「私は、とても微細な可能性を探しているだけ」

それだけを追い求め、相馬菫は死に、また生まれ、今ここにいる。

乾いた声を上げて、チルチルは笑う。

「君が可能性なんて言葉を使うとはね」

不条理な冗談だ、と、彼は言った。

＊

管理局から指示された内容はシンプルだ。

リセット前、現実での行動を、夢の世界で再現すること。その過程で現実と夢の世界の違いを探すこと。

ケイと春埼は昼食に手頃な価格の洋食店でオムライスを食べて、商店街をぶらぶらと歩き、古書店と輸入品の小物を扱う店を覗いた。

その間の出来事は、リセット前となにも変わらなかった。洋食店でオムライスを注文してからそれが出てくるまでの時間も、古書店に並んでいる本のタイトルも、小物屋の前で濃紺色のワンピースを着た女性とすれ違ったのも、全部同じだ。現実の咲良田とまったく同じことが、夢の中の咲良田でも起こっている。

——これだけのことをひとりの人間が、意図的に再現できるわけがない。

と、浅井ケイは考える。

そもそも片桐穂乃歌は九年前から眠り続けている。現実の情報を手に入れる方法はないだろう。なら「現実が再現されている」という夢の世界の性質は、片桐穂乃歌の意思ではなく、能力そのものの機能である可能性が高い。

もうすぐ午後五時になるころ、ケイと春埼は並んで公園に向かっていた。道端に潰《つぶ》れた空き缶が落ちている。そんなところまで現実と同じだった。鏡映しのように街の東西が逆になっていることも、意識しなければ気にならない。

赤信号で足を止めたとき、右手の方向から風が吹いた。それで揺れた街路樹の、葉と葉が擦れ合う音は軽く、乾燥して聞こえる。水気を失い、ゆっくり枯葉に近づいているのだろう。

夏の、より暑い日の方が、木々は潤っている。少し不思議だなとケイは思う。でも考えてみれば、当然のことなのかもしれない。夏場は水が必要だから、木々も必死に水分を吸い上げる。秋になって気温が下がれば、わざわざ水気を体いっぱいに溜《た》めておく必要はない。

そして暖かな光を受け止める役目を終えたとき、葉は枯れ、木から落ちてしまう。そのまま地面に溶け、栄養分に満ちた土壌を作る。木が冬を乗り切るためのもっとも効率的な方法に、葉は身を委ねるのだ。とても深い愛情を持って。

「なにを考えているのですか？」

と、春埼が言った。

「ちょっと、神さまについて」

と、ケイは答えた。

「神さま、ですか？」

「もし神さまがいたとして。どこかの誰かが、世界と、すべてのルールを作ったんだと仮定して。その誰かは秋に散る枯葉をみて、悲しいとは思わなかったのかな」

春埼はしばらくの間、黙って考え込んでいた。眉《まゆ》の形のわずかな違いで、彼女が自発的に思考していることがケイにはわかった。

この数週間でよくみるようになった表情だ。夏休みの後半からだろうか。彼女のなにかが、変化しつつある。それは例えばレシピに頼らず料理を作るような変化だ。

信号が青になり、ケイは足を踏み出した。一歩遅れて、春埼もそれに続く。ケイは少しだけ歩調を緩めて、彼女が隣に並ぶのを待つ。

おそらくは黙考の結論として、春埼は言った。

「葉の枯れない世界が幸福なのだと思いますか？」

ケイは首を傾げる。

「どうだろうね。でも、僕が思い浮かべる楽園には、枯葉は似合わないよ」

まず過酷な冬がなく、その準備のための秋もない。夏は少し暑すぎる。楽園には春が似合う。

なにかを確信した様子で、春埼美空は頷《うなず》く。

「貴方《あなた》はこの、夢の世界を作った能力について、考えているんですね？」

「うん。この世界の神さまのことを考えているんだ」

この世界には神がいる。とても強くて、頭がよくて、なんだってできる神さまが。ミチルはその神さまを、チルチル、と呼んでいた。

チルチルと、ミチル。『青い鳥』に登場する兄妹《きょうだい》の名前だ。どうして『青い鳥』なんだろう？　彼らもみつければ幸せになれる鳥を、探し続けているのだろうか。でもミチルはもう青い鳥をつれていた。

春埼はそっと口を開く。ルーペを覗《のぞ》き込んで美術品の真偽を見極めるように、慎重な口調で。あらゆる言葉をすべて、正しく選び抜こうと決意しているように。

「本当に、なんでもできる神さまがいるとして。なのにこの世界が、現実とあまりに似通っていることが、不思議なんですね？」

「うん」

彼女の答えを聞くために、ケイは尋ねる。

「人が、神さまと同じような力を手に入れて。その力が、思い描いた通りの楽園を作り出せるようなものだったとして。それでも世界を、現実にそっくりな姿のまま留《とど》める理由とは、なんだと思う？」

「ふたつ、思い当たります」

春埼は言った。

「その神さまが想定する楽園が、現実と同じ形をしている。あるいは、神さまには初めから、楽園を作るつもりがない。そのどちらかだと思います」

考えてみたけれど、ケイにもそれ以外の答えが思いつかなかった。

「たぶん、その通りなんだろうね」

楽園は現実と、ほとんど同じ姿をしている。

あるいは、神は楽園を作らない。

どちらもあり得るように思えた。だがそのふたつは、まったくの別物だ。そしてケイは、できるなら明確な答えを知りたい。人が神さまになったとき、その人物がなにを思い、どう行動するのかを知りたい。

――チルチル。

その人に、会ってみたい。

ケイは橋の手前を曲がり、川沿いの道に入った。このまま進めばほどなく公園にたどり着く。

川沿いの道は薄いブラウンの石で、綺麗《きれい》に舗装されていた。こつん、こつんと数歩、その道を進んでから、ケイは気づいた。

「みっつ目、だね」

ひとつ目は咲良田が白い靄《もや》のような、巨大な壁で囲まれていること。ふたつ目は街の東西が反転していること。

現実と夢の世界の違い。そのみっつ目が、正面から、足音を立てて歩いてくる。

小さなリュックサックを背負った、背の高い女性だ。長い髪を首の辺りでくくっている。目が細いせいだろう、周囲を睨《にら》みつけているようにみえる。

「おや。久しぶりだね」

と彼女は言う。

出会ったころとなにも変わらない。

――宇川沙々音《うかわささね》。

この日、このタイミングで彼女と出会うなんて、現実では経験していない。

三人は公園のベンチに腰を下ろした。

きっかり五分だけ遅れた時計のある公園だった。

右手に持った赤い紙箱を差し出して、宇川沙々音は言う。

「ポッキー、食べる？」

なんだかとても懐かしい。

ケイが初めて宇川に出会ったのは、二年前のことだ。ケイと彼女はあるひとつの約束を交わし、ほんの短い期間だけ仲間になった。

「いただきます」

ケイは箱の中のポッキーを抜き出しながら、宇川の左手を確認する。そこに指輪はなかった。なら彼女は今、能力を使っていない。

「大学はまだ始まっていないんですか？」

尋ねてから、ケイはポッキーにかみつく。宇川はケイよりも三つ年上で、この春から咲良田の外にある大学に通いはじめた。だから彼女に会う機会は少ない。

「講義がつまらないんだ」

宇川は春埼にもポッキーを渡してから、彼女自身も口にくわえた。ポッキーは軽い音をたてて、真ん中の辺りからふたつに折れる。

口に残った方を飲み込んで、彼女は続ける。

「だからもうしばらく、夏休みを延長することにした。一般教養は二か月くらい休んでも単位をもらえる。面白い講義の教授は、大学に寄りつかない」

「それは残念ですね」

「ま、大学は興味のあることを勝手に勉強するところだからね。授業はあんまり、重要じゃない」

なるほど、とケイは頷く。

「ところで宇川さん、唇にチョコがついてますよ」

「おや。それは失礼」

彼女は赤い舌をちろりと覗かせ、唇についたチョコを舐《な》めとる。

「そういえば。私はキミを捜していた」

「へぇ。なぜですか？」

尋ねながら、ケイは二年前、宇川と交わした約束を思い出す。初めから守るつもりがなかった、ひとつの約束を。

——夢の中の僕も、同じ約束を交わしたことになっているのだろうか？

その可能性は高いように思う。そもそも、あの約束がなければ、ケイと宇川が親しく会話することにはなっていないはずだ。

だが彼女の答えは、その約束とはなんの関係もないものだった。

「今、私はアルバイトをしている。こうしてキミと話している間も、ずっと時給が発生している」

まさか彼女のアルバイトの話を聞くなんて想像もしていなくて、ケイはとりあえずポッキーにかみつく。

「仕事に戻らなくていいんですか？」

「これが仕事なの。ある病院に行って、ベッドで眠り、夢の中でキミに会う仕事」

彼女も右手のポッキーを口元に運ぶ。

「つまり、私もキミと同じ、現実の人間だよ」

ケイは頷き、なるほど、と答える。

それで納得できた。

今日、この時間。現実では、宇川は病院のベッドで眠っている。それならリセット前に現実で、彼女に出会わなかったのは当然だ。

「宇川さんのアルバイトは、管理局に関するものですか？」

そうでなければ、この世界に入ることは難しいだろう。

宇川沙々音は頷いた。

「うん。私は二年前から、管理局の協力者をやっているから」

そのことは、もちろんケイも知っていた。彼女が管理局の協力者になったのは、ケイに責任がある。

二年前。浅井ケイは、相麻菫を生き返らせる能力を探していた。

あらゆる手を尽くして、それを探し出すつもりだった。

だから管理局から、能力に関する情報を聞き出すことに決めた。公的には、管理局は咲良田に存在する、すべての能力を把握していることになっている。実際にはそんなことは不可能だろう。おそらく管理局はまだ相麻菫の能力を知らない。

でも管理局よりも能力について詳しい機関がないことも間違いない。だから、人を生き返らせる能力を探すなら、管理局に尋ねるのがいちばんだと考えた。

もちろんただの中学生だった浅井ケイに、管理局が能力の情報を公開するはずがない。だからかなり強引な方法で、ケイは彼らから、情報を聞き出そうとした。

当時のケイには、大まかに言って三人の協力者がいた。ひとりは春埼美空で、もうひとりは坂上央介《さかがみようすけ》で、最後のひとりが宇川沙々音だった。

春埼美空はただケイに従っていた。

坂上央介は心の底から相麻の再生を望んでいた。

宇川沙々音は、彼女の少し特殊な正義感によって、ケイに協力することを決めた。

でも結果として、その計画は失敗した。

管理局は表向き、浅井ケイが起こした問題を、すべてなかったこととして扱った。あくまで表向き、だ。

こういうとき、管理局は主に二通りの方法で、問題を起こした人間に対処する。

ひとつは咲良田からの追放だ。咲良田の外に出れば、能力に関する記憶をすべて忘れる。今後、同じように問題を起こすことはない。たとえば坂上はこのパターンに該当する。彼は咲良田の外の高校に進学した。咲良田に戻るのは、夏休みの、ごくわずかな期間だけだ。

もうひとつは、管理局の協力者にしてしまうことだ。例として適切なのは、「非通知くん」と呼ばれる情報屋だろう。

非通知くんはかつて、能力を使い問題を起こした。ケイが彼と知り合う以前の出来事だから詳しいことは知らないけれど、彼は情報を奪い取るために人を襲い、ある山に吸血鬼が出るという噂の元になったらしい。

そのことを管理局に知られ、彼は今、協力者として情報を集めている。

宇川も高校を卒業するまで、管理局の協力者だった。街を離れて大学に進学したことで、坂上のパターンに移行したのだと思っていたけれど。どうやらそういうわけでもないらしい。

ちなみにケイと春埼は、そのどちらにも含まれない。見方によっては管理局の協力者だが、それを強制されたわけでもなかった。ただ、放置された。きっと魔女と名乗っていた女性に守られていたのだと思う。彼女はある事情で――いってみれば将来的にケイたちを利用するために、ふたりを守る必要があった。

公園の、きっかり五分だけ遅れた時計に視線を向けて、宇川沙々音は言った。

「管理局の仕事。初めは少し、気に入らなかったけどね。今は悪くないと思ってる」

慰められているのだろうか、とケイは疑ったけれど、おそらく違う。宇川沙々音は本心しか口にしない。決して嘘をつかない、というのも、彼女の特性のひとつだ。

「最近は、どんなことをしているんですか？」

「別に、昔と変わらない」

「正義の味方？」

「うん。キミなら、私に憧《あこが》れてもいいよ」

「今まで秘密にしていたけれど、実は昔からわりと憧れていています」

宇川沙々音は、ふたつのことを断言する。

ひとつは彼女自身が、正義を信仰していること。

ふたつ目は、正義というのは、直感でしか導き出せないのだということ。

物事に相対してみれば、正しいことは、正しいのだとわかる。間違っているなら、間違っているとわかる。人は直感的に正義と悪を察知する能力を持っている。

それが宇川沙々音の哲学で、彼女のすべてはその哲学によって構成されている。

だから彼女は積極的に、あらゆる問題に触れる。そして自身がもっとも正しいと思うように行動する。常に彼女の中にある正義の、味方でいるために。

次のポッキーを取り出しながら、彼女は言った。

「じゃ、そろそろ仕事の話をしようか」

内心で、相麻について尋ねられなかったことに安堵《あんど》しながら、ケイは尋ねる。

「仕事というのは？」

「ともかくキミから、現実と夢の世界の違いを聞くことだよ。なにか気づいた？」

「一目でわかることばかりです」

「咲良田全体が白い壁に囲まれている。それに、街の東西が反転している」

「ええ」

わざわざケイが、報告する必要もない。

「他にはないの？」

「あとは貴女に会ったことくらいです。他は全部、リセット前、現実で体験したことと同じでした」

わずかな違いもなく、まったく同じ、だ。

「わかった。ともかく私も、少しこの世界をみて回るよ。明日にでも、また会おう」

そう言って、宇川はベンチから立ち上がった。

歩み去ろうとする彼女を、ケイは呼び止める。

「宇川さん。現実と、この世界との違いを知って、それからどうするんです？」

なんの目的もないのであれば、彼女が夢の世界に入ってくる必要なんてない。ケイが現実に戻ってから、管理局に報告すればそれでいいはずだ。

宇川沙々音はポッキーをくわえる。

「ああ――」

軽い音を立て、ポッキーが折れた。

「場合によっては、私がこの世界を叩《たた》き潰《つぶ》してしまうことになってる」

そう告げて、今度こそ彼女は背を向けた。

ケイと春埼は公園でしばらく時間を潰し、午後六時三〇分ごろに、小さなレストランに向かった。

やたらとメニューの数が多くて、どの国籍の料理をメインとして扱っているのかもわからない店だった。ふたりはチキンソテーのセットを注文した。隣のテーブルのサラリーマンは煮魚の定食を食べていた。

店の壁にはどこか東洋の国の写真と、アフリカをイメージさせる木製の仮面が並んで掛かり、その脇に何枚かの英字新聞がまとめてピンで留められている。

古い物置みたいな店だな、とケイは思う。小さなスペースに、雑多なものが詰め込まれている。取り留めもなく、捨てられない思い出みたいに。そしてそれらは、雑多であるという点で一致している。反則じみた、だが奇妙な説得力のある統一感がある。どこかの誰かひとりぶんの人生を全部まとめて小さな部屋に押し込めば、この店みたいな雰囲気になるかもしれない。

ケイと春埼は四〇分ほど時間をかけて、夕食を終えた。バルサミコソースのチキンソテーは身が引き締まった野性的な味わいで、いかにも食事しているという気分になる。テーブルの向かいで、春埼は青いガラス瓶に入った水をグラスに注ぐ。こぽこぽと可愛い音がする。

彼女の背後には窓があり、夜空がみえる。ケイは星を探してみたけれど、よくわからなかった。曇っているのだろうか。それとも小さな星が、古い窓ガラスを越えられないくらい微細な力で輝いているのだろうか。

「なにかデザートを食べる？」

と、ケイは尋ねた。

「いえ。もうお腹がいっぱいです」

と、春埼は答えた。それから彼女は、グラスの水を一口飲んだ。

ケイも満腹で、すぐに席を立とうという気にならなかった。あくびをこらえて――なんだか先ほどから、とても眠かったのだ――思いついたことを口にしてみる。

「宇川さんに会うと、ある犬のことを思い出す」

リセットの前には口にしなかった言葉だ。

ケイは普段、理由がなければリセットの前後で行動を変えない。不用意に未来を変えてしまわないように、徹底してリセット前の行動をなぞる。自身に課したそのルールを破ったのは、夢の世界にいるからだ。現実のケイと春埼は病院のベッドで眠っているから、ここでの会話は未来には影響しないはずだ。ケイは続ける。

「小学生のころ、通学の途中に、犬を飼っている家があったんだ」

春埼はグラスをテーブルに置いた。

「それは、ケイが咲良田に来る前の話ですか？」

「うん。僕が昔、住んでいた街の話だよ」

春埼は頷《うなず》いて、それからじっと、こちらの顔をみる。

正面から目が合った。目を合わせたまま、ケイは言った。

「その犬は、大きなゴールデンレトリバーだった。赤い首輪で太い縄に繋《つな》がれていて、決して吠《ほ》えることがなかった。僕が前を通ると、いつもじっとこちらをみていたんだ。たぶん彼は、色々なものをじっとみて生活していたんだと思う」

その犬の前を通るのが、小学生のころのケイは好きだった。

たまにケイも足を止め、その犬をじっとみた。

犬と視線を合わせるだけで、意思の疎通ができるわけもない。だからみんな、勘違いだ。でもケイはその犬の前に立つと、数多くの言葉を交わしているような気がした。犬の目は知的で、様々なことを悟り、受け入れているようだった。

ケイはその犬に奇妙な共感と、憧れのようなものを感じていた。とても一方的に。

「宇川さんはなんだか、その犬に似ている」

「彼女の顔は、犬には似ていないように思います」

「雰囲気が似てるんだよ」

春埼は二回、瞬《まばた》きしてから、言った。

「その犬は、今もまだ、昔ケイが暮らしていた街にいるんですか？」

ケイは首を振る。

「僕が小学四年生のころ、死んでしまったよ。交通事故に遭ったんだ」

主《あるじ》がいなくなった犬小屋を、じっと眺めていたら、家の人が教えてくれたのだ。逃げ出してしまったのよ、と。

その犬が吠える声を、ケイは一度も聞いたことがなかった。おとなしい犬だった。

なのに彼はある日、自身を繋ぐ太い縄を噛《か》み千切ったのだという。おそらくは何度も何度も牙《きば》を立てたのだろう。暴力的な方法で自由を手に入れ、事故に遭い、死んだ。

彼がなにを考えていたのか、もちろんケイにはわからない。

首輪をつけてみればわかるのかもしれないし、人間には決してわからない事情があるのかもしれない。あるいは別の犬にだって、彼のことは理解できないのかもしれない。

ともかく彼はある日、どこかに行こうとして、死んだ。

——宇川沙々音も、それに似た危うさを持っている。

感覚的なものではない。

事実として、二年前、ケイが彼女と交わした会話は、極めて危ういものだった。

＊

二年前。浅井ケイは、相麻菫を生き返らせるために行動していた。

そして管理局から情報を引き出すために必要な、強い能力を求めていた。脅迫のような手段で管理局から情報を奪い取るほかに、方法を思いつかなかったのだ。

ケイは宇川沙々音が強い能力を持っていることを知り、彼女に協力を依頼した。

女の子を生き返らせたいのだと、ストレートに頼んだ。

彼女は言った。

「死んでしまった人を生き返らせるのが、正しいことだと思う？」

なにかを非難するような声ではなかった。テストでわからなかった問題の答えを尋ねるような、他意のない疑問だった。

ケイは答えた。

「当然です」

人が死ぬのは、悲しい。悲しみを取り除くことが、間違っているはずがない。そう説明した。

宇川は軽く首を傾げた。

「どうかな。難しい問題だね」

「そうですか？」

「うん。人が死ぬのは悲しい。それは間違いないよ。でも、死んだ人を生き返らせることが正しいのかは、よくわからない。だからきっと、その子を生き返らせようとしてみるべきなんだろうね」

宇川沙々音は、微笑んで。

堂々とした口調で、告げた。

「善悪というのは、そういうものだ。なんであれまっすぐ向かい合えば、直感的に、正しいのか間違っているのか判断できる。人の心は、そういう能力を備えている」

そして宇川沙々音は、浅井ケイに協力することを決めた。

無茶苦茶な話だ。宇川沙々音は自身にとっての善悪を判断するためだけに、相麻を生き返らせようとしたのだ。

ケイは尋ねた。尋ねざるを、得なかった。

「もし、人を生き返らせることが間違いだとしたら。貴女の心が間違いだと判断してしまったら、どうするんですか？」

「どうかな。すぐに、キミの敵に回ると思うけれど」

「では相麻が生き返ってから、間違いだと気づいたら？」

「私はそんなに鈍くはないよ。でも、そうだね――」

宇川は平然と答えた。右手に持っていたピーナッツ入りのチョコボールを口の中に放り込みながら。

「もしそんなことになったら、責任を取るしかない。私がその子を殺すか、それとも私が死んでしまうか。たぶんそのどちらかだよ」

譲歩に譲歩を重ねれば、間違えて生き返らせてしまったから、自身の手でまた殺すという考え方は理解できる。納得できなくても、感情のない数式のような理屈で、まだしもわからないでもない。

でも、

「どうして貴女が死ぬことが、責任を取ることになるんですか？」

宇川は少し戸惑ったように首を傾げた。

「そういえば、ならないな。——ああ、でも、そうだ」

ふいに真剣な瞳《ひとみ》でこちらをみて、彼女は言った。

「正しくない私を、私は認められないんだ。自分が、間違いを犯したのだと気づいて。でもその間違いを正せないのなら、死んでしまうしかないよ」

このときはまだ、ケイは彼女のことをよく知らなかった。でもそれなりの時間を彼女と一緒に過ごして、理解した。宇川沙々音は間違いなく正義の味方だ。

なんの混じり気もなく、自身が正しいと信じる存在であり続ける。

打算もなく、悪意もなく、あらゆる判断を自身の感情に委ねられる彼女は、本質的に極めて危うい。正しいのだと信じられれば、人を殺すこともできてしまうのだろう。間違っているのだと確信すれば、自分を殺すことさえ、できてしまうのだろう。

仄《ほの》かに笑って、彼女は言った。

「浅井。ひとつだけ約束して欲しい」

「なんですか？」

「その女の子を、勝手に生き返らせないこと。すべてを私の、目が届くところで行うこと。そうでなければ、私の正義を判断できない」

「わかりました」

ケイは頷いた。

もちろん、嘘だ。そんな約束、初めから破ってしまうつもりだった。

ケイは彼女が本当に、少女を殺すことや、自ら死んでしまうことを選ぶとは思っていなかった。でも、絶対に大丈夫だ、と断言できるほど、宇川について詳しいわけでもない。少しでも危険があるのなら事前に回避した方がいい。

それでも宇川の能力は手に入れたかった。

だからケイは、守るつもりのない約束をした。

＊

正面に座る春埼を眺めて、ケイは尋ねた。

「宇川さんは、この夢の世界を、どう思うかな」

ワンハンド・エデン。安易な楽園。

もし宇川が、この世界を間違ったものだと判断したなら。本当に、徹底的に、叩《たた》き潰《つぶ》そうとするだろう。正義の味方とはつまり、善悪を判断する審判のようなものだ。

テーブルの向こう側に座る春埼は、軽く首を傾げた。

「私には、彼女がなにを正しいと感じるのか、よくわかりません」

――僕は、少しだけわかる。

そう思ったけれど、きっと錯覚だ。小学生のころ、あの犬に感じていたものと同じ身勝手な勘違いだろう。

宇川沙々音の正義は、彼女の感情によってのみ判断される。

ケイが考えてわかることではない。

そろそろ行こうか、と、そう言おうとしたとき、ケイの携帯電話が鳴った。モニターには発信者の名前が表示されている。

ケイはコールが二回鳴るあいだ、その名前を眺めていた。

「誰からですか？」

と、春埼が言う。

「チルチルだよ」

と、ケイは答える。

チルチル。この世界の神さまの名前だ。

もちろんその人物の電話番号を、ケイは知らない。アドレス帳にないチルチルの名前が、どうして画面に表示されるのだろう？

ま、相手は神さまだ。こんなことで驚いてもいられない。

ケイは通話ボタンを押して、携帯電話を耳に当てる。こちらが喋《しゃべ》り出す前に、声が聞こえた。

「初めまして。オレはチルチル。ひとつ忠告があるんだ」

チルチルが男性の声で喋ったことが、少し意外だ。

チルチルの正体は、この夢の世界を作っている能力者——片桐穂乃歌である可能性が高いと思っていた。もちろん彼女が、夢の世界では男性になっているのかもしれないけれど。

「初めまして。浅井ケイです。忠告、というのは？」

「この街では、夜間出歩くことが禁止されているんだよ」

ケイは店内の時計に目を向ける。午後七時三〇分。すでに夜間と言っていい時刻にな
っている。正直なところ、今さら言われても困るけれど。

「僕たちは今、レストランにいます。これからまっすぐ家に帰れば大丈夫ですか？　だ
いたい二〇分ほど掛かります」

ケイの部屋には五分で着く。

でも春埼の家までは、それなりの距離があった。バスを使うとしても停留所で待たな
ければいけないことを考えると、あまり時間は変わらない。

チルチルは答える。

「微妙なところだな。普段なら大丈夫だが、もしかしたら間に合わないかもしれない。

あいつは気まぐれだから」

気まぐれ？

彼が誰について語っているのかわからない。

「なにに、間に合わないんですか？」

「この世界は、大抵なんだってオレの思い通りになる。でもひとりだけ、オレにもどう

しようもない奴がいるんだよ。夜はそいつが暴れ出す」

「よくわかりません。暴れる、というのは？」

「説明が面倒だ。みればわかるよ」

まぁ、それはいい。今は細かなことを気にしている場合ではなさそうだ。

「ともかく急いで、自宅に戻ります。もしお願いできるなら、レストランの前にタクシーを停めていただけると嬉《うれ》しいです」

神さまなら、それくらいのことはできるだろう。

「タクシーだってジェット機だって、用意できるけどね。連絡が遅れたのは悪かった。今回はオレが送ってあげよう」

実はこの時間まで家に帰りつけなかった人は、みんなオレが送っているんだよ、とチルチルは言った。確かにこのレストランには、まだ何人か客がいる。

「じゃ、行くよ」

彼がそう言ったとたん、座っていた椅子の感触が消えた。支えを失って、ケイは後方に倒れる。それを自覚したときには強《したた》かに腰を打っていた。目の前に春埼がいなければ悲鳴を上げていたかもしれない。

咄嗟《とっさ》に閉じていた目を、開く。

だがなにもみえなかった。周囲が暗い。それほど深い闇ではないが、光量の変化についていけない。唐突な暗がりは目に染みる。

握ったままだった携帯電話から、チルチルの声が聞こえた。

「到着」

その言葉でなにが起こったのか、おおよそ理解できた。ここはケイの部屋だ。彼はほんの一瞬で、ケイを自宅まで送り届けた。

「それから、これはプレゼントだ」

硬いなにかが頭に当たり、音を立てて床に落ちた。ケイは左手で頭を押さえる。痛かったのだ。

「なんですか、いったい」

明かりのない部屋では、頭に当たったものの正体もわからない。

「クッキーだよ」

君がオレにお願いしたんだろう？　とチルチルは言う。たしかにミチルに、クッキーが欲しいと言った記憶がある。

「ありがとうございます」

わざわざ頭の上に落とす必要はないだろうが、声を張り上げて怒ることでもないし、神さまの気まぐれとしては可愛いものだ。

「どういたしまして。じゃあね。決して外には出ないように」

電話が切れる前に、ケイは声を上げた。

「ああ、ふたつ、聞きたいことがあります」

「まずひとつ目。どうしてこの街は、白い壁に囲われているんですか？」

「ん？　なにかな？」

それさえなければ、相麻菫を咲良田の外に連れ出す実験ができた。

「そういうものなんだよ。言ってみれば、ここは鳥かごだ。青い鳥のために隔離された世界なんだよ」

よくわからない答えだった。

ふたつ目は？　と、彼は言う。

ケイは尋ねた。

「チルチル。貴方《あなた》が、片桐穂乃歌さんですか？」

しばらく沈黙してから、彼は答えた。

「違うよ。片桐穂乃歌は、ミチルだ。でもあの子は、もうそんなこと覚えていない」

――ああ、なるほど。

ケイは理解した。この世界の神さま、チルチル、ミチル、片桐穂乃歌。その歪《いびつ》な関係を、おそらくは正確に。実のところ、神さまのことは、幼いころからよく考えていたのだ。人がそれになったとき、なにをするのかについても。

「貴方を作ったのは、ミチルですね？」

「質問はふたつだけだろう？　じゃあね、おやすみ」

その言葉を最後に、電話が切れる。

とりあえずため息をついてから、ケイはスニーカーを脱ぐ。それを持って、立ち上がった。

なにもみえなくても、部屋の明かりくらいならつけられる。蛍光灯のスイッチを入れ、玄関にスニーカーを置いた。

――さて、どうしたものか。

考えながら振り返ると、床に転がった缶入りのクッキーと、ベッドに腰を下ろした春埼がみえた。彼女もレストランからここに送り届けられたらしい。

彼女は軽く辺りを見回す。

「ここは、ケイの部屋ですね」

いきなり椅子が消えたときよりも、いくらか驚いた。

「春埼。急に辺りが真っ暗になったら、悲鳴くらい上げた方がいいよ」

明かりをつけるまで、存在に気がつかなかった。

真剣な表情で、彼女は頷《うなず》く。

「わかりました。次からはそうします」

もう一度、ケイは大きなため息をつく。――まったく、この世界の神さまは、なにを考えているんだ。女の子はきちんと自宅まで送り届けるべきだろう。

「なにが起こったのですか？」

「色々あるけれど、とりあえず、レストランの料金を払い損ねたよ」

夢の世界だからと言って、食べた物の料金を払わなくてもいい理由にはならない。

携帯電話のアドレス帳どころか、着信履歴にさえチルチルの名前はなかった。

彼にはまだ色々と聞きたいことがあったし、なによりもまず春埼を自宅に送って欲しかったのだけど。さすがに神さまの忠告を破って彼女を部屋の外に出すのは、リスクが大きすぎる。

フローリングに座った彼女がこちらを見上げる。

「ミチルがチルチルを作ったのですか？」

電話の会話が春埼にも聞こえていたのだろう。ケイは頷く。

「たぶんね。ミチルが片桐穂乃歌さんなのだと、チルチルは言っていた。それならこの世界を作ったのは、彼女だ」

この世界の神さまを作ったのも、おそらくは彼女だろう。

ケイは続ける。

「片桐穂乃歌さんは、この世界において、たぶんほとんど全能なんだ。神さまを作り出せるくらいには、全能なんだと思う」

「全能なのにどうして、神さまを作る必要があるのですか？」

「わからないけどね。きっと、それがいちばん自然な方法だったんじゃないかな」

「なんの方法ですか？」

「この世界を、片桐さんの楽園にする方法だよ」

当然だとさえ思う。

神さまになって万難を排するより、神さまの元で平穏に暮らす人間の方が、幸せだ。自分勝手に世界を作り変えるより、世界の方が自動的に、自分の好みに合わせてくれる方が、楽園だ。片桐穂乃歌は自身を幸せにする神さまを、この世界に作った。その神さまにはチルチルという名前が与えられた。

「そして片桐さんは、ミチルになった。チルチルの話では、ミチルは自分自身が片桐さんだということを、覚えていないらしい」

これも納得できる話だ。

自分のための神さまを作って、間違いなく幸せになれる環境を整えたなら、それを用意したことを覚えている必要なんてない。バースディケーキは自分で用意するよりも、思いがけず他者からプレゼントされた方が嬉《うれ》しいものだ。

そう説明すると、春埼美空は頷いた。

「理解しました」

「うん。でも、ちょっと問題だね」

「なにがですか？」

「宇川さんが嫌いそうな状況だよ」

彼女はきっと、この世界を否定するだろう。

片桐穂乃歌が自身の幸せのために、神さままで用意してしまった世界を。宇川沙々音の正義が、ケイにはわからない。でもこの世界は、彼女の正義に反しているのではないかという気がする。

「では宇川さんは、この世界を壊そうとしますか？」

「もし彼女がチルチルとミチルの関係を知ってしまったら、その可能性は高いね。宇川さんのことは、僕にもよくわからないけれど」

加えていうなら、宇川沙々音からこの世界を守ることが正しいかどうかも、今のところ判断できない。きっと多くの人が、この世界のあり方には疑問を持つだろう。安易に楽園を用意してしまえる、ワンハンド・エデンの問題。

「ま、今のところ、考えても仕方がないかな。ミチルのこともよくわからない」

相手の事情を理解せず、善悪を判断するのは危険だ。それにケイは、人に迷惑をかけない限り、あらゆる幸せになるための努力が許されると信じている。相麻の再生だって多くの人の倫理観に触れるだろう。

――それよりも今は、目先の問題を優先しよう。

と、ケイは思う。

もうしばらく春埼とふたりきり、この部屋で過ごす必要がある。

ケイは春埼に視線を向ける。彼女は少し眠そうに目を細めている。

「眠いなら、ベッドを使っていいよ」

彼女は首を振る。

「いえ。大丈夫です」

「そう。じゃあ、とりあえず学園祭の劇の練習でもしようか?」

他に生産的なことはなにも思いつかない。それに夢の中でもケイの部屋には、きちんと皆実未来が書いた脚本があった。

4 同日/午後八時

先ほどから、瞬《まばた》きの回数が増えていることには気づいていた。

春埼美空は浅井ケイと向かい合い、劇のセリフを練習していたけれど、それはあまり効率的には進まない。集中が途切れがちになる理由のひとつは強い眠気だ、と春埼は思う。だがそれだけではない。

胸の中心に、混沌《こんとん》とした塊がある。最近ずっとだ。それはたまに、春埼の意識を無視して勝手に思考する。自動的になにかを判断し、脳で考えて出した答えを否定する。

——まるでそこに、私ではない誰かがいるようだ。

別人が胸に居座り、春埼美空を侵食する。内側から少しずつ人格を書き換えていく。

ケイの言葉ひとつ、表情ひとつでそれは進行する。

違和感が大きくなったぶん、その実態も少しつかみやすくなっていた。

──私は浅井ケイの幸せを願っている。

それが、大前提だ。彼の判断は正しく、彼の望みを叶《かな》えることが私の望みだ。この二年間、その結論を疑ったことはなかった。今だってそれが正しいのだと信じている。でも胸の混沌は、まったく別のことを望んでいる。春埼美空の理性とは違った答えを提示し続ける。

その、もっとも具体的な要素が、相麻菫なのだと思う。

ケイは相麻菫の再生を望んだ。春埼の理性は、もちろんそれを肯定する。彼の望みが叶えばいいと思う。だが胸に居座った混沌は、まったく反対の答えを出す。相麻菫の再生を、喜ぶことができないでいる。きっと、相麻菫の再生により、春埼が──リセットという能力が、無価値になることを怖れている。

ケイは相麻菫が咲良田の外で生活することを選んだ。もちろんそれも、春埼の理性は肯定する。彼の判断は正しい。加えていうなら、相麻菫が能力を忘れて生活するなら、リセットの価値を損なわずに済む。なのにこのことにすら、胸の混沌は反対の答えを出す。ケイは相麻菫と共にいたいのではないかと疑う。二年前、屋上で、ケイと相麻菫が抱き合っていた場面を忘れられないでいる。

春埼の中でふたつの意識が、相麻菫をきっかけに対立する。

浅井ケイが彼女の名前を出すたびに、その対立は明確になる。

胸の混沌が、ケイの判断に逆らうなら。

――それは、私の敵だ。

理性で抑えつけなくてはならない。

でもそのことを考え始めると、とたんに意識は散漫になる。目の前でケイが、劇のセリフを口にするのがわかった。だがその言葉を上手く聞き取れない。対応するセリフを答えなければならないけれど、それがなんなのかわからない。

とても眠かった。思わずあくびが漏れる。目の前では、まったく同じタイミングで、ケイもあくびしていた。それだけでなんだか心地いい。

笑って、彼は言った。

「無理することはないよ。ベッドを使えばいい」

まだ八時を過ぎたところだというのに、今日は妙に眠い。彼もずいぶん、眠そうだ。

「ケイはどうするんですか？」

笑って、彼はとん、とフローリングを叩《たた》く。

「今まで秘密にしていたけれど、僕は床の上で眠るのが好きなんだ。実は毎晩、ここで眠っている」

嘘だ。

それくらい、春埼にもわかる。少し躊躇《ためら》ってから、答える。

「嘘、です」

　ケイは首を振る。

「本当だよ」

「では、私も床で眠ります」

　春埼はその場で、ころん、と横になる。気がつけばそうしていた。眠くて理性が働かない。胸にある混沌が行動を支配する。

　困ったように笑って、ケイは言った。

「春埼。お願いだから、ベッドで眠って欲しい。僕のために」

　珍しいセリフだ、と春埼は思う。お願いだから。ケイは滅多に、そういう言い方をしない。きっと春埼が必ず従うことを知っているからだろう。

　――彼に迷惑をかけるべきではない。

　内心で、何度かそう反復して、春埼は頷《うなず》く。

「わかりました」

　それからゆっくり身を起こす。少し足元がふらついた。思ったよりもずっと眠気が強い。ベッドまで移動し、うつ伏せに寝転がった。顔を枕に押しつける。夢の世界だというのに、少しだけケイの匂いがする。

　その体勢のまま、口を開く。くぐもった声が出る。

「ケイ。おかしくないですか？」

「なにが？」

「こんなに眠いのは、初めてです」

「うん、僕もだ。とりあえずひとつ、理由には思い当たるよ」

春埼は首を回してケイをみる。

また、大きなあくびをしてから、彼は言った。

「眠ることを我慢できても、目を覚ますことを我慢するのは難しい」

「どういうことですか？」

「夢の世界に入って、もう六時間くらい経つ。つまり現実で、僕たちは六時間、眠っている。君は僕よりも先に眠ったから、もう少し長い」

「そうですね」

「昼寝としては、明らかに長すぎるよ。そして人は起きていられる時間よりも、眠っていられる時間の方がずっと短い」

「つまり現実で、私たちが目を覚まそうとしているんですか？」

「そう。夢の世界で眠れば、現実で目を覚ます。そういう構造になっているのかもしれない。ただの推測だけど、他には思いつかないよ」

なるほど、と春埼は思う。

ケイが言うのだから、きっと正しいのだろう。この答えに関しては、春埼の理性も胸の混沌も一致していた。

「おやすみ」

と彼は言った。

「まだ起きています」

と春埼は答えた。だけどまぶたが重い。思わず目を閉じてしまう。

ひとつだけ、彼に言っておきたいことがあって、春埼は無理に目を開く。

それから、「ケイ」と声を出した。

＊

「ケイ」

と言った、春埼美空の声は、掠《かす》れていた。

浅井ケイは眠そうな彼女に視線を向ける。

「どうしたの？」

彼女はうつ伏せになった体勢で、右側の頰を枕に押しつけてこちらをみていた。

「本当は嫌じゃないですか？」

「なにが？」

「学園祭の、劇のことです。私は、無理やり、貴方《あなた》をつきあわせたのです」

寝ぼけたような口調だった。

途切れがちな小さい声で、彼女は続ける。

「頼めば、引き受けてくれると、思っていました。迷っていたのに、やっぱり頼んでしまいました」

ケイは微笑んで、首を振る。

「そんなことはないよ。僕は学園祭も、演劇も、君の演技も楽しみだ」

心の底から、楽しみだ。

「本当ですか？」

「もちろん」

どうして疑われるんだろう。昨日は岡絵里にも言われた。――そういうの嫌いでしょ？

日頃の行いが良くないからだろうか。好き嫌いを表現するのが、苦手だ。たとえば小学生のころ、両親はケイの嫌いな食べ物も知らなかったはずだ。

――そういうのが、美徳だと思っていたんだけどね。

好きなものでも歓声を上げず、嫌いなものでも笑って受け入れるのが、正しいのだと信じてきたけれど。春埼にさえ勘違いされているのなら、もう少し好みをオープンにした方がいいのかもしれない。

少し考えて、ケイは口を開く。

「実は、しいたけが苦手なんだ」

驚いた風に、彼女は枕から頭を持ち上げる。

「昨日のお弁当に、入っていました」

「平気なふりをして食べたけれど、匂いと食感が好きになれない」

彼女は傷ついた様子で、視線を落とす。

「すみませんでした」

「君はなにも悪くない。ともかく、しいたけを平気な顔で食べたのは、嘘だよ。でも演劇が楽しみなのは嘘じゃない」

春埼はまた頭を枕に落として、目を閉じた。

「よかったです」

と、彼女は言った。

目を閉じた彼女の顔を、ケイはしばらく眺めていた。なんだかとても元気な子供が、遊び疲れて眠っているようにみえた。元気な子供、というのは、春埼のイメージに結びつかないけれど。今だけは、そうみえた。

やがて、小さな寝息が聞こえ始めて、ケイは立ち上がる。

ベッドに歩み寄り、春埼の足元にあった毛布を掛ける。春埼は目を開けなかった。よく眠っているようだ。

安心して、ケイはキッチンに向かう。フローリングに寝転がってしまいたかったけれど、もう少し起きているべきだろう。できるならチルチルが夜間に外出を禁止している理由を知りたかった。だから眠気を紛らわせるため、火傷《やけど》するくらい熱いコーヒーを飲もうと思ったのだ。

ケトルに水を入れ、コンロの上に置いた。――そのとき。

窓の外から、大きな音が聞こえた。

それは惑星の一部が欠けてしまったような、破壊的な音だった。

窓の外、咲良田の街に、「それ」はいた。

このマンションの横を通るまっすぐな道路、そのずっと先だ。

端的に表現するなら、「それ」は巨大な嫌悪感の塊のようだった。

人が生理的に嫌悪するもの。たとえば小さな節足動物が無数にひしめく水槽、ぶよぶよとした幼虫が半分つぶれた姿、徹底的に腐敗した食べ物、悪意あるせせら笑いで歪《ゆが》んだ誰かの顔――そこから純粋に、嫌悪だけを抽出し、どこまでも堆積《たいせき》させ、ビルほどの大きさまで築き上げればきっと「それ」になる。

嘔吐《おうと》感を覚える。「それ」は徹底して不快だった。

形状は、大まかにいうなら半球だ。夜の闇の中ではよくわからないが、色は濁った黒にみえる。表面は排水溝の堆積物みたいにどろどろとしている。そこから体毛のように無数の腕が生えている。失敗した粘土細工を連想させる、いびつな形の腕だった。指の数も一定ではない。三本しかないもの、八本あるもの、そして五本のもの。五本のものがもっとも奇妙だ、とケイは思う。なぜだろう、人に似ているからだろうか。そして「それ」には、目があった。体にも、腕にも、無数に。人間とまったく同じ、生々しい目がついていた。無数の目はひとつひとつが寄生虫のようにみえる。

体毛のような腕を伸ばし、「それ」は周囲の建造物を引き倒す。「それ」に触れた建造物は溶け、その度に「それ」は肥大化していく。おそらくは世界を破壊しながら取り込み、「それ」は成長する。

チルチルが夜間、外出を禁じている理由は「それ」だろう。だが室内にいたところで、安全を確保できるとは思えなかった。現にいくつもの建物が、目の前で倒壊していく。

半球状の「それ」は、ふいに動きを止めた。真横に亀裂が入る。まるで口を開くように。――いや、実際に「それ」は口を開いたのだろう。声は聞こえなかった。だが、ぴりぴりと空気が震えるのがわかった。耳の奥が痛い。ケイは咄嗟《とっさ》に両耳を塞《ふさ》ぐ。「それ」の近くでは、建物が割れ、さらに崩れる。

ふいに、右手の袖口《そでぐち》を引っ張られ、ケイはそちらに視線を向けた。

いつの間にか、すぐ隣に、春埼が立っていた。耳を塞いでいても、わずかに声が聞こえる。

「どうしたのですか？」

綺麗《きれい》な音。水中でもがき苦しんだ後、ようやく空気を吸えたような安らぎを感じる。

ケイは両耳から手を離した。空気の振動はもうなくなっていた。

　彼女は窓の外に視線を向け、つぶやく。

「モンスター」

　確かに「それ」は、モンスターとしか表現しようのないものだ。だが、違和感があった。春埼の声には、わずかな驚きもない。

「君は、あれを知っているの？」

　春埼は首を傾げる。わけがわからないという風に。

「モンスターは、モンスターです。夜に現れ、世界を壊します」

「壊れた世界は、どうなるの？」

「わかりません。大抵は、いつの間にか直っています」

　なんとなく、理解できた。

　考えてみれば初めからわかることではあった。

　現実と夢で、咲良田の住人がまったく同じ行動を取っていたのだとしたら、こちらにいるはずのケイや春埼はどこにいるのか？　決まっている。現実のケイと春埼が病院のベッドで眠ってこちらに来たとき、夢の世界のケイや春埼も病院のベッドで眠っていたはずだ。

　――つまり僕は、夢の世界の僕でもある。

　この身体は夢の世界のケイのものなのだろう。現実のケイがこちらに来たとき、意識だけが置き換わった。春埼も同じように。そして先ほど眠りについたとき、彼女の意識は現実に戻った。そして今、現実の春埼が目覚めたから、夢の中の春埼の意識が戻ってきた。

　ケイは尋ねる。

「ねぇ、モンスターの存在は、誰でも知っているのかな？」

　春埼は——夢の世界の彼女は首を傾げる。

「それはなにか、哲学的な質問ですか？」

「いや。シンプルに、そのまま答えてくれればいいよ」

　春埼は頷《うなず》いた。

「もちろん、誰でも知っていることだと思います。モンスターはこの世界を壊します」

　内心でため息をつく。

　——まったく、どこが現実にそっくりなんだ？

　モンスター。ここでは、そんなものが当然のように、受け入れられている。

　たしかに窓の外の咲良田は、とても落ち着いていた。モンスターが這《は》いまわって世界を壊しているのに、叫び声も聞こえず、窓から人が顔を出すこともない。

　そう考えながら街を見渡して、気づいた。

　誰か、いる。

　モンスターの前、道路のずっと向こうに、誰かが立っている。遠くてよくわからないけれど、少女のようにみえた。目を凝らそうとしたときだった。

「モンスターをみると、気分が悪くなります」

そう言って、春埼はカーテンを閉じる。

「今、誰かいなかった?」

「どこにですか?」

「道路の向こう、モンスターの前だよ」

ああ、と、彼女は頷く。

「家の外にいたなら、それはミチルです」

「ミチル?」

「ミチルは、問題ありません。神さまに守られています」

神さま。チルチル。ミチルの兄――片桐穂乃歌によって作られた、偽物の神さま。この世界における本物の神は片桐穂乃歌であり、それはミチルだ。

どうして彼女が、モンスターの前に立つ? モンスターとは、いったいなんだ?

上手く思考が纏《まと》まらない。そろそろ、限界だ。

ケイは窓辺に座り込む。

「どうしたんですか?」

心配そうな、春埼の声。

「とても眠いんだ」

眠気に抗《あらが》えない。意識が霞《かす》む。

ケイは目を閉じた。

――暗い。

暗い。

＊

暗い部屋。柔らかなベッドの感触。周囲をカーテンで囲われているのがわかる。

ケイは首を動かした。すぐ隣、暗がりの中でパイプ椅子に腰を下ろした春埼が、輪郭だけみえる。

近い距離で、

「おはようございます」

と、彼女は言った。

少し頭が痛い。ケイは体を起こして、答える。

「おはよう。部屋の明かりをつければいいのに」

「でも、それで貴方《あなた》を起こしてしまうかもしれません」

ここは、病室だ。現実の世界の病室。ケイは先ほど夢の世界で眠り、現実の世界で目を覚ました。そのはずだ。だがここが現実の世界だと証明する方法にも、思い当たりはしなかった。

——当然だ。

夢の世界に入る前から、自分たちが生きているのが現実の世界だと、証明する方法なんてなかった。

ベッドを取り囲むカーテンを開け、病室の窓の向こうを眺める。

そこには静かな夜がある。モンスターのいない夜。

そんなことを根拠に、ここは現実なのだと信じることしかできない。

2話　フェイクブルー

相麻菫が病院から廃ホテルの一室に戻ったのは、午後五時になるころだった。

彼女はベッドに腰を下ろし、帰り道にコンビニで買ったサンドウィッチを食べ、ペットボトルに入ったミネラルウォーターを三分の一ほど飲んだ。それから目を閉じて、未来を思い出した。あくまで以前、能力によって知った未来を思い出しただけだ。

記憶の中で相麻菫は、浅井ケイだった。

相麻の未来視は、会話している相手の、未来の記憶を盗みみる。未来の会話相手に成り代わり、それから過去を思い出すように効果を発揮する。

記憶の中で浅井ケイは、階段に座っていた。

芦原橋高校の校舎内、屋上へと続く階段の途中だった。

彼のすぐ隣に、相麻菫がいる。彼は相麻菫の顔を眺めている。――この能力のせいで、自分自身の顔をみることにも慣れた。でも、ただ慣れただけだ。どうしても好きにはなれない。

浅井ケイはゆっくりと語る。

＊

「たとえば僕たちの記憶がみんな、偽物だったと仮定しよう」

隣に座った相麻菫は、微笑んでわずかに首を傾げた。

「それはつまり、世界五分前仮説のようなもの？」

世界五分前仮説とは、この世界が誕生したのが、実は五分前かもしれないという思考実験だ。五分前よりも古い記憶——昨日の夕食や、今年の春にみた桜や、去年の誕生日にもらったプレゼントなんかの記憶はすべて偽物で、五分前に世界が誕生したとき、あたかもそれ以前から世界があったように植えつけられたものではないか、と仮定する。

それを論理的に否定することは誰にもできない。あらゆる記憶も、記録も、実験結果も、五分前にそう作られただけだとすれば、信じられる過去なんてどこにもない。

ケイは軽く、頷《うなず》く。

「だいたい、そういうことだね。でも五分前にこの世界が作られるよりもさらに前には、別の世界があったのかもしれない。僕たちはまったく別の記憶を持っていて、まったく別のことをしていたのかもしれない」

「だけど記憶が書き換えられて、今の世界ができた」

「うん。それでも僕たちは、こうしてふたりでいられるのかな？」

「もちろんよ」

躊躇《ちゅうちょ》もなく、相麻菫は肯定する。

自身の声に強い感情が乗っているのを感じる。

「そんな仮定を持ち出すまでもないよ。記憶なんて、間違っているものだもの。時間が経つと混濁して変化するし、初めから勘違いして覚えていることもある。そういうのは意味がないことだと思う」

ケイはわずかに首を傾げる。彼が意識的にそうしたのがわかる。

「記憶には、意味がない？」

「というか、記憶が正しいか、それとも間違っているのかに意味なんかない」

指を立てて、有名な公式について説明するように、相麻菫は言った。

「あちこち間違った記憶で私はできているし、私の感情はその記憶から生まれる。実際の、客観的な過去なんて関係ない。勘違いだとしても、結果として今の私がいて、今の貴方がいるのだということだけを信じていいのだと思う」

それとも、貴方は過去のすべてを、ひとつの間違いもなく覚えているのかしら？　と相麻菫は尋ねた。

その愚かな質問に、浅井ケイは答えなかった。代わりに言った。

「ある女の子から、プレゼントをもらったんだよ。途方もなく回りくどい方法で、手編みのセーターよりもずっと手間をかけて、僕がいちばん欲しいものを用意してくれたんだ」

相麻菫は少しだけ不機嫌そうな表情を浮かべる。

「よかったわね。それで？」

「君の言う通りだよ。勘違いだとしても、間違っていたとしても、関係ない。僕は僕の記憶でできているし、僕の感情は僕の記憶から生まれる。だから――」

浅井ケイは、胸の中で小さなため息をつく。

「この世界が、僕は好きだよ。君が笑っていて、色々な問題が綺麗《きれい》さっぱりなくなっている。本当に正しい答えは、もしかしたらこれなのかもしれない。でも、僕には僕の記憶があるんだ。だから、いつまでも、ここにいるわけにはいかない」

彼が、なにを言っているのか。

廃ホテルの一室で、未来を思い出している相麻にはすべてわかっていた。

でも未来のワンシーンで、彼の目の前にいる相麻菫にはわからない。浅井ケイがなにについて語っているのか、どこまでが比喩《ひゆ》でどこまでが具体的な話なのか、少しも理解することができない。

だから、彼女は、

――私は、
未来の相麻菫は、眉《まゆ》をひそめる。

「貴方《あなた》の言っていることが、よくわからないわ」

浅井ケイは頷く。

「うん。ごめん。もう少し、わかりやすく説明できればいいんだけど」

「でも、まあ――」

息を吐き出すように、ため息に似た動作で、相麻菫は笑う。

「つまり私は、ふられたということかしら?」

＊

――ええ。そういうことよ。

廃ホテルの一室で、相麻菫は未来を思い出す。

すべては予定されていることだ。予定通りに、時間は流れる。浅井ケイがそれを理解するのは、そう遠い未来のことではない。

相麻菫は目を開き、窓の外に視線を向ける。汚れた窓。だがまさか廃ホテルの窓を、ぴかぴかに磨き上げるわけにはいかない。

空は夕暮れに沈みつつあった。

汚れた窓のせいで、夕陽の赤は、灰色に霞《かす》んでみえた。

1　九月二四日（日曜日）／午後一時
「いや。結局、彼には会えなかったよ」

と、野ノ尾盛夏は言った。

九月二四日、日曜日。昨日と同じように、浅井ケイは病院近くの公園で、春埼美空、野ノ尾盛夏のふたりと落ち合った。

「野良猫屋敷のお爺《じい》さんは、私の近所に住んでいた。彼の家は野良猫たちの住処《すみか》になっていた、古い洋館だった。でも、そこに行ってみても、洋館はなかった」

「なかった、というのは？」

「言葉の通りだよ。駐車場になっていた。実際にその洋館は、五年ほど前に取り壊されているからな。不思議なことじゃない」

「その、野良猫屋敷のお爺さんがいる場所に、心当たりはないんですか？」

「まったくない。昨日は一日中、夢の中を歩き回っていたよ。でも、そうそうみつかるものでもないな」

洋館にいると思い込んでいたんだよ、と野ノ尾盛夏は言った。彼があの洋館以外にいるところを、上手《うま》く想像できないんだ、と。

「なるほど」

ケイは頷く。野ノ尾が山の中にある、社にいるのと同じようなものだろうという気がした。彼女があの場所以外にいることには違和感がある。だが現実にこうして、今は公園に立っている。

春埼美空は、軽く首を傾げる。

「野ノ尾さんの能力は、人捜しに向いているのではないですか？」

彼女は咲良田中の猫と意識を共有する能力を持っている。言ってみれば咲良田中に、無数の目を持っているようなものだ。

だが野ノ尾は首を振る。

「夢の中の世界では、とても能力を使いづらいんだ。相性が悪い」

確かに、その通りだ。

野ノ尾が能力を使うには、彼女自身を忘れるほど、ぼんやりとした状態になる必要がある。もっとも簡単なのは眠ってしまうことだ。でも夢の世界には別のルールがある。あの世界で眠ると、現実で意識が覚醒《かくせい》し、夢の世界から追い出されてしまう。

続けて春埼は提案する。相手が野ノ尾だからだろう、普段より積極的だ。

「では、夢の中の病院で待っていてはどうでしょう？」

その考え方は、一見順当であるように思えた。

人はいつまでも眠っていられるわけではない。目を覚ますと、元の世界に戻されてしまう。そしてまた夢の世界に入ったとき、入り口になっている病院を必ず通過することになる。それは野良猫屋敷のお爺さんも同じだろう。

だが野ノ尾は、また首を振った。

「入れ違いになる可能性の方が高い気がするな。私だって、目が覚めると夢の世界から追い出されてしまうんだ」

そうかもしれないな、とケイは思う。人は眠っている時間より、起きている時間の方が長いものだ。夢の中の病院を見張っていられる時間は限られる。

もちろん何日も続けて待ち構えていたら、いつかはタイミングよく出会えるだろう。だが管理局から、夢の世界に入る許可を得ているのは今日までだ。できるならもう少し確実な手段を選びたい。

野ノ尾は大きく口を開け、あくびをしてから、続けた。

「だから、浅井。夢の中で下らない話をしてくれないか？　思わず自分を忘れてしまうくらい、ぼんやりした無意味な話を」

野ノ尾の能力は、眠らなくても使用できる。自分を忘れられればそれでいい。能力を使えれば、咲良田中の猫の目を通し、目的の人物を捜すことができる。

だがケイは軽く首を振る。

「それも悪くはないけれど、もっと効率的に相手を捜し出せる能力を知っています」

村瀬《むらせ》陽香《ようか》。彼女なら猫の目に頼るよりも確実に、相手をみつけ出せるはずだ。

——最近、少し彼女に頼り過ぎだな。

と思うけれど。彼女の能力は、あまりに便利で応用の幅が広い。それによほど都合が悪くない限り、惜しみなく手を貸してくれるだろう。

野ノ尾がこちらの顔を覗《のぞ》き込む。

「その人は、呼べば夢の世界まで来てくれるのか？」

「来てくれるとは思いますが、その必要もないでしょう」

ケイたちが使える病室は、おそらく昨日と同じ部屋だろう。さすがにひとつのベッドで春埼と野ノ尾と村瀬、三人一緒に眠らせるのはどうかと思う。

「現実がそのまま再現されているのなら、夢の世界にも彼女はいるはずです。夢の中に入ってから、協力を依頼しましょう」

野ノ尾は頷《うなず》く。

「そうか。ありがとう」

「まぁ、僕は電話を掛けるだけですけどね。もし都合がつかなければ、別の手段を考えます」

本当にいちばん確実なのは、チルチルに協力を求めることだ。でも神さまをみつけ出すのは、野良猫屋敷のお爺さんをみつけるよりも困難だろう。連絡の取りやすさを考えればやはり村瀬陽香が最適だと思う。

ともかく、夢の世界に入ろう、ということになった。

＊

相変わらず寝つくのに、ずいぶんと苦労する。

なるたけ考え事をしないよう、ケイは細心の注意を払う。それはつるつるとすべるボールの上でバランスを取るのに似ている。足をすべらせるとすぐ、悩みと思考と連想の沼に落ちてしまう。

チルチル、ミチル、青い鳥、ワンハンド・エデン、モンスター、すっぱいブドウとスイートレモン、相麻菫、春埼美空――

それらに関する諸々《もろもろ》を振り払い、ケイはようやく夢の世界に入った。

目を開くと、変化のない病室の天井がみえる。ケイは身を起こしてベッドを囲むカーテンを開く。

また、この病室にミチルが来ていないかと期待したけれど、そんなことはなかった。

向かいのベッドの上に春埼が、その隣のパイプ椅子に野ノ尾がいるだけだ。ふたりはケイよりもずっと眠るのが上手い。

ケイは靴下とスニーカーを履き、ベッドから立ち上がる。

「お待たせしてしまって、すみません」

「いや、いいよ。それよりも――」

「はい。村瀬さんに連絡を取ってみます」

ポケットから携帯電話を取り出し、村瀬陽香の番号に発信しようとした、そのときだった。

マナーモードに設定していた携帯電話が、ふいに震えだす。画面には『チルチル』と表示されていた。本来電話番号が表示される位置には『＊』のマークが並んでいる。

――彼は、僕たちを監視しているのだろうか？

そう思ったが、辺りを見回すことに意味があるとも思えない。彼は今のところ、この世界の神さまだ。なにができても不思議はない。

ケイは応答して携帯電話を耳に当てる。

チルチルの声が聞こえた。

「やあ。おはよう」

「今、眠ったばかりですよ」

電話の向こうでチルチルは笑う。

「オレにとっては、こちら側が現実みたいなものだ。だから、おはよう」

それは、そうかもしれない。

「おはようございます、チルチル。できれば僕は、貴方《あなた》に会いたい。顔を合わせて話をしませんか？」

「いつかそうなるかもしれない。でも、今はまだダメだよ」

「どうして？」

「オレには会う理由がない。それに、君には別の用があるだろう？　女の子のために、野良猫屋敷のお爺《じい》さんをみつけ出さなければいけない」

　こちらの事情も知っているのか。

「ええ、それで困ってるんです」

　面白そうに、チルチルは笑う。

「そりゃ困るよね。だってオレが許可しなければ、野良猫屋敷のお爺さんには会えないんだから」

　どうして。

　――管理局からの指示だろうか？

　おそらく間違いないだろう。

　管理局は人を、夢の世界に近づけたくない。ケイが知る限り唯一の例外が野良猫屋敷のお爺さんだ。その人物は管理局から特別な扱いを受けている。

　そして当然、チルチルは管理局に逆らえない。彼は夢の世界の神さまだ。だが、この夢の世界を作っている、片桐穂乃歌は現実の病院で眠り続けている。

　たとえば管理局が、片桐穂乃歌を咲良田の外の病院に移転させたなら、この世界は消えてなくなるはずだ。管理局が現実で動くなら、チルチルはそれに対抗する手段をひとつも持たないだろう。

——野良猫屋敷のお爺さんに会うことを、管理局が禁止しているなら厄介だ。

この世界でチルチルを欺くことは難しい。野良猫屋敷のお爺さんは、現実では病院のどこか——少なくとも片桐穂乃歌の近くにいるのだろうが、そちらで接触するにせよ管理局の気に障ることになりそうだ。なら村瀬に協力を頼むどころか、野ノ尾本人さえ近づけるべきではないかもしれない。

ケイは口を開く。

「僕たちが、野良猫屋敷のお爺さんに会う許可をいただけませんか？」

とりあえず言ってみただけだ。もちろん許可されないだろうと思っていた。

なのにチルチルは、あっさりと答えた。

「うん。いいよ」

「本当に？」

「もちろん。オレはそのために、君に電話をかけたんだ。とても優しいだろう？」

彼は楽しげに笑って、続ける。

「午後三時ごろ、彼が昔いた家を訪ねてごらん。場所はわかるよね？　野良猫たちが住み着いた、高い塀の中にある洋館だ」

「今は駐車場になっていると聞きました」

「いや。そこにはずっと、洋館があるんだよ。普段は一見、ただの駐車場にみえる。入ってみてもわからない。でも本当は、洋館がある。そして今日、午後三時から日が暮れるまでは、本来の姿を取り戻す」

わけがわからなかった。

「夢というのは、不条理なものだよ」

と、チルチルは言った。

ケイはとりあえず、彼の言葉をすべて受け入れることに決めた。神さまは、なんだってできる。そう考える他にはどうしようもない。

「ひとつ、教えてもらえませんか？」

「なに？」

「野良猫屋敷のお爺さんは、どんな能力を持っているんですか？」

その人物が管理局から特別な扱いを受けているなら、理由は能力の他に思い当たらない。

「ああ――」

チルチルは、躊躇《ためら》いもなく答えた。

「シナリオの写本を書くのが、彼の能力だ。いつも彼は、シナリオの写本を書き続けている。誰も訪れない、存在することさえわからない洋館で、独りきり」

シナリオの、写本？

浅井ケイは思い出す。

――貴方は写本と聞いて、なにを連想しますか？

と索引さんは言った。

――シナリオの『Ｎｏ．４０７』をよく読んで。

というのが、相麻菫からの伝言だった。

そのふたつがふいに繋《つな》がる。ケイにはなにもわからないまま、だが明確に。

電話の向こうで、チルチルは言う。

「じゃあね、さよなら、浅井ケイ。機会があれば、また話をしよう」

「待って。教えてください、シナリオの写本とは、なんですか？」

だがチルチルは何も答えなかった。ツー、ツー、と機械的な音が聞こえてくるだけだ。

電話はもう切れてしまっている。

――まったく、なんてことだ。

ケイは内心で舌打ちする。

もし野良猫屋敷のお爺さんが、管理局によって特別な扱いを受けているなら。そこに人を近づけないよう、管理局が指示しているなら。野良猫屋敷のお爺さんに会うことがそのまま問題になりかねない。野ノ尾が近づくことさえ、止めるべきだと思い始めていたのに。

シナリオの写本。その意味のわからない言葉ひとつに、ケイの行動は支配される。

「どうかしたのか？」

と野ノ尾は言った。

携帯電話をポケットにしまい、ケイは尋ねる。

「野ノ尾さん。野良猫屋敷のお爺さんの能力を、知っていますか？」

「いや、知らないな」

「その能力は、シナリオの写本を作ること、だそうです」

「意味がわからない」

「ええ、僕もです。なにも心当たりはありませんか？」

野ノ尾は目を細めて、答えた。

「あるよ。彼はいつも書斎にこもり、書き物をしていた。だが、なにを書いていたのかは知らない」

「なるほど」

ケイは頷《うなず》いて、続けた。

「おそらく管理局は、僕たちが野良猫屋敷のお爺さんに近づくことを嫌がります。それでも会いたいですか？」

躊躇った様子も、気負った様子もなく野ノ尾盛夏は頷く。

「ああ。会いたいな」

彼女と野良猫屋敷のお爺さんの関係はわからない。そもそもケイが野ノ尾に出会ったのは、たった二か月ほど前のことだ。彼女のことをそれほど理解しているわけでもないけれど、それでも彼女が特定の人物に、強く会いたいと望むのは珍しいのではないかという気がする。きっと、とても珍しくて、大切なことなのではないかという気がする。

彼女は少しだけ困ったように、眉《まゆ》をひそめる。

「浅井。私を止めるのか？」

ケイは首を振る。

「いえ。僕も一緒に行きます」

野ノ尾のためだけではない。

そこに相麻菫の意志があるのなら、シナリオの写本とはなんなのか、その『Ｎｏ．４０７』にはなにが書かれているのか、知る必要がある。

＊

――私の能力は元々、生への執着から生まれたはずだ。

と相麻菫は考える。様々な国籍の小物で満ちた小さなレストランで、ランチにチキンソテーを食べながら、そう考える。

相麻菫は生まれた直後、死にかけていた。

胎児のころからへその緒が首に絡まっていて、必要なだけの酸素を得られなかったのだ。母体から外に出たときには、弱りきっていた。

そのときの自分に、まともな知性があったとは思えない。だがおそらくは本能的に、死を悟ったのだろう。死を悟って、怖れた。きちんと生きたいと願った。

そして未来を知る能力を手に入れた。

つまりは赤子の手のひらから命が滑り落ちるまでのわずかな時間に、ずっと先まで未来を見通し、疑似的に何十年分もの時間を体験しようとした。生まれてすぐ死ぬ命で、一般的な生涯と同じ価値を手に入れたかった。

――いや、そんなに面倒なことを考えられたはずもないか。

ただ、生きたかっただけだろう。

未来をみたかっただけなのだろう。

だから相麻菫は生まれた直後から、未来を知る能力を持っていた。必死に呼びかける母を通じて未来をみた。もう記憶にないけれど、きっとそういうことなのだと思う。

結果、みえた未来は、ある意味では拍子抜けだっただろう。結局のところ相麻菫は死ななかったのだから。

そして、それほどまでに生きたかった私が、

――いえ、本物の相麻菫が、
二年前の夏、自ら命を絶ってしまったのは、なんだか悪質な冗談のようだ。

チキンソテーを小さく切り取って、口に運ぶ。よく味がわからない。わずかな罪悪感を覚えた。――自ら死んだ私が、生き物を食べる権利などあるだろうか？　愚かな感傷

だ。肉と一緒に飲み下す。なんにせよここは夢の世界なのだから、と言い訳して。

そのとき、店の入り口のドアが開いた。

深い空洞に反響するような音を立てて、ドアについたベルが鳴る。大きく、錆《さ》びたベルだった。牛の首につけるものに似ている。

扉からは光と、肩に青い小鳥をのせたひとりの少女が入って来た。少し眩《まぶ》しい。

「スミレ」

少女はまっすぐ相麻に駆け寄り、胸の辺りに飛びつく。慌てた様子で、青い小鳥が空中に飛び上がる。

相麻は椅子が軋《きし》む音を聞きながら、ナイフとフォークを持った人間に飛びつく危険性について説明するべきか、悩む。まぁいいか、彼女の教育係は私ではないのだし――と結論を出し、青い小鳥に視線を向けた。小鳥はテーブルの片隅に着地する。

ナイフとフォークを並べて置き、空いた手で少女の頭をなでる。

「久しぶりね、ミチル。元気にしてた?」

「うん。スミレは?」

「そこそこね。朝顔みたいな感じよ」

「朝顔?」

「枯れたりまた咲いたり」

どちらかというと、種を残してまた同じ花を咲かせた、という方が適切か。

ミチルは首を傾げたが、どうでも良いことだと判断したのだろう、いかにも適当に空中を指さした。

「どうしてこんな所にいるの？　私に会いに来てくれればよかったのに」

無意味なことだとわかっていたが、相麻はミチルの指先を追う。天井の隅に、小さなスピーカーが備えつけられている。今まで意識もしていなかったが、そこからはゆったりとした、不思議なリズムの音楽が流れていた。ボヘミアの民族音楽のようだ、と相麻は思う。

なぜだろう？　別にボヘミアに詳しいわけではない。もちろんボヘミアの民族音楽も知らない。ボヘミアンからの連想だろうか。たしかボヘミアンとは、放浪者に似た意味合いの言葉だったはずだ。放浪者という言葉は、この雑多な店によく似合う。

「ねぇ、聞いてるの？　どうして私に会いに来てくれなかったのよ」

不機嫌そうなミチルの声が聞こえて、相麻は頷く。

「会いに行こうと思ってたわよ。このチキンを食べ終わったら」

「私よりチキンが大事なの？」

「いえ。ちょうど今、チキンはそれほど重要ではないと悟ったところよ」

正直、食欲がない。

「貴女《あなた》もなにか食べる？」

相麻は、メニューに手を伸ばす。

テーブルの向かいに回って腰を下ろしながら、ミチルは答えた。

「じゃあ、アイスクリーム」

相麻はメニューを開いて、デザートの欄を確認した。

「バニラアイスとマロンジェラートがあるみたいだけど」

「んー、バニラかな」

「マロンジェラートは九月からの限定メニューよ？」

「どうでもいいよ、そんなの」

軽く手を上げ、店員を呼ぶ。追加でバニラアイスを注文し、ついでにまだ半分ほど残っていたチキンを下げてもらう。

それをみて、ミチルは言う。

「食べ物を残しちゃいけないよ」

「夢の世界なのに？」

「え？　夢と現実で、違うものなの？」

少し考えて、相麻は尋ねる。

「ミチル。どうして貴女は、食べ物を粗末にしてはいけないと思っているの？」

「チルチルがそう言ってたから」

「なるほど」

たとえば食材になったものの命は関係ないらしい。

——ケイなら、食べ物を残してはいけない、とは言わないでしょうね。

と、相麻は考える。

無理やりに食べ物を飲み込むことと、ごみ箱に捨ててしまうことに、大きな違いはないだろう。殺された鶏が、きちんと食べられたからといって満足するとは思えない。非難するなら、空腹でもないのに料理を注文したことの方だ。初めからなにも頼まなければ、もしかしたら人類が殺す鶏の数が、一羽ぶん減ったかもしれない。

ミチルはこちらに身を乗り出す。

「チルチルに会ったの。そうしたら、スミレが来てるっていうから」

「そう。チルチルと、仲よくやってる？」

「もちろん。だって、チルチルとミチルだもの」

チルチルとミチル——『青い鳥』の主人公たち。兄であるチルチルは、妹であるミチルを守り続ける。条件もなく、絶対的な愛情を持って。

「ねぇ、ミチル。貴女はこの世界で、満足なの？」

店員がバニラアイスと、ホットコーヒーを運んでくる。コーヒーは相麻が注文した、チキンソテーのセットについているものだ。

そえてあったウエハースでバニラアイスをすくい取り、ミチルは言った。

「満足？　もちろん。こんなに幸せな世界はないもの」

「幸せ、ね」

「当然だよ。歩けて、走れて、アイスクリームを食べられる。なにがあってもチルチルが守ってくれる。足りないものなんて、なにもないよ」

スイートレモン、と、相麻は心の中でつぶやく。

昨日、ケイがミチルに対して語った言葉だ。

人は手にしたものを甘い果実だと信じ込む。そうやって、心を守る。

――でも、なにもかもが、そんなに上手《うま》くいくわけじゃないわよね。

他者が持っていて、自分は持っていないものを、誰だって羨《うらや》むものだ。相麻だって食欲もないのに、チキンソテーを食べに来た。でもみんな無駄だと知っていて、やはりなんの満足感も得られなかった。

自身の本心を騙《だま》すことは難しい。

世界中の誰よりも、自分自身を心の底から騙しきることが難しい。

――私の嘘で、私は騙せない。

相麻は窓の外に目を向けた。そこには倒壊した街がある。昨日の夜、モンスターは街の一部を壊し、それはまだ癒されていない。

スプーンを手にしたミチルが、こちらの顔をのぞき込む。

「どうしたの？　なんか変だよ、スミレ」

「納得していたところよ。ここには確かな幸せがある」

そう答えて、相麻はコーヒーにミルクを落とす。白と黒をかき混ぜながら、心の中でつけ加える。

——でもその幸せは、貴女を救わない。

代わりに、相麻は言う。

「ねぇ、ミチル。野良猫屋敷のお爺《じい》さんには、会わないの？」

「野良猫屋敷のお爺さん？」

「そう。独りきり、シナリオの写本を書き続けているお爺さん」

ミチルを除けば、夢の世界で生活する、唯一の現実の人間だ。

「ああ、なんか、そんな人がいるみたいね。でも、どうでもいいよ」

「どうして？」

「どうしてって。お爺さんに会って、どうするの？」

話をすればいい。ゆっくりと。

だが相麻が答える前に、ミチルは「あ」と小さな声を上げた。

見るとひとすくいぶんのアイスクリームが、彼女の胸のあたりについている。どうやら落としてしまったようだ。

小さな唸《うな》り声を上げて、彼女は言った。

「洗ってくる」

「はい。いってらっしゃい」

ミチルは椅子から降り、小走りに店の奥へと向かっていった。

相麻はテーブルにとまった、青い小鳥に視線を向ける。でもなにも言わなかった。口を開いたのは、青い小鳥の方だ。

「あの老人の話を、ミチルにして欲しくはないな」

それはチルチルの声だった。きっと彼がアイスクリームを落下させたのだろう。ミチルを追い払い、ふたりきりで会話するために。

相麻菫は首を振る。

「どうして？　あのお爺さんだけが、ミチルの救いになり得る」

本当は、誰でもいい。でもこの世界には彼しかいない。

小鳥は奇妙に人間味のある動作で首を振る。

「ミチルはあの老人を怖れている。オレは彼女を、守らなければならない」

色々と言いたいことがあった。だが、相麻は頷《うなず》く。

「そう。なら、好きにして」

ふたりとも、とても臆病《おくびょう》。

臆病だから、楽園から出られない。

2

同日／午後二時四五分

「私は『青い鳥』という本を読んだことがないんだ」

と、野ノ尾盛夏は言った。

「チルチルとミチルが主人公で、青い鳥を探すことは知っている。でも他のことはなにも知らない」

だからケイは、東西が反転した街を走るバスに揺られながら、『青い鳥』について説明した。隣には春埼がいる。バスに乗客は少ない。三人は最後尾にある、広い席に並んで座ることができた。

「ある夜、チルチルとミチルの前に、妖女《ようじょ》が現れるんです。妖精の妖に、女とかいて妖女」

「つまり、妖精なのか？」

「僕も妖女について、詳しいことは知りません。僕の印象では、シンデレラに登場する魔女に近いです」

不思議な力を持っていて、現実と非現実の橋渡しをする。そういう役割の女性だ。でも『青い鳥』に登場する妖女は、シンデレラに登場する魔女に比べて、ずいぶん自己中心的だった。

「妖女は、青い鳥を求めています。妖女の子供が病気にかかっていて、青い鳥がいればそれを治せるんです」

「どうして？」

「理由はわかりません。ともかく青い鳥さえいれば、色々なことが上手くいく。そういうことになっています」

青い鳥は幸せの象徴として扱われる。

それさえ手に入れることができれば、みんな幸せになれるのだ、と。

「だからチルチルとミチルは夢の世界を旅して、青い鳥を探すことになります。何度か青い鳥を手に入れるけれど、それはみんな偽物です。しばらく経つとその色は青ではなくなり、多くの場合死んでしまいます」

本物の青い鳥は、一羽だけしかいないと言われている。

偽物の青い鳥は、すぐに変色して、死に至る。

「色々あったけれど、チルチルとミチルは結局、青い鳥をみつけられませんでした。そしてベッドの中で目を覚まし、現実の世界に戻ってきます」

「ああ、その辺りは知っているよ。家にいる鳥が、青い鳥になっているんだろう？」

野ノ尾の言葉に、ケイは頷く。

「でもその前後に、もう少しだけ物語があります」

目を覚ましたチルチルとミチルの元に、隣の家に住む女性が現れる。その女性は妖女にそっくりな姿をしていて、彼女の娘は重い病気にかかり、立ち上がることもできず、そしてチルチルが飼っているキジバトを欲しがっている。

チルチルは女の子にキジバトをあげることを決める。そのとき、自身が飼っていたキジバトが綺麗《きれい》な青色に変色していることに気づく。青い鳥はこんなところにいたのだ、とチルチルは理解する。

チルチルは女の子に、青く変色したキジバトをプレゼントする。

青い鳥を手に入れた女の子は病が治り、立ち上がってチルチルの元に、お礼にやってくる。でもそのとき、青い鳥は逃げ出し、飛び立ってしまう。

「観客に向かって、もし青い鳥を見つけたら返してください、と語るシーンで、物語は終わります」

「観客？」

「元々は演劇の脚本なんですよ。『青い鳥』は」

地面に凹凸があったのだろうか、バスがことん、と揺れる。

野ノ尾は首を傾げた。

「それで、どうしてこの夢の世界に、チルチルとミチルがいるんだ？」

「それはわかりません。夢の世界という共通点だけで、チルチルやミチルという名前を使っているのかもしれない。あるいはなにか重要な理由があるのかもしれない。僕にはわかりません」

ただひとつわかるのは、この世界のミチルはすでに青い鳥を手に入れていることだ。幸せの象徴は、彼女の手の中にある。

だがその青い鳥は、本物なのだろうか。すぐに色が変わり、死んでしまう偽物の青い鳥ではなく、確かな救いとなる本物の青い鳥が、彼女の手の中にいるのだろうか。

わずかにうつむいて、野ノ尾は言った。

「どうして青い鳥は逃げ出したんだろうな」

「どうして、とは？」

「ストーリーの意図がわからない。探していた幸せは身近なところにあったんだ、ということを言いたいのなら、青い鳥を逃がす必要なんてないだろう」

確かに、その通りだ。

本当の幸せとは、籠《かご》の中に閉じ込めておけるような性質のものではないのかもしれない。あるいはまったく別の、深い隠喩《いんゆ》的な意味があるのかもしれない。

ケイは思い浮かんだ中で、もっとも単純な答えを返す。

「でも鳥は空を飛ぶ方が美しいと思いませんか？　籠の中に閉じこもっているよりも、ずっと」

籠に閉じ込めた鳥の隣で人々が幸せに暮らす結末だって、間違っているとは思わないけれど。やはり幸せの青い鳥は、空に向かって飛び立った方が美しい。それに青い鳥がいなくなったところで、残されたものの中に幸せがないわけではないだろう。

そう考えてから、ケイは内心で、首を振る。

――でもこの世界は、青い鳥に頼るしかない人のためにある。

片桐穂乃歌。

青い鳥を閉じ込めた籠のような、この夢の世界がなければ彼女は、起き上がることも目を開くこともできない。だからミチルは、青い鳥を手放せない。

野ノ尾は言った。

「青い鳥は、自身を幸せにできないのか？」

「青い鳥が、青い鳥を？」

彼女は頷く。

「逃げ出したのなら、おそらく青い鳥は、その場所が嫌だったんだろう。青い鳥には籠の中を、自分自身の楽園にはできなかったのか？」

青い鳥の視点に立ってあの物語を読み解くのは、少なくとも一般的ではないだろう。野ノ尾は人間と、それ以外のものを隔てる意識が薄い。意図的にそういう考え方をしているようにさえ思える。

ケイは答えた。

「青い鳥の幸せが、僕にはわかりません」

青い鳥の幸せ。楽園の幸せ。幸せを作る者の幸せ。

──神さまにとって、その世界は楽園になり得るのだろうか？

おそらく片桐穂乃歌は、それができなくてチルチルを作った。自身が青い鳥であることを止めて、ミチルになった。

それじゃあ、チルチルは──今、この世界の神さまであることを課せられ、青い鳥の役割を担うチルチルは、自分自身を幸せにできるのだろうか？

「もし野ノ尾さんが神さまなら、どんな世界を作りますか？」

「どうかな。考えたこともない」

「野ノ尾さんにとって、いちばん幸せな世界を作ると思いますか？」

野ノ尾は軽くまぶたを伏せてから、また開き、小さく首を振った。

「たとえば喧嘩《けんか》をして、傷つけ合う猫をみると、悲しくなる。でも私は彼らから爪を奪うようなことはしないよ」

普段と変わらない何気ない口調で、野ノ尾盛夏はそう言った。


目的地にたどり着いたのは、二〇分ほど後のことだった。

一五分ほどバスに乗り、下車してから五分間歩いた。八月に比べると、ずいぶん涼しくなっている。少し歩いたくらいでは、汗はかかなかった。

住宅地に足を踏み入れたとき、セミの声が聞こえた。そのせいだろう、この区画にはまだ夏が取り残されているように感じる。九月後半の街角には夏と秋とが混在する。

「あの家だ」

と、野ノ尾は言った。

「野良猫屋敷のお爺《じい》さんは、あそこに住んでいた」

彼女が指さしたのは、古びた大きな洋館だった。入り口には黒い柵《さく》があり、きっちりと施錠されている。周囲は赤いレンガ製の高い壁で囲われている。柵の間からは広い庭と、その奥にある、二階建ての木造の建物がみえる。壁をまっ白に塗って屋根に十字架を備えつければ、教会にみえそうな形の建物だった。

「昨日はここが、駐車場だったんですか？」

「ああ。間違いない」

ケイは春埼に視線を向ける。

「君はどこか、別の場所で待っていてもらえるかな」

野良猫屋敷のお爺さんに会うことを、管理局がどう判断するのかわからない。春埼まで同行する必要はない。

彼女はじっとこちらの瞳《ひとみ》を覗《のぞ》き込んで、言った。

「でも、ケイは行くんですよね？」

「うん」

「どうしてですか？」

「野良猫屋敷のお爺さんの能力が気になるんだよ」

――シナリオの『No．407』をよく読んで。

相麻菫からのメッセージは、おそらくその老人の能力に関するものだろう。だが春埼には伏せておくことにする。相麻の名前を出すと、春埼が意地を張るような気がしたのだ。

表情に出さないように気をつけて、ケイは内心で笑う。春埼美空と、意地を張る。こんなに似合わない言葉の組み合わせは、ちょっと他に思いつかない。

でも、ケイの努力は意味がなかったらしい。春埼は首を振った。

「私も行きたいです」

「どうして？」

「なんとなくです」

「そう」

ケイは息を吐きだす。ため息ではない。より肯定的で、より温かな息だ。

「なら、仕方ないね」

理由があれば、説き伏せることもできたかもしれないけれど。なんとなくなら仕方がない。直接管理局から近づくなと言われたわけでもないのだから、危険視し過ぎても窮屈になるだけかもしれない。

――一応、リセットは使えるんだ。

それが管理局に対して、どこまで安全を保障してくれるのかはわからないけれど。なにもないよりはずっといい。

「いいのか？」

と野ノ尾は言った。

「ええ。行きましょう。すみません、久しぶりに知人に会うなら、僕たちはいない方がいいと思いますが」

シナリオの写本というものについて、どうしても知っておきたい。

「いや。ついてきてくれた方が良いな。彼に会うのはずいぶん久しぶりだ。少し緊張する」

野ノ尾が緊張という言葉を使うのも、意外なことだ。彼女はいつだって安定した心理状態を保っていられるのだと思い込んでいた。

野ノ尾は正面玄関の前を通り過ぎ、屋敷の脇、細い路地に入る。

彼女の後に続きながら、ケイは尋ねる。

「正面から入らないんですか？」

「以前の通りなら、門には鍵《かぎ》が掛かっているし、インターフォンは壊れている。裏に回り込まなければいけない」

その路地は幅が一メートルもなくて、土がむき出しになっていた。右手に屋敷の高い壁が、左手に狭い用水路がある。用水路を流れる水はちろちろと音を立てて、伸びた草が腕の辺りを撫《な》でる。咲良田は街の中心から外れると、とたんに田舎になる。

「懐かしいな。小さなころ、猫を追いかけてここを通った」

「この先に、裏口があるんですか？」

「いや」

「じゃあ、どうやって入るんです？」

洋館を取り囲む壁は、簡単に乗り越えられる高さではない。

「高いものは飛び越える。もっと高いものは下をくぐる。猫だってそうするよ」

野ノ尾は前方を指さす。壁の一部が崩れ、穴が開いていた。這《は》いつくばればなんとかくぐれるくらいの穴だ。

「あそこから入るんですか？」

「他に入り口はない」

「でも、野良猫屋敷のお爺さんに怒られるのでは？」

「問題ないよ。彼は変わっている」

そういう問題ではない気がしたけれど、正しい答えも見当たらない。もし怒られたら素直に謝ることにしよう、とケイは決める。

野ノ尾は平然と四つん這いになり、その穴をくぐった。春埼ももちろん、躊躇《ためら》わずに野ノ尾の後に続く。少し遅れて、ケイも穴をくぐる。

洋館の庭は雑草で覆われていた。どうやらこの屋敷を手入れする人はいないらしい。

立ち上がり、膝《ひざ》についた土を払いながらケイは言った。

「君たちはふたりとも、スカートをはいていることを、もう少し気にした方がいい」

春埼は「わかりました」と答え、野ノ尾はなにも言わずに歩き出した。

高さがまちまちの雑草をかき分け、踏みつけて、洋館に近づく。乾燥し、黄色く変色した草が目についた。水分が足りていないのだろうか。それとも草は枯れてしまう時季なのだろうか。

先には、胸ほどの高さについた窓がある。窓は一〇センチほど隙間が空いている。そして手前には、黄色いビールケースが逆さに置かれている。

野ノ尾は躊躇いもなくビールケースの上に登り、窓をスライドさせて開き、洋館の中へと侵入する。その後に、春埼が続いた。高く足を上げるとき、春埼は一応といった様子で、スカートの裾《すそ》を押さえる。

なんにせよ問題のある光景だった。仮にズボンをはいていたとしても、女子高生は普通、窓から他人の家に侵入したりはしない。

――ま、罪というのは、被害者がいるから生まれるものだ。

ケイは野良猫屋敷のお爺さんが、窓から他人が侵入することも気に留めないほど大らかな人ならいいな、と考えながら、ビールケースを踏み台にして窓の先に進む。

そこは広いリビングだった。

全体的に古びていて、埃《ほこり》っぽい。人が生活している様子を感じられない。

窓の脇には深い緑色のソファーセットがあり、その上で一匹の猫が寝ている。雑種のトラ猫だ。猫はにゃあと鳴き、野ノ尾は「やあ」と答える。学校の廊下で友人とすれ違うようなやり取りだ。

「こっちだ」

野ノ尾はドアの方へ進んでいく。古びた洋館といえば、床がきぃきぃと音を立てるものだと思っていたけれど、そんなこともない。足音が土の上よりも幾分大きくなっただけだ。

「靴を脱がなくていいのですか？」

と、春埼は言った。

「いいんじゃないか？　なにせ洋館だ。この家の主も、いつも靴をはいている」

と野ノ尾は答えた。

リビングを出て、廊下を進む。窓が少ない、暗い廊下だ。空気は少し湿っていて、光の届かない深い森を連想させた。深い森。暗く、静まり返っている。そういえばこの家には音がない。手入れのされていない庭より、埃っぽい空気より、無音であることが生活感を欠落させている。

目を光らせた二匹の猫とすれ違い、野ノ尾は扉の前で立ち止まった。廊下に並んでいるもののひとつ、なんの変哲もない扉だった。深いブラウンの木製で、金色のノブがついている。廊下のずっと向こうにある窓からわずかに届く光で、どうにかそれが視認できた。

扉の前には一匹の猫がいた。白い猫だ。確かにこの屋敷には、猫が多い。その猫はかりかりと扉で爪を研いでいた。扉をあけたがっているのかもしれない。

硬い音を立てて三回、野ノ尾は扉をノックする。返事はなかった。

「入ります」

と告げて、彼女は扉を引きあける。足元にいた白猫が慌てた様子で脇に飛びのき、扉が開ききる前に室内に入った。

部屋の中からは、かりかりと音が聞こえていた。猫が爪を研ぐように、無心に。わずかなコーヒーの香りがする。正面のデスクに向かい、高齢の男性が腰を下ろしている。大柄な体格の老人だ。彼は書き物をしているようだった。音を立てて、万年筆を動かしている。

こちらに背を向けたままの老人に向かって、野ノ尾は声をかけた。

「お久しぶりです」

老人は錆《さ》びた滑車のような、ゆっくりとした動作でこちらを振り向く。白く染まった髪、同じ色の髭《ひげ》、眉毛《まゆげ》だけはなぜだか灰色で、丸い眼鏡をかけている。

「おや、君は」

笑いも、驚きもせず、その老人は言った。

顔をこちらに向けてもなお、かりかりという音が止まない。彼の右手は書き物を続けている。不思議な光景だ。彼と、彼の右手が、別の生き物のようにみえる。

緊張しているのだろう、張りつめた声で、野ノ尾は言った。

「何年振りかな。よく覚えていませんが」

老人は答えた。

「五年と一か月、九日ぶりだ」

それからようやく、万年筆のペン先が紙を掻《か》く音が鳴りやんだ。


この洋館にまともなコーヒー豆と、ソーサーつきのコーヒーカップが四組もあったことは、小さな驚きだった。

老人はリビングのテーブルに人数ぶんのコーヒーを並べて、ソファーに腰を下ろしてから言った。

「キッチンにチョコレートを挟んだクッキーがあったはずだが、みつからない。欲しければ勝手に探してきてくれ」

ケイは断ろうとしたけれど、その前に野ノ尾が「わかりました」と答えた。隣接するキッチンへ向かう彼女の背中を見送ってから、顔をしかめて老人は言った。

「まったく。クッキーをしまった場所も忘れるのが、歳を取るということなんだろうな」

「でも先ほど、野ノ尾さんと最後に会った日は覚えていました」

すらすらと淀《よど》みなく答えた。

老人は顎《あご》を撫でる。

「野ノ尾？　そうか、彼女は野ノ尾というのか」

「知らなかったんですか？」

老人はソファーの背もたれに体重を預ける。そのついでといった様子で頷《うなず》いた。

「名前は記号だ。記号とは区別のためにある。区別する必要がなければ、名前はいらない。猫を除けば、この洋館に来るのは彼女だけだよ」

「なるほど」

野ノ尾もこの老人の名前を知らないと言っていた。

不思議な関係だな、とケイは思う。老人は名前も知らない人物と最後に会った日づけを覚えていて、野ノ尾は名前も知らない人物に会うために夢の中の世界にまでやってきた。

排気口から漏れるような、掠《かす》れた声で、老人は言った。

「俺は、数字だけは忘れない。クッキーの在《あ》り処《か》を忘れても、それが一三枚残っていることは覚えている。一枚五二キロカロリー。賞味期限はあと一〇日残っている」

「数字が好きなんですか？」

「ああ。数字と数式が好きだ。だが好きという言葉は嫌いだ」

「それはすみませんでした」

「いや、君が気にすることではない」

この老人の言葉は独特だった。

気難しそうでもあるけれど、反面とても大らかにも感じる。いつもなにかに苛立《いらだ》っていて、だがその苛立ちすら受け入れているような。

老人は目を細めた。

「君たちは、彼女の友人か?」

答えは、キッチンから聞こえてきた。

「私は知人を、友人とそれ以外に区別することがありません。でも貴方《あなた》がそうしたいなら、別に友人だと呼んでもいい」

野ノ尾盛夏。彼女はキッチンから、細長い缶入りのクッキーを持って現れた。缶をテーブルの上に置き、野ノ尾は老人の隣に腰を下ろす。

「どうしてクッキーが、焦げついた鍋《なべ》の中にあるんですか?」

老人は肩をすくめる。

「さあな。それよりも、君、敬語を覚えたのか」

「私だって高校生になりました。目上の人間には、それなりの言葉で話します」

「そうか」

短いやり取りの後で、ふたりは黙り込んだ。

久しぶりに会った父と子を連想させる沈黙だ、とケイは思う。もし自身が父親に再会したなら、同じように沈黙するかもしれない。

一匹の猫が、ソファーの背に登り、そこから窓の外へと飛び出す。

春埼がコーヒーに口をつけ、カップをソーサーに戻した。陶器が触れ合う、小さな音が響く。その余韻が消えてから、野ノ尾は喋《しゃべ》り出す。

「どうして、夢の世界に？」

老人はじっと、手元のカップを見て答える。

「肺と腎臓《じんぞう》と腰が悪い。まともに座っていられなくなった」

「ここでの生活は快適ですか？」

「ああ。初めて君に会ったころと同じように暮らしているよ」

「家族はいないのですか？」

老人は笑う。顔に皺《しわ》を刻むように。

「君にそんなことを聞かれるとは思わなかったな。いないよ。子供を作らなかったし、妻は二〇年も前に亡くした」

「そうですか」

「うん」

外見がまったく違っても、このふたりは親子のようにみえる。言葉の選び方、口調、呼吸の方法、そういうものが似ている。きっとふたりはかつて、長い時間、同じ空気を吸って過ごしたのだろう。

野ノ尾には野ノ尾の歴史がある。当たり前だ。きっとその歴史に、この老人は深く関わっている。名前も必要ないくらいに。老人の表現を借りるなら、相手を記号に置き換える必要もないくらいに、確かなものとして。

また、深い沈黙が訪れる。いくつもの絵具を混ぜると黒になるように、いくつもの言葉を混ぜると沈黙が生まれるのかもしれない。

やはり野ノ尾盛夏はひとりきりでこの老人に会いに来るべきだったのだ、とケイは考える。多少の緊張を乗り越えて、会話と沈黙をふたりきりで受け入れるべきだった。

――でも、彼女たちの事情を別にして、僕がここにいることには意味がある。

相麻菫が意図してケイをこの場所に導いたのなら、その理由はきっと、この老人の能力にあるはずだ。

老人と野ノ尾のための沈黙を壊すのは気が進むことではなかった。

だが、ケイは口を開く。

「貴方の能力を、教えていただけますか?」

老人はちらりとケイに視線を向けて、それから口を開く。沈黙から逃げ出すようでもあった。

「言ってみれば、真実を書き記す能力だ。自動的に、俺の意識とは無関係に。勝手に手が動き、ノートの上に真実が並ぶ」

「真実?」

「そう。なにについて語られるのかはわからない。ただそれは、どうしようもなく真実なんだよ。絶対に正しいことを、俺の能力は文字にする」

コーヒーに口をつけ、暖かな息を吐き出して。

そのカップを片手に持ったまま、彼は続けた。

「世界には真実が刻まれている。過去も未来も関係なく、ただ正しい事実が。その、一連の事実を、管理局はシナリオと呼ぶ。シナリオを書き写すのが俺の能力だ」

頭が、混乱する。

シナリオ。絶対的な事実。それがなにを指すのかは理解できる。おそらくは、できているはずだと思う。だが、だとすればこの老人の能力はあまりに特別だ。咲良田においても存在してはならないような能力だ。

ケイは尋ねた。

「貴方が書いたものを、読ませていただいてもかまいませんか？」

なんの興味もなさそうに、

「書斎にある。勝手にしろ」

と、老人は答えた。

＊

「シナリオ」

宇川沙々音はささやく。

その言葉はエンジンと風の音で掻《か》き消えたかと思ったけれど、後部座席に座る男まで届いていたようだ。

「そう、シナリオ」

彼は芝居がかった口調で答える。

「神が書き上げ、ラプラスが知性と名づけたものの手に渡った。知性は後にラプラスの悪魔と呼ばれ、しかし一九二七年に死んだ。ハイゼンベルグが殺した。だがそれはまやかしだと主張する者もいる。ただ人目につかない場所に押し隠しただけだと。たとえばアインシュタイン、たとえばシュレーディンガー。シュレーディンガーは箱の中の猫が半分生き、半分死んでいると主張したかったわけではない。そんなことは起こり得ないと――」

彼は長々と語り続けていた。

その声は明瞭《めいりょう》で聞き取りやすかったが、意識には残らない。端的に言ってしまえば、なにを言っているのか、宇川沙々音には理解できなかった。

きっと、どうでもいいことなのだろう。彼が多くの言葉で語るとき、その言葉は意味を持たない。本当に重要なことは、短い言葉で語られる。

宇川沙々音は、玩具《おもちゃ》のような、小さな軽自動車の中にいた。助手席で窓を開き、そこに肘《ひじ》をついている。

運転席に座るのは黒いスーツを着た管理局員だった。確か加賀谷《かがや》という名前だったはずだ。表情が乏しく、滅多に口を開かない。でも以前、妻が風邪をこじらせたからと言って仕事を休んだことがあった。つまりは寡黙なだけで、ごく普通の人間なのだろう。

後部座席にもふたり、管理局員が乗っている。

宇川の真後ろに座る管理局員は女性だった。本名は知らない。彼女は索引さんと呼ばれている。索引さんも寡黙ではあるが、加賀谷よりはずっと人間味を感じる。喋りたくないのではなく、意図的に口数を少なくしている印象だ。

喋り過ぎないことも管理局員の給料に含まれているのだろう。そう思ったが、索引さんのすぐ隣に例外がいた。浦地《うらち》という名の管理局員だ。

先ほどから、彼は語り続けている。

「ラプラスの悪魔は、つまり物理的な限界によって死んだ。人類は未来の不確定性を証明したわけではない。人知の及ぶ範囲において、正確な未来を演算することは不可能だと証明しただけだ。そして咲良田の能力は、軽々と物理の限界を超える。能力によって、ラプラスの悪魔は蘇《よみがえ》り得る」

ラプラスの悪魔。その言葉は聞いたことがある。

なんだったかな、と宇川沙々音は考える。興味もないが暇だった。四人が乗った古い軽自動車はろくに速度がでないし、窓の外に見える咲良田の景色は、生まれたころから眺めている。さすがにもう飽きた。

雲の陰から出たのだろう、一層強く日の光が射し、同時に思い当たる。

——ああ、そうだ。未来を厳密に予見できるくらい、頭の良い人のことだ。

いや、人ではないか。悪魔。ラプラスの悪魔。

世界中のなにもかも、本当になにもかもを観測してデータに置き換え、そのデータを解析できるだけの知性があれば、計算によって未来がみえる。必ず訪れる、間違いのない未来が。たしかその観測と解析と計算が可能な知性の名前が、ラプラスの悪魔だったと思う。

ただ頭が良いだけなのに悪魔と呼ばれるのは可哀想だな、と宇川は思う。なにかよい別の名前はないだろうか。しばらくラプラスの悪魔の新しい名前を考えて過ごす。つまり、暇だった。

宇川沙々音はアルバイト中だ。

こんなに暇なのに、時給が発生している。これが高度な資本主義社会というものだろうか。だとすれば高度な資本主義社会とは、とても便利なものだ。

気がつけば浦地は、長い話を語り終えていた。

エンジンと、窓から入る風の音だけが響く車内で、宇川はまた呟《つぶや》く。

「で、シナリオって、なんです？」

ルームミラーに、ため息をつく索引さんが映る。また浦地の無意味な語りが始まると思ったのだろう。たしかに狭い車内で、隣に座った人間が長々と語り続けるのはずいぶんな迷惑かもしれない。話を振ったことを、宇川は少し後悔する。

だが浦地の声は、先ほどまでよりも幾分真摯《しんし》で、意味を伴っていた。

「たとえば世界を、ひとつの舞台だと仮定しよう」

「舞台？」

「そう。私たちは皆、役者だ。脚本に従い、その通りに行動し、会話している。風が吹くのも、日が昇って暮れるのも、すべて脚本にある通りだ」

「決まったセリフしか喋《しゃべ》れないのは、窮屈そうですね」

「私たちは皆、完璧《かんぺき》な役者なんだよ。脚本を読んだことも、それに従い行動していることも忘れてしまうほど役に入り込んでいる。だが決して間違えず、なにもかもが脚本通りに進行している。神が書いた脚本の通りに」

その脚本が、つまりシナリオだ、と浦地は言った。

宇川はしばらく、すべての人々が脚本を読み込んでから人生に挑む世界を想像し、それから尋ねた。

「ただのたとえ話ですよね？」

確信を持った口調で、浦地は答える。

「いや、シナリオは実在する」

「どうしてわかるんです」

「君はリセットという能力を知っているね?」

宇川は頷《うなず》く。

二年前に知り合った、浅井ケイという名前の少年の能力だ。いや、違うか。よく混同してしまうけれど、リセットは春埼美空の能力だ。

浦地は続ける。

「リセットを使用しても、未来が変化することはない。人々はリセット後の世界でも、リセットの前とまったく同じ行動をする。ほんの気まぐれのような行動でも、実際には厳密に既定されている」

確かに浅井は、リセットの前後で出来事が変化することはまずないと言っていたけれど。

「リセット前に死ななかった少女が、リセット後に死んだ、と浅井から聞きました」

なにもかもが同じではない。変化しているところもある。

だが浦地は、平然と否定する。

「リセットの前後で出来事が変化したなら、なにかの能力が関わっているんだよ」

「つまり能力があれば、シナリオとは違った行動を取れるんでしょう?」

「いや、不可能だ」

そんなはずがない。

「浅井は、リセットする前の記憶を持っています。だからリセット後の行動を変えられます」

「リセットし、未来を変えようとすることまで、シナリオには既定されている。変えようとして、変えたつもりになった未来は、遥《はる》か過去から訪れることが決まっている」

自嘲《じちょう》に似た、小さな笑い声を上げてから、浦地は続ける。

「事実、名前のないシステムは未来視により、リセットがどう使われるのかまで見通していたよ」

名前のないシステム。未来視によって、咲良田の未来に起こる問題を監視し続けていた女性。彼女自身は魔女と名乗っていたという。

その女性の話を、宇川は浦地から聞いた。ほんの数週間前のことだ。宇川が彼女の存在を知ったとき、もう魔女は管理局にはいなかった。

――一度、会ってみたかったな。

と、宇川は思う。

名前さえ失い、生涯をひとつの街の安全だけに費やすというのは、どんな人生なのだろう。厳密な正義が彼女の内側にはあったのだと思う。

抑えた口調で、浦地は語る。

「彼女の未来視さえ、おそらくはシナリオの範疇《はんちゅう》だ。名前のないシステムより優れた未来視能力が実在したなら、彼女がどんな未来をみて、どんな形に未来を変えるかまで予見できていたはずだ」

「どうして、そう思うんです？」

「実例があるんだよ。シナリオの写本には、魔女の言葉が正確に記載されていたことがある。未来を変えるための言葉だ。それは魔女が言葉を発する前に書かれ、言葉を発してから管理局が発見した。シナリオは未来視を超えて厳密な未来を言い当てることを証明した」

よくわからなかったけれど。

「そうですか」

宇川は適当に頷く。色々と、面倒になってきたのだ。

浦地もそれきり黙り込んだ。口を閉ざせば、彼も真っ当な管理局員にみえる。

宇川は窓の外に視線を向けた。

もうしばらく走れば、シナリオ——その写本を書き続ける男の家に着く予定だ。

＊

野ノ尾盛夏は、老人の隣に座っていた。

ふたりきりだ。浅井たちは書斎に向かってしまった。

――うん。気まずいな。

そう考えて、クッキーをかじる。

老人は黙って、手元のコーヒーカップに視線を落としていた。彼は会話をする気がないのだろうか？　私はここを訪ねるべきではなかったのだろうか？　野ノ尾はそう考えたけれど、答えはわかり切っていた。

――なにもかもが、私と同じなのだろう。きっと。

再会を喜んでいないわけでない。ただ、安易に喋り始めるのは怖ろしい。無言の時間は気まずいが、それを無理に避けて通れば、なにか重要なものを見落としそうだ。

――そもそも、コミュニケーションが得意ではないんだ。私は。

内心で言い訳して、野ノ尾はコーヒーに口をつける。もう冷めかけていた。

考えてみれば昔から、この老人と野ノ尾の間に、多くの言葉があったわけではない。会話を交わすより、無言でいる方がずっと多かった。

だがあの頃は、沈黙を自然なものとして受け入れられていたように思う。

昔、沈黙には意味があった。握手に似た、親愛に近い意味が。それは自然であり、安らぎだった。だから沈黙を壊し語り始めることさえ容易だった。

――今は、あの頃とは違うのだから。

正しい言葉を、きちんと探さなくてはならない。

そう考えて野ノ尾盛夏は、古い記憶をゆっくりと掘り起こす。

古い記憶――

七年か、八年か。正確には覚えていないが、ともかくそれくらい前だ。

幼い野ノ尾はソファーに腰を下ろしていた。彼女はまだ、小学校の低学年だった。老人は向かいの席にいた。彼は今と同じ、老人だった。

野ノ尾はかちかちと知恵の輪をいじっていた。自身の髪の長さも、老人の服の色も覚えていなかったが、知恵の輪の形だけははっきりと思い出せた。なにが問題で、どうして当時の自分がそれを解けないでいたのか、思い出すことができた。

「知恵の輪とは、正しさを探すものだ」

と、老人は言った。

野ノ尾は力任せに知恵の輪を引っ張りながら――その行為が無意味だということは、さすがに当時の彼女にもわかっていた――機嫌の悪い口調で尋ねる。

「正しいというのは、算数の答えのようなものか？」

言葉も、思考も、疑問の持ち方も、野ノ尾はこの老人から学んだ。

他にまともな知人がいなかったのだ。昔から、コミュニケーションは苦手だ。気に入らない人間と会話する気になれなかった。そして小学校には、野ノ尾が気に入るような人間はいなかった。子供たちも、大人たちも、みんな野ノ尾とは関わりのない世界で暮らしているような気がしていた。例外はこの老人だけだ。

顎《あご》を撫《な》でて、老人は答える。

「世の中のものは、数字ほど正しくはない。虫眼鏡よりもずっと大きなレンズで覗《のぞ》き込めば、どんなものでも整然と並ぶ数字でできているはずだがね。人の目でそれをみることは叶《かな》わない」

「君の話はよくわからないな」

「子供が老人を、君と呼ぶべきではないな」

どうでもいいことだったので、野ノ尾は手の中の知恵の輪をかちかちと動かした。いい加減飽きていたが、諦《あきら》めるのも癪《しゃく》だ。

「どうすれば正しいものがみつかるんだ？」

と、野ノ尾は尋ねた。

老人は目を細めて、野ノ尾の手元を眺めていたが、やがて答えた。

「頭の中に、ふたつの箱を用意するんだ。AとB、ふたつの箱」

「えーとびい」

英語だな、と野ノ尾は思う。

「そこはどうでもいい。ふたつの箱を区別できるなら、赤と青でも、マルとバツでも、ロミオとジュリエットでもいい」

「へぇ。それで？」

「Aの箱には、思いつく限りなにもかもを入れる。Bの方は、空っぽだ」

「なにもかも？」

「そう。なにもかも。この世界にはなにがある？」

「猫」

「それもある。他にもあるだろう？」

「私と、君と、両親と、ミルクと、クッキー」

「その通りだ。他にも靴や、洋服や、法律や、嘘や、オイラーの公式なんかがある」

「公式？」

「この世界で、もっとも美しいもののひとつだよ。とにかく色々なものをなにもかも、その箱に入れるんだ」

とりあえず野ノ尾は頭の中に大きな箱を用意して、その中に思いつくものを全部入れてみた。

「犬は猫と喧嘩《けんか》をするぞ？」

「させておけ。犬と猫の自由だ」

「そういうものか」

シーツ、洗剤、ホイップクリーム、ブランコ、太陽、夜。

だいたい全部、入れ終わったかなと考えて、手の中の知恵の輪を入れ忘れていることに気づく。

「全部は無理だ。なにかは忘れている」

「そういうものだ。気にするな。だいたい全部、入れ終わったと思ったら、その箱を眺めるんだ」

「えーの箱」

「そう。Aの箱。そこには色々なものが入っている。その中から、正しくないものをみつけて、Bの箱に移す。少しでも正しくないなら、容赦なく移すんだ」

「嘘と靴下は正しくないな」

「嘘はわかるが、靴下もか？」

「たまに左右を間違える。それに立ってはくと倒れそうになるから、危険だ」

「なるほど。その調子だ」

この調子なのか。よくわからないが、ともかく野ノ尾は、頭の中で、Aの箱に入っているものをBの箱に移し替えていく。犬はだめだ。猫が怖がる。洋服はすぐ汚れるし、靴はなんだか窮屈だ。

「ホイップクリームに問題はないだろう」

甘いし、白いし、幸せな感じがする。

だが老人は首を振った。

「食べ過ぎると体に悪い。それに口の周りがべたべたになる」

「なるほど。では、びいの箱に移そう。ブランコに問題はあるか？」

「ある。乗り物なのに移動しない」

「それは別にいいだろう。あれは移動するためのものじゃない」

「では、長時間乗り続けると、気分が悪くなる」

「そうかな。まぁいい」

仕方がないので、ブランコもBの箱に移す。

「これはいつまで続ければいいんだ？」

「Aの箱の中身を、ひとつ残らずBの箱に移すまでだ」

「ひとつ残らず？」

「そう。この作業の目的は、なにもかもすべてから正しくないところをみつけ出すことにある」

「全部、正しくないのか？」

「この世界にあるものは、どこかしら正しくないものだよ。視点を変えるんだ。どんな良いものにも、ひとつくらい悪いところがある」

よくわからなかった。

たしかこの作業は、正しいものをみつけるために始めたはずだ。全部間違っているのなら、初めから成立していないのではないか。

ともかくAの箱からひとつを取り出し、問題点を探し出し、みつかったらBの箱に移す。その作業を五分ほど続けて、野ノ尾は呟《つぶや》いた。

「飽きた」

それになにをAの箱に入れたのか、もう忘れてしまった。

「そうか。まぁいい」

「いいのか？」

「ああ、次に行こう。Aの箱の中身を全部、Bの箱に移してしまったら。それからじっと、Bの箱を眺めるんだ」

そこにはどこかしら、正しくないものばかりが入っている。

老人は続ける。

「その中から、まだましなひとつを拾い上げる。きっとそれが、君の正しいものだ」

最後まで、よくわからなかった。

「だがそれは、どこか正しくないんだろう？」

「そうだよ。正しいものは、どこかが正しくない。正しくない所まで理解して、それでもなお正しいものだけが、本当に正しいものだ」

老人は寝言のような、ふにゃふにゃとした声で、そう言った。

ともかく野ノ尾は、Bの箱の中から、目についたひとつを拾い上げる。

「君はなにを正しいと思った？」

と、老人は言った。

「猫」

と、野ノ尾は答えた。

猫は爪でひっかくし、呼びかけてもしばしば返事をしない。でもひっかかれたところで猫は愛おしいものだし、こちらの声に応えるのかは猫の自由だ。

「正しいものとは、そうやってみつけるんだ」

と、老人は言った。

いまいち信用できない話だ、と、野ノ尾は思う。

試しに知恵の輪の解き方について考える。なんとなく知恵の輪を解けそうな方法をAの箱に放り込み、それぞれ失敗した場合を想像して、Bの箱に移す。

Bの箱にあるものの中で、いちばん信用できそうなのは、知恵の輪をくるりと回す方法だった。知恵の輪の両端を持って、水あめを練るように回転させる。するとするりと知恵の輪が外れる。理屈はわからないが説得力がある。

野ノ尾は想像の通りに、知恵の輪を動かしてみる。

しゃらん、と金属が擦《こす》れる感触。そして知恵の輪は、あっけなくふたつにわかれた。

手の中の、解けた知恵の輪をみて、

「なるほど。こういうことか」

と、野ノ尾は呟いた。

「それはただの偶然だ」

そう答えると老人は、野ノ尾の手から知恵の輪を取り上げ、また元の形に繋《つな》いでしまった。

――小さな子供に話す内容ではないな。

高校生になった野ノ尾盛夏は笑う。老人の、正しいもののみつけ方は、それなりに効果的な思考法だった。だが日常的に多用するのは少々疲れる。

野ノ尾はいくつもの言葉を、Aの箱に放り込んで、それをひとつずつBの箱に移動させる。ある言葉はホイップクリームのようにべたべたと甘く、別の言葉はブランコのようにどこにも繋がらない。やはり私は猫がいい、と、野ノ尾は考える。気まぐれで、少し攻撃的で、だがそれが許されるような言葉が。

「貴方《あなた》はずっと、自分の能力に浸って生きていたんですね」

と、野ノ尾は言った。

記憶の中で、野ノ尾がこの洋館を訪ねると、老人はいつもデスクに向かい、万年筆を動かし続けていた。シナリオの写本――その能力は、よくわからないけれど。だが能力を使い続けて生きる気持ちは理解できる。

老人は頷《うなず》いた。

「ああ。君はそれを非難するか？」

「いえ。私も同じように暮らしています」

彼はゆっくりと、首を振る。

なにか言おうとしたようだが、結局はなにも言わなかった。

野ノ尾は続ける。

「この世界は、私たちの能力に似ています」

老人はコーヒーカップに固定していた視線を、そっと野ノ尾の、額の辺りに移動させた。

「俺もそう思っていたよ」

猫と意識を共有する野ノ尾の能力と、真実を書き続ける老人の能力。そのふたつはまったくの別物だ。だが、同時に、酷《ひど》く似ている。似すぎていて悲しくなる。

野ノ尾盛夏は一日の大半を、猫と意識を共有して過ごす。それは猫が好きだからだ。違う言い方をするなら、人間があまり得意ではないからだ。嫌い、という言い方では語弊がある。苦手が近い。あんまり多くの人に囲まれていると、自分自身が欠けていくような気がする。

それは無理やり苦手なものを食べさせられるのに似ている。

野ノ尾にとって、不味《まず》いものを食べるのはそれほど苦痛ではない。我慢して飲み込めばいいだけだ。それよりも、なにかが苦手な自分を否定されるのが嫌だった。苦手であることを、悪いことのように言わないで欲しい。苦手だという感情を、安易に踏みにじられたくない。

その点、猫は良い。彼らはなにも強制しない。集団としての繋がり方が、人間とは明らかに違う。不味いものを食わずに瘦《や》せ衰えていく猫に、他の猫は苛立《いらだ》たず、憐《あわ》れむことさえない。その猫はシンプルに死ぬだけだ。人の世界にはない自由がそこにある。

野ノ尾にとって、猫の世界は楽園だった。

楽園に浸って、野ノ尾は生きていた。

――彼も、同じだ。

老人は真実を書き続けて生きる。現実とは触れ合わず、心地よく正しい世界に浸っている。

それがどれだけ病的なことなのか、野ノ尾にだってわかる。同じように、自分自身の生き方も、問題だと知っている。

この、夢の世界に逃げ込むように。

老人と野ノ尾はきっと、自分の楽園だけで生きてきた。

「俺が悪かったんだろうな。子供に教えるべきことを、教えられなかった」

老人の声は掠《かす》れていて、どこか泣き声に似ていた。

その声を聴いて初めて、彼も歳を取ったのだと野ノ尾は思った。出会ったころから彼は老人だ。だからだろう、すぐには気づかなかった。

野ノ尾は首を振る。

「でも私が幼かったころ、貴方だけが、私を救ってくれました」

老人は眼球だけを動かしてこちらをみる。

「だからいいんです。自覚もなく救われるほど、安らかなことはありません」

彼が、幼い子供を救おうと躍起になる老人なら、野ノ尾はここに寄りつきもしなかっただろうと思う。ふざけるな、私は好きに生きているのだから、手を差し伸べられる必要などないのだと意地になっただろう。

だが彼はなにもしなかった。ただ野ノ尾盛夏という人格を認め、自然に傍にいることを許してくれた。たったそれだけのことを、幼い野ノ尾に許してくれたのは、彼だけだった。

「私たちが初めて会った日を、覚えていますか？」

老人は頷く。

「九年と二か月、二七日前のことだ。君は猫を追いかけて、ここにやってきた」

「そのとき、どんな話をしたのか、覚えていますか？」

老人は首を振る。

野ノ尾はリビングの片隅、キッチンの前を指さした。

「その辺りに、小さな皿に入ったミルクがあったんです。猫たちはそれを舐《な》めていた」

「それで？」

「私はミルクを舐める猫たちを眺めていました。そこに貴方が現れて、君も飲むか、と言ったんです」

「記憶にないな」

「まったく思い出せないな」

だが、野ノ尾はよく覚えていた。とても驚いたのだ。猫にミルクをやるように、人間の子供にミルクをやる大人がいるとは思わなかった。

「私はミルクを断って、それから、猫の名前を尋ねたんです」

「やはり、覚えていない。でもなんと答えたのかはわかるよ」

野ノ尾は頷く。

――俺は知らない。

と、彼は答えた。

「私は猫に名前をつけるのが嫌いです。とても傲慢《ごうまん》だと思う。でも、そう主張しても、わかってくれる人はあまりいません」

老人はまた首を振る。

「猫の尊厳を守ったわけじゃない。名前を呼ぶのが面倒なだけだ」

「貴方の事情なんて、どうでもいい。ともかく私は、貴方が不思議な人だと思った」

初めてふたりが顔を合わせた日、交わした会話はそれだけだ。

老人は小皿にミルクを注《つ》ぎ足すと、すぐにどこかに行ってしまった。おそらくは書斎にこもっていたのだろう。

野ノ尾はしばらく猫を眺め、日が暮れたから家に帰った。

翌日も野ノ尾は洋館を訪れた。二回目に彼と交わした会話は、もっと短かった。老人は「また来たのか」と言い、野ノ尾は「また来た」と答えた。それだけだ。

老人は野ノ尾にかまうことも、拒絶することもなかった。迷い込んだ野良猫と同じように扱った。それが心地良かった。だから野ノ尾はいつの間にか、好んで彼と会話するようになっていた。

「私は上手《うま》く、人間に馴染《なじ》めないんです。社会というものが煩わしい。でも人間に馴染めない人間の子供というのは、それなりに苦労をします」

たとえば、つい猫の世界に逃げ込む能力を手に入れてしまうくらいには、幼い野ノ尾は疲れていた。

「でも貴方《あなた》は、なにもしなかった。人間社会の煩わしさを持たない人間だったから、私は救われたんです」

当時は人間が嫌いだった。

だが今は、少なくとも嫌いではない。まだ苦手ではあるけれど、どちらかというと、人間が好きだ。それはこの老人のおかげなのだと思う。

「貴方は私の、最初の友人です」

知人と友人を区別するのは、好きではないけれど。だがこの老人を、許されるなら友人と呼びたいと思う。

老人は咳《せ》き込むように笑った。あるいは笑うように咳き込んだのかもしれない。野ノ尾にはそれを区別できなかった。

彼はコーヒーカップに口をつけて、言った。

「友から君に、ひとつ忠告をしていいかな？」

「ええ。聞くだけは聞きましょう」

「君は、俺とは違う。まだ若い。偽物の青を、本物の青だと信じ込むようなことは、してはいけない」

「青？」

「幸せの象徴だよ」

青。幸せ。偽物と本物。

「偽物の青と本物の青を、どうやって見分けるのですか？　幸せにみえるすべてをAの箱に入れ、それからBの箱に移し替えればいいのですか？」

老人は首を振る。

「誰かと一緒にいなさい。それだけでいい。隣にいる人が笑うことを、幸せと呼ぶんだ」

それは独りきり書斎で、真実を書き続けている人間の言葉だとは思えなかった。だからだろう。きっと彼の言葉は、正しいのだと思った。

語る資格のない言葉を、それでもなお語るとき、その言葉は切実だ。彼自身を傷つけながら、語ることを選んだのだから。

野ノ尾は、笑う。

「心配いりませんよ。実は、一緒にここに来たふたりは友人だと思っています」

「それはよかった」

「それに貴方も、もちろん友人です」

「俺は、だめだ。現実ではもう、一日の何時間も目を覚ましていない。きっと、まともに喋《しゃべ》ることもできないだろう」

俺はもうこの世界にすがるほかに、生きる意味をみつけられないんだよ。と、老人は言った。

野ノ尾は、正しい言葉を考える。彼に答えるべき言葉を。

だが、それはみつからなかった。言葉がみつかるよりも先に後ろから音が聞こえた。窓ガラスをノックする音だった。

振り返ると窓の外に、人が立っていた。男性がふたりと、女性がふたり。窓を叩《たた》いたのは男の一方だった。

彼は、笑みを浮かべて、

「管理局の者です。玄関を開けていただけませんか？」

そう言った。

＊

表紙に『No．853』と書かれた大学ノートを、浅井ケイは本棚に戻した。

この書斎には物が少ない。ガラス製の扉がついた大きな本棚がふたつと、木製のデスクと柔らかなクッションの革椅子がある。あとは壁にあるクローゼットの中に、いくつもの段ボール箱が積み上がっている。段ボール箱の中身はまっさらな大学ノートと万年筆用のインクやペン先だ。

本棚、デスク、クローゼット。その三か所のほかに、探し物ができる場所はない。そしてどこにも、『No．407』と書かれたノートはなかった。

みつかったノートの中で最少の数字が、先ほどの『No．853』だ。ノートは規則正しく本棚に並べられていた。まったく別の番号の間に『No．407』が紛れ込んでいる可能性は低そうだ。

「ありません」

と、春埼美空は言う。

彼女にも、『No．407』のノートを探すのを手伝ってもらっていた。

「きっと『No．852』以前のノートは、別の場所に保管されているんだろうね」

あの老人に、在《あ》り処《か》を尋ねに行った方が早いだろう。さすがに人の家を勝手に歩き回るわけにもいかない。

適当なノートをぱらぱらとめくって、春埼は言った。

「シナリオとは、なんですか？」

「真実だ、とあのお爺《じい》さんは言っていたね」

逃れようもなく、絶対に正しいこと。真実。

――まったく。そんな能力、実在していいのか。

ケイは先ほどから、何冊かノートの中身を確認していた。

そこに書かれていることは、大半が過去に起こった出来事だ。後は数学の公式や物理的な方程式などの、厳密な正解を持つものだ。中にはケイの知らない数式も複数含まれていた。まだ人類が発見していない式もあるのかもしれない。だがそんなことは、特別問題でもない。

シナリオの写本。あの老人の能力。彼が書き記した真実は、稀《まれ》に未来についてまで言及している。それが、問題だ。

ケイはこれまでにふたり、未来視能力者に出会った。魔女と相麻菫。考えようによっては春埼のリセットも、疑似的に未来を知る方法と呼べる。

それらの能力には、ひとつの絶対的なルールがある。

つまり、未来を知り得た人間は、その未来を変えることができる。

ただ変えるだけであれば、難しいことではない。街角を右に曲がる未来をみたなら、実際には左に曲がればいい。それだけで未来は変わる。

――でも、シナリオの写本は違う。

たとえば五分後、地球の裏側で事故が起こるとわかったとして、それをどうすれば阻止できるのか。一〇〇年後に生まれる赤子について知ったところで、誰がそれを阻止しようと思うのか。

変えられる未来は、真実ではない。

逃れようもなく、絶対に正しいことだとは呼べない。

――この能力はきっと、未来視としては無意味だ。

読んだところで変更されない未来しか、記述されることがない。読み手が変えたいと願い、そして実際に変えられる未来は、初めから記述されないのだと思う。

その無意味な能力は、だが同時に、ひとつのことを証明してもいた。

――回避不可能な未来が、実在する。

言い方を変えるなら、この世界の未来はもう確定している。

一本道の過去と未来。可能性という言葉を否定するもの。一般には決定論と呼ばれる考え方。それがおそらく、シナリオだ。

「リビングに戻りますか?」

春埼の言葉に頷《うなず》こうとしたとき、書斎のドアが開く。

野ノ尾か老人が様子をみにやって来たのかと思った。だが、違う。

そこに立っていたのは、三〇代の半ばほどの男性だった。彼は顔に優しげな微笑を張りつけている。

どこか笑いを堪《こら》えるような声で、

「おや。先客がいたのか」

と、彼は言った。

――ふいをつかれた。

ケイは、その人物を知っていた。過去に二度、会ったことがある。

内心の動揺を押し隠し、ケイも微笑む。

「お久しぶりです。管理局の方ですよね」

「君は――」

笑みを張りつけた男は右手の中指で、自身のこめかみを軽く叩いた。それから、嬉《うれ》しそうに頷く。

「知っているよ。そうだ、たしか、浅井くん」

こつん、と足音を立てて、その男は書斎の中に入る。

彼の後ろにはもう三人、管理局の関係者が立っている。全員に見覚えがある。宇川沙々音、索引さん、そして――名前は知らない。以前、ケイたちを魔女がいたビルまで案内した、管理局の黒いスーツ。

「こんなところまで来たのね」

と、索引さんは言った。軽く顔をしかめている。

笑みを張りつけた男は、ケイの目の前で人差し指を立てた。芝居がかった動作だ。

「浅井くん。君にひとつ、残念なお知らせがある」

「できれば聞きたくないですね」

「でも私は、言わなければならない。いいかい、この書斎は、一般人立ち入り禁止だ」

それは予想していたことだ。

シナリオの写本なんてものを、簡単に閲覧できていいはずもない。チルチルによって誰もこの洋館に立ち入れなくなっていたのは、当然の処置だと思う。

男は肩をすくめてみせた。

「私が来る予定だったから、この時間だけ入れるようにしてもらっていたんだけどね。その間に紛れ込むというのは、大した偶然だ」

なるほど。今日の午後三時から、日が暮れるまでだけこの洋館に立ち入れるというのは、それが理由か。

なるたけ表情を変えないよう注意して、ケイは尋ねる。

「この部屋には、『Ｎｏ．８５２』以前のシナリオの写本がありません。管理局が回収したんですか？」

「それは君が知るべきことかな？」

「いえ。不都合なら聞き流してください」

彼は朗らかに笑う。

「不都合だということはない。私にとってはね。細かな番号までは覚えていないが、現実の世界で書かれたものは現実の管理局が保管している。ここにあるのは、あの老人が夢の世界に入ってから書いたものだ」

なるほど。『No．407』は、初めからこの家にはなかった。

──でも、だとすると、相麻の目的はなんだ？

シナリオの写本なんてものが存在すると知らせたかったのだろうか。それともこの笑みを張りつけた男と、ケイを出会わせたかったのだろうか。

どちらにせよ、『No．407』と指定した理由がない。なら、まさか管理局が回収した写本を盗み出せとでもいうのか。

──本当に、そうなのかもしれないな。

ケイは思い当たる。

管理局から資料を奪うというのは、現実的にはほとんど不可能だ。少なくとも女の子の伝言ひとつを理由に実行できることではない。

だが夢の世界において、管理局はそれほど絶対的な存在ではないだろう。なんといっても神さまがいる世界なのだから。そして現実がそのまま再現されているなら、夢の世界の管理局にも『No．407』があるかもしれない。

──ともかく、チルチルに会おう。

彼ならおそらくは望むだけで、本の一冊くらいは盗み出してみせる。

そう決めて、ケイは微笑む。

「わかりました。立ち入り禁止だというのなら、出ていきます」

「助かるよ。悪いね、追い出すようで」

「こちらこそ、勝手に入ってすみませんでした」

「いや。どちらかというと、こちらの落ち度だからね。たぶん、きっと、問題ない」

男はまた笑う。

失礼します、と告げて、ケイは出口へと向かう。宇川沙々音と目が合ったので、とりあえず微笑んでおいた。

ドアノブに手を掛けたとき、

「ああ、そうそう」

と、笑みを張りつけた男は言った。

足を止めて、もう一度笑顔を作り直して、ケイは振り返る。

「なんですか？」

まったく、刑事ドラマのワンシーンみたいだ。やり手の刑事は、退室しようとする犯人を呼び止めるものだ。

「浅井くん。君の仕事は、現実と夢の世界の違いを調査することだったね？」

ケイは頷く。

「はい。そうです」

「では君は、どうしてここにいるのかな？　一体どんな目的で、なぜこんな場所にきたのかな？」

「この洋館には、友人を送り届けるために来ました。リビングにいる女の子です」

その言葉が嘘ではないことに、ケイは感謝した。

彼は頷く。

「なるほど。まぁ、そんなことはどうでもいいんだ。あと、もうひとつだけ」

なんとなく相麻菫について尋ねられるような気がしたけれど、違った。

「シナリオの実在は、君にとっての絶望になり得るかな?」

と、彼は言った。

意図して、苦笑して、ケイは答える。

「よくわかりません。端的に言って、ショックですね」

そして今度こそドアを通り抜けて、廊下に出た。

＊

浅井ケイ、と春埼美空。

退室したふたりの名前を頭の中で繰り返し、索引さんは眉《まゆ》をひそめる。

――まったく。どうして彼が、ここにいるのよ?

もちろん彼が夢の世界にいることは知っていた。夢の世界の調査を許可すると、彼に伝えたのは索引さん自身だ。

同じタイミングで、自分たちがシナリオの写本の確認をすることになったときから嫌な予感はしていたのだ。だがそれでも、まさか本当に、彼がここにいるとは思わなかった。

「浅井くんは、なにか嘘をついたかな？」

と、笑みを張りつけた男――浦地正宗《まさむね》は言った。

索引さんの能力は、色で感情を見分けるというものだ。誰かが喋《しゃべ》った言葉ひとつひとつに、様々な色がついてみえる。だから索引さんにとって、嘘は赤い。とても目立つ、危険な色だ。それを見落とすことはまずない。

索引さんは答えた。

「彼の、最後の言葉だけが嘘です」

「最後の言葉」

――端的に言って、ショックですね。

その言葉だけが嘘だ。

「彼はシナリオを受け入れています」

浦地はいつものように笑った。

「へぇ、なるほど」

少し気になって、索引さんは尋ねた。

「よく彼の名前を覚えていましたね」

浦地正宗は物覚えが悪い。というのは、彼が好んで口にする嘘だ。赤い色をした言葉。必要なことを彼が忘れていたことなどない。ただ不必要なことを、初めから覚えようとしないだけだ。

少なくとも浅井ケイは、彼が覚えているべき名前だと判断したのだろう。

「たまたまだよ。彼女、ほら、なんといったかな。浅井くんの後輩の」

「岡絵里、です」

「そう。彼女のために、ずいぶん浅井くんについて調べたからね。それで覚えていたんだろう」

浅井ケイに関する情報を集めたのは私だ。それに、岡絵里の名前を忘れて浅井ケイの方を覚えているのは矛盾を感じる。そう言いたかったが、おそらく意味のある答えは得られないだろう。

より直接的に、索引さんは質問する。

「浦地さんは以前から、彼に興味を持っているようですね」

「うん。ま、そこそこ興味深い」

「いったい彼の、どこが興味深いのですか？」

「色々だよ。二年前の管理局との対立。先月の魔女に関する諸々《もろもろ》。事情を知っていれば誰だって興味を惹《ひ》かれる」

索引さんはため息を押し殺す。

「彼がここにいたというのは、問題です」

「誰がいても問題だけどね」

浦地は、宇川沙々音に視線を向けた。

「そういえば、君もここにいてはいけないな。一般人立ち入り禁止なんだから」

宇川沙々音は管理局員ではない。ただの協力者だ。

「ああ、やっぱり」

躊躇《ためら》う様子もなく、宇川は背を向けた。おそらくシナリオの写本というものに興味がないのだろう。

彼女が退出し、扉が閉まる。

その扉に、寡黙な管理局員――加賀谷が右手で触れる。彼が右手で触れたものは、決して変化しなくなる。彼自身が左手でそれを解除するまでは。

索引さんは言った。

「浅井ケイがいたことは、他の誰よりも問題です。彼の頭の中から、情報を奪うことなんてできません」

シナリオの写本に書かれた情報が外部に漏れることを、管理局は許容できない。

――いや、書かれた内容だけが問題ではない。

シナリオの写本が実在することが、そもそも問題だ。世界の未来が確定しているなんてことが、一般に知られるわけにはいかない。

朗らかな声で、浦地は笑う。

「それほどでもないさ。ナイフを一本、彼の心臓に突き刺せば、もう彼から情報が漏れることもない」

「そんなことが許されると思っているのですか？」

「冗談だよ。でもね、管理局に許されないことなんてない」

彼の言葉は、ある意味ではまったくの事実だ。

管理局を裁く機関は、咲良田には存在しない。咲良田にないということは、世界中のどこにもないということだ。

唯一、管理局を裁けるのは、管理局だけだ。管理局はいくつかの部署によって成り立っている。大きなものは、市役所と警察にひとつずつ。後は必要に応じて、ビルの一室を借りている場合が多い。

それらに明確な上下関係はない。――いや、明確に、上下関係がないと言った方が適切か。すべての部署を統括する本部というのは存在しない。ひとつの部署がそれぞれ独立した機関として機能し、他の部署を監視する形を取っている。

だが、それも緩やかなものだ。

管理局はクリーンであることよりも、シークレットであることが優先される。隣の部署がなにをしているのかわからない。場合によっては自分たちがなにをしているのかさえわからないことがある。歯車が自身の役割を知らずに回り続けるように。管理局の全貌を厳密に把握していたのは、三人の創始者だけだろう。管理局を構想し、言ってみればシステムとしてプログラミングした三人。だが彼らは——少なくとも、対話できる形では——もういない。最後のひとり、魔女も先月の半ばに消えた。

 ——まあ、つまり、やりようによってはどうにでもなるのよね。管理局が秘匿しようとすれば、大抵のことは隠し通せる。高校生ひとりの行方を隠すことなんて、ずいぶん楽な話に思える。

 ——面白みの欠片もない話だ。やはりこんなことを考えるような公務員がいる街は、歪なのだと索引さんは思う。公務員というのは本来、いかに残業を避けるかだけに頭を悩ませていればいい職業だ。少なくとも大学生のころの索引さんはそう考えていた。

 ——安定して暮らすために、公務員になったのにね。どうしてこんな、悪の秘密結社みたいなことを考えなければいけないのよ？

 その悩みを捨ててはいけないのだと思う。おそらくは人として。

 浦地正宗が口を開く。

「浅井くんの背後には、誰かがいるようだ」

「それは、浅井ケイに指示を出している人物がいる、ということですか？」

「うん。おそらくね。彼がこの世界に入る許可を求めたとき、シナリオの写本のことは知らなかったんだろう？」

「はい。それは、間違いありません」

「だが、ただの偶然で、ここに辿《たど》り着くはずがない。彼はなにも知らないまま指示に従ってここに来た。その可能性が、もっとも高い」

そうだろうか。

浅井ケイが理由もわからないまま、誰かに従って行動するだろうか。

「誰が彼に指示を出しているんですか？」

「そんなこと、わかるはずがないだろう？　可能性ならいくらでも思いつくよ。たとえば名前のないシステムが咲良田から抜け出す前に、未来視を使って彼に指示を出していたのかもしれない。だが、ただの想像に意味はない」

彼は本棚からシナリオの写本を一冊、抜き出した。デスクに寄りかかり、ページをめくりながら続ける。

「確かな情報がいるんだ。彼に、質問する必要がある」

「質問」

浦地はくすりと笑う。

「私たちは浅井くんを召喚する。彼がこの部屋にいたことは、やはり問題だからね。彼からきちんと話を聞き、書類にまとめる必要がある。公式な場で、すべてが資料として残る空間で、君が彼に質問すればいい。根掘り葉掘り隙間なく」

ようやく理解できた。

「だから貴方《あなた》は、浅井ケイを、この世界に呼んだんですね？」

浦地はつまらなそうにノートに目を走らせながら、言った。

「色々だよ。まず浅井くんの目的を知りたかった。もしシナリオの写本に辿り着くようなら、誰かが彼に指示を出しているのだと予想していた。それなら彼から話を聞く必要がある。この部屋で彼と、偶然居合わせるというのは都合がいい。後々に、正式に彼を呼び出す理由になる」

管理局に──索引さんに、嘘はつけない。もし浅井ケイに指示を出している人間がいるのなら、ほどなくその正体がわかるだろう。

でも、

「それなら、名前のないシステムの件で呼び出せばよかったはずです」

わざわざ面倒なことをする必要はない。

「あれは事件が大きすぎる。それに担当の部署が違う。私の手に負えないところで話が動くよ。シナリオの写本を覗《のぞ》きみたくらいが、ちょうどいい」

浦地はノートを閉じた。すでに一冊ぶん、確認を終えたのだろうか？　話しながら適当にページをめくっていたようにしかみえなかったけれど。

彼はそのノートを本棚に戻し、新しいノートを抜き取って、続けた。

「彼を夢の世界に呼んだ理由なんて、いくらでもある。管理局の問題は多い方が良い。

それに、夢の世界はできるなら、消えてなくなって欲しい。なによりも、浅井くん。彼は管理局にとっての、問題でなければならない」

「どうして、ですか？」

「邪魔なんだよ。彼の能力は、とても邪魔だ。力はなくとも目障りで、できるなら消してしまいたい」

興味を持つというのは、つまり好意か悪意のどちらかだよ、と浦地正宗は言った。

＊

「宇川沙々音」

と、野ノ尾盛夏は言った。

ケイは春埼と共にリビングに戻り、この洋館にやってきた管理局の四人について説明していた。

「宇川さんは、管理局の手伝いをしている大学一年生です。チョコレート菓子が好きな正義の味方で、世界を壊せる能力を持っています」

彼女の言い方を借りれば、「世界を修正する能力」だけれど。

野ノ尾は眉《まゆ》をひそめる。

「世界を、壊す？」

「使いようによっては、壊せるだけです。他のこともできます」

「どうやって壊すんだ？」

「どうにでも。惑星をふたつに割ることもできますよ、きっと」

もちろん実際に、彼女がそうしているところをみたわけではないけれど。本人がたぶんできると言っているから、たぶんできるのだろう。

「物質を好きなように作り変えられる、というのが彼女の能力です。生き物には使えないらしいけれど、それ以外なら自由自在です。形を好きなように変えられるし、消し去ることも、なにもないところから作り出すこともできます」

「星の形まで変えられるのか？」

「ええ、おそらく」

彼女の能力に、サイズの制限はない。

クッキーをかじって、野ノ尾は言った。

「その能力は、危険すぎないか？」

「どうかな。少なくとも彼女は、人類が滅ぶことを望んでいません」

初めて会ったとき宇川は、その能力で転落防止用の柵《さく》を作ろうとしていたのだ。

彼女は基本的に善人だ。人の迷惑になることはしない。泣いている子のためにキャンディーを作ってあげたり、高い木に引っ掛かったボールを取ってあげたり、そういうことに能力を使う。

ちなみに彼女の能力は、木にも効果がない。生き物は変化させることができない。木に引っ掛かったボールは、一度小さくして落としてから、元のサイズに戻すことで対処した。

　宇川沙々音の能力は強力だが、ケイの基準では、春埼美空のリセットや村瀬陽香の消去の方が価値は高い。

　宇川の能力では、相麻菫を再生することはできなかった。魔女をビルから連れ出すくらいならできたかもしれないけれど、もっと大きな問題になっていたはずだ。事故に遭った猫を救うことも、できるとは思えない。

　大規模な影響を与える能力が強いわけではない。必要なことを、必要なだけできればいい。場合によっては声を届けるだけの能力が、なによりも意味を持つこともある。

　宇川もそれがわかっているから、世界を壊せる能力で、柵を作ったり、キャンディーを作ったりするのだろう。

「宇川さんの能力は便利だけど、大体は能力なんてなくても、時間を掛ければできることなんです。世界を壊すなんて無茶な使い方をしない限りは」

　だけど、世界なんて壊しても仕方がない。誰も幸せにならない。

　そう説明しながら、ケイは内心で付け加える。

　——あくまで、通常なら、だ。

　問題点は、今回に限り、宇川が本当に世界を壊そうとするかもしれないことだった。

彼女が現実の世界を壊すとは思えないけれど。この、夢の世界が気にいらなければ、壊してしまうかもしれない。宇川とチルチル――夢の世界において、どちらの方がより強い力を持つのかは難しいところだ。

ケイはテーブルの上にあったクッキーに手を伸ばす。

ちょうどそのタイミングでドアが開いた。そこには宇川沙々音が立っていた。

「どうしたんですか？」

とケイは尋ねる。

「追い出された。私も正式には管理局員ではないからね」

ああ。それは、そうか。ただの協力者が、シナリオの写本を読むのは問題だろう。

ケイは手に取ったばかりのクッキーを差し出す。

「食べますか？」

「クッキー？」

「チョコレートをサンドしています」

「ん。それなら、食べる」

宇川沙々音はチョコレートがなによりも正しいと信じている節がある。

ケイはソファーから立ち上がり、彼女にクッキーを手渡した。

宇川は嬉《うれ》しげに包装を破る。

「ところで、浅井。ふたりで話をしたい」

そう言って、彼女はクッキーにかみついた。

3　同日／午後四時

洋館の庭に出てみると、太陽はもうずいぶん高度を落としていた。

そろそろ午後四時になる。この時間帯が一日の終わりを示唆するようになると、本格的に秋の訪れを感じる。今はまだ、それほどではなかった。遠くにゴールがみえてきたな、という感じだ。

浅井ケイは、隣に立つ宇川沙々音に視線を向ける。

「現実と夢の世界の相違点、でしたね」

それを今日、改めて報告することになっていたはずだ。

だが宇川は首を振る。

「いや。もういいよ」

「どうして？」

「昨日、一日、この街を見て回った。それから今日、チルチルとミチルのことを、管理局の人から聞いた。それでだいたい答えが出た」

宇川は軽くまぶたを落とす。目を閉じたわけではない。ふと足元を見るような動作だった。

「浅井。キミはこの世界が、正しいと思う？」

そのことを尋ねられるのは、少し意外だった。

宇川沙々音は、なにもかもを自分で判断する。自分自身の心を信じられるだけの強さを持っている。彼女は他人に意見を求めない。

そう考えて、ケイは気づく。

――ああ、この人は、僕がなんと答えるのか知っている。

意見を交換したいわけではないんだ。おそらくは、説得ですらないだろう。ただの通告の、ひとつ目のステップだ。

浅井ケイは答えた。

「正しいとは思いません。間違っているのかもしれません。でも、他人が勝手に否定していい種類のものでもありません」

ワンハンド・エデン。

安直な幸せ。

その世界では願いが叶《かな》う。現実で幸福に生きるだけの強さを持てない人を、手のひらサイズの楽園に逃がし、複製の幸福を与える。

ミチルは。片桐穂乃歌は。確かにそれを、求めたのだ。

宇川沙々音は首を振った。

「私はこの世界が嫌い。どうして嫌いなのか、ずっと考えていたの」

「答えは出ましたか？」

「昔、ポスターでみたんだ。丸い地球があって、その周りに人がいて、手を繋《つな》いで大きな輪になっている絵。私の心はそういうのを、正しいと判断する」

そのポスターならケイもみたことがある。何パターンか知っているから、使いやすいフォーマットなのだろう。

「この世界は——片桐穂乃歌は、他の人と繋がっていないよ」

「自分のための世界にこもって、自分のための神さまを用意して生きるのが、問題だというんですね？」

「うん。部屋の中で独りきり人形遊びをしているようなものだもの。逃げて、誤魔化して、閉じこもっている」

宇川はふいに、ケイに視線を向けた。

「私の心はそういうのを、気持ち悪いと判断する」

ミチルを、片桐穂乃歌を、彼女の楽園として作られたこの世界を、気持ち悪いと判断する。

そう言ったとき宇川の瞳《ひとみ》が、睨《にら》みつけているようならよかった。そこに攻撃的な悪意があれば、まだ救われた。だが彼女はいつものように、波風のない静かな目でケイをみつめていた。

宇川沙々音にはなにかを、踏みにじっている意識もない。その言葉が人を傷つけることを、弱さを持たない彼女は理解できない。

ケイはできるだけ遠くに視線を向ける。きちんとこの世界をみるために。風が吹き、木の葉が落ちるところまで、できるだけ見落とさないように。

「逃げるとか、誤魔化すとか、閉じこもるとか――」

それは否定的な言葉だ。決して正しくはない言葉だ。

ケイは言った。

「人が必死に幸せになろうとする行為を、悪いことのように言うべきじゃない」

すっぱいブドウと甘いレモンで、守られる幸せだってある。弱い人間の戦い方を、頭から間違っているように、表現するべきではない。

宇川沙々音は困ったように眉《まゆ》を寄せる。

「そんなに怒らないでよ。あ、スニッカーズ食べる？」

彼女は本気で、チョコレート菓子を与えると、あらゆる人の機嫌が直ると信じている節がある。リュックサックをごそごそと漁《あさ》る宇川をみて、ケイはため息をついた。

「別に怒っているわけではないけれど、貴女はもう少し、貴女が特殊だということを理解してください」

世界中のすべての人が宇川沙々音なら、チョコレートだけで幸せになれるのかもしれないけれど。

宇川沙々音は人を、信用し過ぎている。

誰もが彼女のように、強くなれると思い込んでいる。

ケイは彼女が差し出したスニッカーズを受け取ったが、その包装を破ろうという気にならなかった。ピーナッツとキャラメルとヌガーをチョコレートで固めたこのお菓子は、気軽に食べるにはボリュームがある。とりあえずポケットに入れた。

「僕だって夢の世界を、それほど肯定しているわけではありません。いつも独りきりでいる子をみつけたなら、友達を作った方がいいなと思います。でもその子の人形を取り上げて踏み潰《つぶ》すようなことが、正しいとは思えません」

彼女はスニッカーズにかみついて、言った。

「じゃあキミはどうするべきだと思うの？」

「まずはミチルと、ゆっくり話したい。この世界でだって、僕が彼女の友人になれれば、少なくとも独りきりではありません」

「どうかな。私もミチルに会ったけれど、まともに話せなかった。なにを言ってもね。チルチルに頼むからそれでいい、って。チョコレートも、友達も、幸せも、全部チルチルが用意してくれるみたい」

「最初はそんなものですよ。でも、時間をかければどうにかなるかもしれません」

「今のままだと無理だと思う。ミチルはこの世界に頼り過ぎているよ。自分が片桐穂乃歌だということも忘れて、現実を無視して生きている。そういうのは、やっぱりよくない」

ケイは首を振る。

「片桐さんには、この世界しかないんです。現実で目を覚ませないなら、ここで幸せになるしかない」

「違うよ。夢の世界しかなくても、この世界である必要はないもの。夢の中に世界を作る能力は、否定しない。チルチルを作り、ミチルになったことが問題。そこが歪《ゆが》んでいて、気持ち悪い」

宇川は指先についたスニッカーズの欠片《かけら》を舐《な》めとって、続けた。

「人形遊びが問題なら、そんなものは踏み潰してしまうべきだよ。躊躇《ためら》う必要なんてない」

「その人形を捨てるのは、あくまで本人の判断であるべきです」

幸せとは、工場で量産するようなものじゃない。ひとりひとり、別の形をしているものだと思う。人形の形をした幸せがあっても、いいじゃないか。

宇川沙々音は微笑む。

「浅井。キミは、いつも残酷だね」

まさか宇川に、そんなことを言われるとは思っていなかった。

「キミは私が強すぎるというけれど、それはキミの方だよ。キミは私が人を信じ過ぎているというけれど、それはキミの方だ。人は、自分自身で、いつも正しいことを選べるわけじゃない。強引な方法でしか伝わらないこともある」

だから正義の味方は戦うんだ、と、宇川沙々音は言った。

間違っていることを、話し合いだけで解決できるわけではないんだよ、と。

ケイは首を振る。

「言いたいことはわかりますよ。でも今回の件が、強引に解決すべき問題なのかはわからない」

「わかるよ。この世界は救われることを求めている」

「なぜ、そう思うんですか？」

「そうじゃなければ、夜になると、モンスターが街を壊す理由がない。本当は、この世界を作った片桐穂乃歌も、ここが嫌いなんだと思う」

宇川沙々音はポケットから、鉄の塊みたいな指輪を取り出した。

「待ってください」

と、ケイは言った。

「待たない」

と、宇川沙々音は答えた。

彼女は指輪を左手の小指にはめる。少しきつい指輪。それを、ぎゅっと指に押し込む。

それは二年前と変わらない動作だ。彼女が能力を使う時の動作だ。

彼女の能力は世界を変化させる。生き物には効果がないが、それ以外はなんだって形を変えることができる。なにもないところから物質を作り出すことも、すでにある物質を消し去ることもできる。

だがそのためには、およそ一分間、変化した後の状態をイメージし続ける必要がある。一度でも意識が乱れると、またやり直しだ。それに、彼女が変化させたことを忘れてしまうと、能力の効果は切れる。

だから彼女は能力を使うとき、少しきつい指輪をはめる。指の付け根にあるその違和感に意識を集中させ、世界が変化した後の姿をイメージする。

「話は終わりだ。私は、この世界を、修正する。一度壊して、白紙に戻す」

「それで、どうなるんです？」

「偽物の楽園がめちゃくちゃになれば、ミチルは自分が、片桐穂乃歌だと思い出すんじゃないかな。それから今度は、もっとまともな世界を作ればいい」

宇川沙々音は、目を閉じた。

おそらくは頭の中に、この世界が崩壊した姿を思い浮かべて。

ケイは言う。

「宇川さん。僕は貴女の強さを、尊敬します。でも貴女が正しいと思ったことはない。たとえば春埼美空より、正しいと思ったことは一度もない」

あの、二年前の弱々しい少女よりも、正しいものをケイは知らない。

そして、春埼なら。安易にこの世界を壊してしまうようなことは、決してしない。

「浅井。こういうことを言うのは、気が引けるけれど」

目を閉じたまま、宇川沙々音は言った。

「私はキミの心より、私の心の方が正しいと信じているんだ」

一分間。

浅井ケイは、悩んでいた。

たとえば宇川沙々音を殴りつけたなら、一時的に彼女の能力の使用を止めることができる。あるいは耳元で叫び声を上げるだけでもいいかもしれない。ともかく彼女の集中力を途切れさせることができれば、宇川沙々音は能力を使えない。

それを躊躇った理由も、明確だった。

――チルチルが、この世界の神さまなら。

本当にこの世界で、全能と呼べる存在なら。

ここまですべて、彼の想定通りなのかもしれない。なにもかもがまとめて、彼の計画通りに進行しているのかもしれない。

予想していることがあった。確信はなかった。

思わず考える。

相麻がこの未来をみているなら。

あるいはシナリオで、この未来が既定されているなら。

――つまりはもう、僕の行動が、決まっているなら。

一体その内容は、どんなものだろう。なにを考え、どう判断するのだろう。

下らないことだ。そんなこと、どうでもいい。

雲が動き、日が陰った。

風が吹いて、鼻の先を擦《こす》った。

最後の数秒間で、ケイは決断する。とても打算的な思考で。

――今は、宇川沙々音の好きにさせる。

軽く唇をかんで、そう決める。

宇川沙々音が、目を開く。その直後。

夢の中の咲良田から、あらゆる人工物が、消失した。

＊

チルチルは、ミチルが自室として使っている病室にいた。

ミチルは眠っていた。白いベッドの上で、自身を抱きかかえるように身を丸めて。その姿をチルチルは眺めていた。

彼女は唯一、夢の世界にいながら眠ることが許された人間だ。別の言い方をするなら唯一、ここで眠っても現実で目覚めることが許されない人間だ。

なにか悲しい夢でもみているのだろうか、ミチルの眉間《みけん》には皺《しわ》が入っている。チルチルはそっと彼女の手を握ってみたが、ミチルの表情が和らぐことはなかった。わかっていたことだ。チルチルが手を握っても、ミチルが救われることはない。

相麻菫の言葉を思い出す。

――あのお爺《じい》さんだけが、ミチルの救いになり得る。

野良猫屋敷のお爺さん。

だがミチルはあの老人を、もっとも怖れている。彼はチルチルが生まれる以前から、夢の世界で暮らしている。つまりはまだ、ミチルが片桐穂乃歌だったころから。

その時代、管理局は片桐穂乃歌の能力に気づいていなかった。病院のベッドで眠り続ける彼女について調べようとする管理局員はいなかったし、名前のないシステムの未来視に引っ掛かるほどの問題を起こすこともなかった。

まだ片桐穂乃歌は隔離されておらず、彼女の近くの病室で眠った人々は、この世界に入ることができた。

当時、片桐穂乃歌はこの世界の神だった。

この世界に訪れる入院患者たちに無償で救いを与える、楽園の管理者だった。

片桐穂乃歌がミチルになったとき、彼女はあのころの記憶をすべて捨て去ってしまったけれど。代わりにその記憶は、チルチルが受け継いでいる。

野良猫屋敷のお爺さんは――あの老人は他の入院患者たちと同じように、なにも知らずこの世界に訪れた。

　まだ神だった片桐穂乃歌は、他のすべての入院患者たちにしたのと同じ質問を、あの老人にも繰り返した。

「貴方《あなた》の望みはなに？」

　彼女は、すべての人の望みを叶《かな》え続けていた。

　なのにあの老人だけは唯一、なにも望みはしなかった。神と顔を合わせ、あらゆる望みが叶うことを知ってなお、なにかを望むことがなかった。

　それどころか、彼は尋ねた。

「君が神だというのなら、神と悪魔の違いとはなんだ？」

　なんて質問だ、とチルチルは思う。

　それは楽園を壊す問いだ。口にすべきではない言葉だ。

　片桐穂乃歌は答えた。

「神は無償で救いを与えます。悪魔は魂と引き換えに力を与えます」

　老人は笑う。咳《せ》き込むように。

「だが、君になにかを望んだなら、人は君に囚《とら》われるだろう」

「私はなにも奪いません」

「与えられることで失うものもある。平穏を、幸福を、それは楽園を。もし与えられたなら、そこから抜け出すことなどできはしない」

彼は、管理局がワンハンド・エデンと名づけた問題について語っていた。

管理局が夢の世界を知り、片桐穂乃歌の能力について問題視するよりも先に、あの老人は片桐穂乃歌自身にその問題を指摘した。

「神が与える楽園に囚われたまま、抜け出せないでいるのなら。魂を奪われることと、どれほどの違いがある？」

それは楽園を壊す言葉だ。片桐穂乃歌がすがる希望を壊す言葉だ。

彼女にはそれを認めることができなかった。

だから、与えた。

この世界に迷い込む人々なら、誰もが望むものを。健康を、病や怪我に苦しむことのない身体を、彼に与えた。

そして彼がより深く、なにかを望むことを待った。彼女自身と同じように、老人がこの世界にすがって生きるのを待った。

だがやはり彼は、なにも望まなかった。独りきり洋館にこもったまま、出てくることはなかった。だから片桐穂乃歌は、彼を怖れた。彼女自身の救いを否定して孤独でいられる彼を、怖れずにはいられなかった。

チルチルはミチルの手を強く握る。

――そろそろ、時間だ。

そう考えたとき、音もなく、ミチルが眠るベッドが消えた。それだけではない。天井が、壁が、床が、病院が。目に見えるすべての人工物が、消えてなくなる。

視界いっぱいの空。隅に、この街を取り囲む、白い靄《もや》のような壁がひっかかる。

病室は五階にあった。ミチルの手を握ったまま、チルチルは五階ぶんの距離を落下する。衝撃で目を覚まさないようミチルを抱きかかえ、静かに着地した。

ミチルをむき出しの地面に寝かせ、彼女の手を離す。ミチルは変わらず眉間に皺を寄せたまま眠っている。

チルチルは目を閉じた。

青い、一羽の小鳥に姿を変え、羽ばたく。

くるりと輪を描き、高く飛んだ。遠く、白い壁の向こうを目指して。

ミチルはやがて目を覚ますだろう。

なにもかもが消え去った街で目を覚まし、そして独りきり泣くだろう。

そのことが悲しくて、青い鳥も小さな鳴き声を上げた。

＊

夢の中の咲良田から、あらゆる人工物が、消失した。

浅井ケイは周囲を見渡す。所々に木々が植わっているだけの、平坦《へいたん》で広い大地が広がっている。巨大な白い壁に囲われたそこは、世界の終わりのようでもある。

悲鳴が聞こえる。遠くから、いくつもの。人々が混乱しているのだろう。

すぐ近くからも悲鳴が上がった。みると春埼や野ノ尾、洋館の中にいた人たちが転倒している。急に床がなくなり、そのぶんを落下したようだ。

生き物以外なら、なんだって操れる宇川沙々音の能力。あるいは夢の中の世界には、効果がないかもしれないと思っていたけれど。きちんと思い通りに操作できるらしい。

「乱暴ですね、宇川さん。高い建築物にいた人は、どうなるんです？」

「それはちゃんと確かめてるよ。夢の中で傷ついても、現実で傷つくことはないから大丈夫」

ケイはため息をついた。そういう問題ではないだろう。

それから野ノ尾に近づき――単純に、彼女がいちばん近くで転倒していたのだ――手を貸して助け起こす。

「なにが起こった？」

と、彼女は言った。

「宇川さんが、建物をみんな消しただけです」

「無茶苦茶だな」

野ノ尾がそう呟《つぶや》いたころには、もう他の人々も皆、それぞれ立ち上がっていた。いや、ひとりだけ。笑みを張りつけた男は、相変わらず笑ったまま、地面に倒れたドアの下敷きになっていた。――なぜだかそのドアひとつだけが、消えずに残っている。

彼はそこから這《は》い出て、ドアの上に座り込む。

「随分、すっきりさせたものだね」

「そういえば、あのノートまで消してしまいましたね。迷惑をかけましたか？」

「できればもう少し待って欲しかったが、まあいい。それよりもベッドを残しておいて欲しかったな」

ケイは尋ねる。

「これで本当に、夢の世界が正しくなると思うんですか？」

宇川は答える。

「知らないよ。おかしな世界を作ったら、また壊す。正しくなるまで壊し続ける」

とても正義の味方の言葉だとは、思えない。

4　同日／午後四時三〇分

むき出しの地面で横になったのはいつ以来だろう、と、索引さんは考える。

ああ、きっと、最後は高校生のころだ。索引さんはハンドボール部に所属していて、練習で疲れ切ったとき、グラウンドに寝転がることがあった。とはいえ本当に眠ったのは人生で初めてだ。

――まあ、貴重な体験といえなくもないわね。

内心でそうつぶやいて、現実のベッドで起き上がる。なんとなくスカートの裾《すそ》をはたいた。地面で寝たのは夢の中の話だから、スーツが汚れているはずもないけれど。

周囲がカーテンで囲まれたベッド。この病室には四つのベッドがある。すぐ隣が、能力の使用者――片桐穂乃歌の病室だ。

外していた腕時計をつける。夢の中の世界にいたのは二時間ほどか。中途半端な睡眠時間だ。頭が重い。そもそも夢の中でも脳は使い続けていたわけだから、きちんと休息になっているのかも怪しいものだ。

このままもう少し眠っていたかったが、そういうわけにもいかないだろう。どうやら他の三人も、もう目を覚ましているようだ。話し声が聞こえる。

仕方なく靴を履き、スーツの皺《しわ》になった部分を強引に整えて、カーテンを開いた。

浦地はパイプ椅子に座り、手帳になにかを書き込んでいた。

彼の字は荒い。本人は達筆だと主張するが、傍からはただ荒いようにしかみえない。横から覗《のぞ》きみる気にもなれなかった。そもそも上司のメモを覗くべきではないが。

浦地は手帳を閉じ、もうひとりの管理局員――加賀谷にそれを差し出す。

「ロックを」

と、彼は言った。

加賀谷は手帳を受け取り、右手を添える。加賀谷が能力を使った対象は、決して変化しなくなる。手帳に使えば、それを開くことも、燃やすこともできない。宇川沙々音が夢の世界で人工物すべてを消し去ったときも、加賀谷が能力を使っていたドアひとつだけは消えずに残っていた。

能力で保護するほどの機密事項だろうか？　そう考えて、内心で首を振る。それなら初めからメモなんて取らなければいい。浦地は記憶力が悪いわけではない。

「浅井ケイはリセットを使いますか？」

と、索引さんは尋ねた。

口にしてから、愚かな質問だと気づいた。そうでなければ浦地が手帳をロックするはずがない。

加賀谷の能力が強度において、春埼美空のリセットを上回ることは証明されている。その程度の保険もなければ、リセットなんて能力を自由にさせておけるはずがない。リセット後にメモの内容を持ち込むために、浦地はロックを使わせたのだろう。

宇川がつぶやく。

「加賀屋さんの能力を私に使えば、リセットの影響を受けなくて済むんですか？　できれば私も、今日の記憶をなくしたくないな」

浦地はパイプ椅子から立ち上がり、背筋を伸ばしながら言った。

「通常、彼の能力を人間に使うことは禁止されているよ」

背筋を冷たいものが上る。

浦地は「できない」ではなく、「禁止」と言った。それはつまり、やろうとすれば可能だということだ。

だが宇川は、そのことには触れず、ただ「そうですか」と頷《うなず》いた。

＊

いつの間にか辺りから、人々の姿がなくなっていた。

おそらくはチルチルが夢の世界の住人を消してしまったのだろう。残っているのは現実からこの世界に入って来た人たちだけだと、浅井ケイは予想した。

老人は庭にあった木の根に座り込んでいた。眠くなるまでそうしているのだという。

野ノ尾はなにも言わず、彼の隣に座っていた。社で、猫たちに囲まれているときと同じように。

ケイは、とりあえず歩き出した。どこに向かうのかは説明しなかった。春埼もケイのすぐ後ろに続く。

宇川沙々音はすべての建造物とその中身を消し去ったけれど、道路までは奪い取らなかったようだ。穴だらけの地面を網目状に、道路が続いている。その上をケイは進む。車もその運転手もいないから、道路の真ん中を歩くことにした。

「まだ、リセットの必要はありませんか？」

と、春埼は言った。

「した方がいいと思う？」

そう尋ねると、彼女は困った風に眉《まゆ》を寄せる。

「よく、わかりません。でもなんだか、世界が終わったみたいです」

その通りだ、とケイは思う。

宇川沙々音はひとつの世界を終わらせるために能力を使った。古い世界を壊せば、新しい世界が生まれるのだと判断した。それは上手《うま》くいくだろうか？　わからないが、今のところここは幸せな場所にはみえない。

ケイはポケットにスニッカーズが入っていることを思い出し、それを取り出す。

「半分、食べる？」

「なんですか、それ」

「世界的に有名なチョコレート菓子だよ。宇川さんにもらった」

スニッカーズの包装を破り、中身をふたつに割る。キャラメルとヌガーで、ずいぶん粘り気がある。割ったときの感触さえ甘いのがスニッカーズの素敵なところだ。

ケイは包装に入ったままの下半分を春埼に差し出した。春埼は「ありがとうございます」と答えてそれを受け取った。

ふたり、一緒にそれにかみつく。

口の中の強い甘みを飲み下して、ケイは言った。

「チルチルは、この世界をどうしたいんだろうね」

口元についたチョコレートを指先で拭《ぬぐ》いながら、春埼は答える。

「わかりません。宇川さんの能力の方が強ければ、どうしようもないように思います」

確かに、そうなのかもしれない。

でもまったく違うのかもしれない。

「ひとつ、仮定があるんだ」

その仮定に則《のっと》れば、いくつかの点で辻褄《つじつま》が合う。別のいくつかの点は不明瞭《ふめいりょう》なままだけど、そこにはケイが知らない事情があるのかもしれない。

「まず前提として、チルチルは夢の世界の神さまだ。なにもかもが彼の思い通りになるとする」

「片桐穂乃歌よりも、強い力を持っているのですか？」

「その辺りはよくわからないけれど、仮になんでもできると考える」

「わかりました」

「次に夢の世界に入る能力について、ルールを確認しよう。能力の使用者——片桐穂乃歌さんの近くで眠ると、自動的にこの世界に入れる」

その入り口は、病院だ。

夢の世界に入っても、現実と場所が変化していることはない。病室のベッドで眠れば、病室のベッドで目を覚ます。

「他にもいくつかルールはあるみたいだけど、ともかく重要なのは、夢の世界の入り口がいつだってあの病院だということだ」

春埼は前歯で削るようにスニッカーズをかじる。

ケイも一口、スニッカーズをかじってから、続ける。

「入り口だけは、たぶんチルチルにも変更できないんだ。そこでちょっと病院の位置を考えてみる」

病院は咲良田の、ほぼ東端にある。もう少し先に進めば、海に至るというところだ。

「でも夢の世界では、東西が反転している。つまり、咲良田の西端にある」

地図を用意して、病院の隣に鏡を立てる。その鏡に映った地図に、今ケイたちがいる咲良田がある。鏡をのけてしまうと、その位置は海の上になる。

「なぜそんなことが起こっているのか、ずっと考えていたんだ」

「理由が、あるんですか？」

「きっと。僕の仮定というのはね、夢の世界の方角が、実は反転していないのではないかってことだよ」

春埼はしばらく考え込んでいたようだが、結局は首を傾げた。

「よくわかりません」

「要するに僕たちは、ずっと海の上にいたのかもしれない」

「それはわからない。でも今のところ、宇川さんから夢の世界を守るため、というのが
「どうして、そんなことをしたんでしょう？」

だからこの街は、白い靄に覆われ、東西が反転していた。

るしかなかった。

の病院の場所を移動させないまま、海の上に偽物の街を作るには、街の方角を反転させ
だが彼にも、夢の世界の入り口だけは移動させることができなかった。入り口――あ
そして周囲を白い靄《もや》で囲い、本物の、夢の中の咲良田をみえないようにした。

チルチルは街のレプリカを、海の上に用意した。

リカだ」

「ここは、夢の中の咲良田ですらなかった。おそらくはチルチルが用意した、街のレプ
人工物が消失した、土がむき出しの世界。

残りのスニッカーズを口の中に放り込み、ケイは辺りを見回す。

「それで、辻褄が合う」

「あの向こうが本物の、夢の中の咲良田ですか？」

それで、春埼も理解したようだった。

「そう考えると、あの壁がなぜあるのか。その向こうに何があるのかわかる」

病院があった方向。その先の、霧のような白い壁を。

ケイは前方を指さす。

いちばん納得できる」

この推測が正しければ、宇川沙々音はレプリカの街を壊しただけだ。

本物の、夢の中の咲良田は、まだあの白い壁の向こうにある。

「つまりチルチルは、宇川沙々音がこの世界を壊すことを、知ってたんですか？」

「そういうことになるね」

「どうしてわかったんでしょう？」

「さぁ。神さまだからじゃないかな」

もちろん、嘘だ。

今回の件に相麻が関わっているのなら、チルチルは未来を知ることができた。

いつか訪れる宇川沙々音に対して、彼女に壊させるためだけの街を、もうひとつ用意することができた。

「ケイはいつから、それを知っていたんですか？」

「知っているわけじゃないよ。予想しただけ。もしかしたら大外れかもしれない」

だから、迷った。

あるいはすべて、勘違いかもしれない。

だが他に、街の方角が反転していることと、白い靄の壁で囲われていることを、上手く説明する答えがみつからなかった。

「ともかく僕たちは、チルチルに会おう」

ケイの予想が正しければ、おそらく彼は、あの白い壁の向こうにいるはずだ。

ようやくスニッカーズを食べ終えた春埼は、隣で小さく頷《うなず》いた。

ケイと春埼は長い時間を掛けて、霧のような白い壁の前に到達した。

白い壁は相変わらず、見上げても途切れることなくそびえ立っている。

「どうするんですか？」

と春埼は言う。

「このタイミングで、携帯電話が鳴り出すのを期待してたんだけどね」

チルチルから電話が掛かってくるとベストだったけれど。

仕方がないので、ケイは白い壁の向こうに向かい、声を上げる。

「チルチル。僕は、貴方《あなた》に会いたい。ここを通してもらえませんか？」

あとは神さまの考え次第だ。チルチルのことはよくわからないが、でもおそらく、上手くいくだろうと思っていた。だって相麻菫の伝言がまだ達成されていないのだから。

夢の世界の神さまより、自分自身の思考より、ケイは相麻菫の未来視を信じている。

ふいに靄の一部が晴れ、ちょうど人がひとり歩いて通れるサイズの真っ白なトンネルが生まれる。野良猫屋敷に入るよりは、ずいぶん楽だ。

ケイは春埼と顔を見合わせてから、トンネルに足を踏み込む。奥行きは一〇メートルほどだろうか、それほど長くはない。ほんの数歩で壁の向こうがみえた。

「本当に、あったね」

東西が反転していない、白い壁に囲われているわけでもない。もちろん宇川の能力で建造物がすべてなくなっていることもない。見慣れた咲良田が、そこにある。

きちんと人々が生活している街だ。人々が行き交い、先の停留所で音を立ててバスのドアが開く。夢の中の咲良田は、初めから傷ついていなかった。

ケイは息を吐きだす。

「よかった。実は、まったくの見当外れじゃないかと思っていたんだ」

理屈の通った推測ではなく、ただの想像に過ぎなかったのだから。

なのに隣の春埼は、簡単に答える。

「貴方が考えたことなら、外れた方が不思議です」

どうして平気で、そんな風に考えられるのだろう？　彼女の前でも、いくつも失敗しているはずだけど。

「おそらくチルチルは、この街のどこかにいるはずだよ」

「どうやって捜しますか？」

ケイは辺りを見回す。

チルチルが、その辺りに立っているのではないかと思ったのだ。白い壁を通してくれたのだから、まさか会うことを拒絶されはしないだろう。

そして、気づいた。

前方に停まったバス。本来の運行時間とは違う。ケイはそのバスの行き先表示を指さした。

「捜す必要はないみたいだ」

バスの行き先にはシンプルに、『チルチル』と書かれていた。

「乗りますか？」

「もちろん」

停留所に近づき、ステップを上る。バスに他の乗客はいない。

ふたり、並んで座席に座る。ドアが閉まり、バスが走り出す。

「どこに行くんでしょうね？」

「予想もつかないね」

バスは一定の速度で進む。くるくると回る看板のように、速度が決して変化しない。渋滞もなく、右折で対向車の通過を待つこともなく、バスが近づくと信号はすべて青に変わる。いっそ空でも飛べばいいのに、とケイは思う。

窓の外をみていた春埼が、ふいにこちらを向く。

「宇川沙々音は、この世界を否定しました」

「そうだね」

「貴方は、この世界を肯定しますか？」

首を振って、ケイは答える。

「実はそこまで、肯定的じゃない。たとえば君がこの世界に住み着いてしまったら、なんとかして連れ出そうとするくらいには否定的だ」

「では、夢の中の世界がまだ壊れていないことを、管理局に報告しますか？」

「いつかはするかもしれない。でも、それは今じゃない」

ケイは窓の外、ゆっくりと夕焼けに染まりつつある街を眺める。

「宇川さんの考え方も、半分は理解できるんだ。もしかしたら半分よりも、もう少し割合が多いかもしれない。彼女が絶対に間違っているとは思わない」

この、夢の世界は、正しくはない。はっきりとはわからないけれど、もっと正しい形があるような気がする。

宇川沙々音と同じように、ケイの心も、そう判断する。でも。

「僕には他人の幸せが、わからないよ。もしかしたらこの世界で生きることが、ミチルにとっては本当に幸せなのかもしれない。なんの欺瞞《ぎまん》もなく、彼女はここで幸せになれるのかもしれない」

誰かにとっての本物の青い鳥が、別の人にとっては偽物かもしれない。偽物の青い鳥が、別の人にとっては本物なのかもしれない。

そしてどれだけ探しても、本物の青い鳥をみつけられない人だっているだろう。偽物を本物だと信じて生きることが、もっとも幸せな人だっているだろう。

――未来視という能力が成立する世界は。

なにもかもがシナリオによって既定されている世界では、起こることしか、起こらない。人は未来を、選択できない。エンディングでは青い鳥が逃げ出してしまうとシナリオで既定されているのなら、チルチルがどれだけ努力したところで青い鳥は逃げ出す。

——それは絶望だ。

少なくとも、人によっては、絶望になり得る。

思考がそれているな、とケイは思う。

シナリオの実在。そんなもの、気にもとめていないつもりだったけれど。やはりすべて受け入れるには、もう少し時間がかかりそうだ。

首を振って、ケイは続ける。

「なにが正しいのか、まだ悩んでいるんだよ。僕はなにかを決めるのに、とても時間がかかる。もちろん現実には、色々な形でタイムリミットがある。でも本当は、できるだけたくさんのことを疑ってから答えを決めたい」

宇川沙々音のように強いわけではない。直感にすべてを委ねるような考え方はできない。少なくともミチルと、チルチルのことをきちんと理解しなければ、この世界をどうすべきなのか判断できない。

——たぶん僕が引っかかっているのは、モンスターの意味だ。

モンスター。夜に現れて、街を壊す。なぜあんなものがいるのかわからない。異物感があり、気持ち悪い。片桐穂乃歌自身もこの世界を嫌っているからモンスターがいるのだと、宇川沙々音は言った。そうなのかもしれない。でもなんだか、それだけでは納得できない。

　モンスターの意味を知りたかった。


　やがてバスは、中学校に入った。

　ケイたちが通っていた中学校ではない。だが、同じような公立の中学校だ。日曜日だからだろうか、中学校に生徒の姿はない。バスは校庭を横切り、校舎の前で停まる。ドアが開いたので、ケイたちはバスを降りる。

　高い位置から、トン、トンと音が聞こえた。

　校舎の二階、左端の教室だ。二〇代前半の男性が、内側から窓ガラスをノックしている。

　春埼は言った。

「あれが神さまですか？」

「どうかな。僕もチルチルに会ったことはない」

　昨夜、電話で会話しただけだ。

　校舎に入る。玄関には靴箱が並んでいる。緑色のスリッパが二組、廊下に置かれていた。ケイと春埼は靴を脱ぎ、スリッパに履き替える。ぱたん、ぱたんと足音が廊下に響いた。

校舎内にも、不思議なところはなかった。ごく普通の中学校だ。階段を上り、廊下を進んで、先ほど男性がいた教室に向かう。

窓からみえる空は、すっかり夕焼けに染まっていた。

「トロイメライが流れてきそうな雰囲気だね」

そう言うと、春埼はこちらを見上げた。

「トロイメライとはどんな曲でしたか？」

ケイはリズムを口ずさむ。

トロイメライ。ロベルト・シューマンのピアノ曲で、「子供の情景」というタイトルの曲集に入っている。

――片桐さんは、一四歳の頃から眠り続けているんだ。

と、ケイは考える。

彼女は今、二三歳で、九年前から眠り続けている。一四歳。中学生の年齢だ。彼女の、現実での記憶は、中学生で止まっている。ミチルもおそらく一四歳の姿なのだろう。

ひとつだけ、教室のドアが開いていた。

のぞき込むと窓際の真ん中の机に、ひとりの青年が腰を乗せている。片膝《かたひざ》を抱きかかえるようにして。

彼は言った。

「ようこそ。待っていたよ」

ケイは教室に入る。

「貴方《あなた》が、この世界の神さまですか？」

「うん。オレはチルチル。この世界で、偽物の神さまとして作られた」

夕陽に照らされ、強い陰影のついた顔で、彼は笑った。夕暮れの教室は、なんだか蓋《ふた》を閉じた後のおもちゃ箱みたいだ。おもちゃ箱にしまわれた人形に、チルチルは似ていた。

喧噪《けんそう》の残滓《ざんし》が夕陽に溶けて、空中に立ち込めている。無色透明で匂いもないけれど、でも吸い込むとそれが胸を満たす。感傷的な空気だ。

机の上に座ったチルチルが、目の前の椅子を指す。

「どうぞ。話をするなら、座ればいい」

途端、周囲の机と椅子が動き出した。チルチルから離れるように。だがチルチルが指さした椅子だけは、その場でくるくると回転する。やがて、彼の方を向いて停止した。

ひとつの椅子――ケイは辺りを見回す。

いつの間にか、春埼美空が、いなくなっていた。

3話　イミテーションナイト

1　同日／午後五時五〇分

サイドミラーに濃いオレンジ色の夕陽が映っていた。

運転席ではいつものように、加賀谷が背筋を伸ばしてハンドルを握っている。彼の運転は静かだ。寡黙な彼自身と同じように。加速でも、停車でも、極力慣性を感じないよう注意を払っているのがわかる。

索引さんは後部座席から窓の外をみていた。隣には浦地正宗がいる。三人は管理局の事務所へ向かっていた。宇川沙々音とは病院の前で別れた。

視線を車内に戻し、索引さんは尋ねる。

「夢の世界が、嫌いなんですか？」

浦地は大げさに首を傾げる。

「嫌い？　どうして？」

「そうでなければ、宇川沙々音をあの世界に連れ込んだ理由がありません」

浦地は夢の世界を壊したかったのだろう。

「どちらかといえば、嫌いだ。あの世界は私の大嫌いなものに似ている。なんだかわかるかな？」

「いえ。なんですか？」

彼は呆《あき》れた様子で、「少しは考えて欲しいものだね」と呟《つぶや》いた。それから窓の外を指さす。

「ここだよ。この、咲良田に似ている」

そんなのは、当然だ。

「夢の世界は現実を模していますから」

「それだけではないよ。ワンハンド・エデン。安易な楽園。その性質自体が、咲良田に酷似している。望むだけで結果を得られる能力で満ちた、この奇妙な街にね」

彼は自身の指でさした先に視線を向ける。

夕陽に照らされた咲良田を眺めながら、続けた。

「安易に楽園を作り上げてしまう、夢の世界と同じように。咲良田の能力すべてが非難されるべきなのだと私は思う。こんなもの存在するべきではないのだと、判断されて当然だ」

「能力が嫌いなんですね」

「ああ、嫌いだ。そして怖いんだよ、私は。簡単に世界を壊せるような力を個人が持つことを、肯定できるはずもない」

それは、その通りだ。宇川沙々音の能力は怖い。世界というのは、個人の気まぐれで壊せるようなものであってはいけない。

「ですが、彼女が無害であることは、名前のないシステムが証明しています」

未来視により宇川沙々音は安全だと判断された。

「では名前のないシステムの正当性は、いったい誰が証明した？　彼女は結局、能力の管理よりも個人の幸せを優先した」

彼は背もたれに体重を預け、首を振る。

「能力なんてものはね、持っているだけで、人間として欠陥があるのだと主張しているようなものだよ。安易で特別な力を求めるのは、いつだって弱い心だ」

彼の言葉に反論することは難しい。

咲良田の能力は、使用者が本質的に望むもの、必要とするものだと言われる。言い換えるなら能力とは、その使用者が求めているにも拘《かか》わらず、欠けている部分だ。なんの欠落もない人間なら、そもそも能力を手にすることはないだろう。

――でも、自分に不満がない人間なんて、一体どこにいるというの？

索引さんだって能力を持っている。間違いなく、自身が望んだのだと思える能力を手に入れてしまった。

浦地正宗はふいにこちらに視線を向けて、微笑む。

「君は、君自身の能力を嫌っているね？」

当然だ。他者の感情が透けてみえる能力なんて、好きになれるはずもない。

「それが、どうかしましたか？」

「私が君をもっとも評価しているのは、そこだよ。能力者は自身の能力を嫌うべきなんだ。冷静な頭を持っていれば、そうなって当然だ」

前方の信号が赤に変わる。

車がそっと速度を落とし、音を立てずに停まった。忍び足に似ている。

浦地は言った。

「能力を手に入れて、幸せになった人というのは稀《まれ》だ。誰もがその力を持て余す。浅井くんだって気づいているはずだよ。お兄さんを交通事故で亡くした少女も、名前のないシステムも、能力があったせいで余計に苦しんだ」

浦地に反論できないのは、索引さん自身も彼と同じように考えているからだ。

本来なら、能力なんてものは、あるべきではない。

能力はむしろ、人を不幸にする。

浅井ケイ自身も。能力がなければ、どこか遠い街に暮らす両親の元で、今も平凡に生活していたはずだ。ごく普通の高校生として、過ごしていたはずだ。

「でも、能力というのは、使ってしまうものです」

それは使用者が本質的に望む力なのだから。望むだけで、効果を発揮してしまうのだから。能力を手に入れてしまった時点で、使うための条件が揃《そろ》っている。

「そう。まるで甘い言葉で誘惑する悪魔のようだよ。気がつけば手の中にあり、意識もなく使っている。デメリットなんてなにもないはずなのに、知らぬ間に不幸の種になり、それでもまた使わずにいられない。だから私は、能力が怖い」

そう言った浦地正宗は、やはり口元を歪《ゆが》めて笑っていた。

まるで悪魔みたいな笑い方だ、と索引さんは思う。もちろん本物の悪魔をみたことはない。でも悪魔というのは、耳元で正論を囁《ささや》きながら笑うものなのだろう。

索引さんは、窓の外の夕陽に視線を向ける。

その赤もまた、どこか悪魔じみてみえた。

＊

なんにもない世界に日が落ちる。

だが白い壁に阻まれて、夕陽をみることはできなかった。

空と、空気と、がらんとした地面だけが赤く染まる。

建造物がなくとも、こんなにもたくさんの影ができるものなんだな、と野ノ尾盛夏は思った。地面の些細《ささい》な凹凸が、ひとつひとつ濃い影を作る。小石まで影を持つことをいまさら意識した。

不思議なことだが、あらゆる建造物が消え去った世界に、否定的な感情はなかった。

なにもない世界は、なにもないというだけで幻想的だ。千年も前に滅びた文明の跡にいるような、奇妙な距離感が景色と自分の間にある。野ノ尾自身も景色の内側に含まれているはずなのに、どこか他人事《ひとごと》のように感じる。

――でも、これが世界の土台なんだ。

この、幻想的で他人事のような場所の上に、咲良田という街はある。夢の中でも現実でも、それは変わらないだろう。

木が作る細長い影の中で、空を見上げて、老人は言った。

「美しいな」

内心では同意していた。

だが野ノ尾は首を振る。

「そうですか？　私には少し、つまらない」

嘘をつくのは久しぶりだ。本当に、久しぶりだ。

でもなんとなく今は同意したくなかったのだ。なぜだろう。よくわからない。

老人と同じように、野ノ尾も空を見上げる。

「現実の、病室に、訪ねてもかまいませんか？　私はまた貴方《あなた》に会いたい」

老人は首を振る。

「いや。それは無理だ」

「どうして？」

「俺の病室に、人が立ち入ることはできない。管理局がそう決めている」

ああ、そうか。

考えればわかることだ。

老人の病室は、片桐穂乃歌の能力の効果範囲内にある。管理局が夢の世界への立ち入りを禁止するなら、当然彼の病室に入ることも禁止される。

「それなら、貴方が会いに来てください。病院のロビーまででいい。私はそこで、貴方が来るのを待っています」

だが彼はまた、首を振る。

「それも、できない。俺はもう、ベッドから起き上がれないんだよ」

次の言葉を、思いつかなかった。

野ノ尾は生き物が老いて死ぬことを知っている。おそらくは同年代の大半よりも、そのことを正確に理解している。今までに無数の猫の死をみてきた。何度も能力で死の淵《ふち》にいる彼らと意識を共有した。老いの手触りを、その匂いと味を、自身のことのように経験してきた。

老いることは自然で絶対だ。避ける術《すべ》はなく、誤魔化す言葉もない。だから、次の言葉が野ノ尾にはなかった。

掠《かす》れた声で、老人は言う。

「君は、俺を忘れて生きなさい」

「貴方はどうするのですか？」

「どうもしないさ。この世界が、いつまでもこのままなら、ここで独り空を見て過ごす。書斎に籠《こ》もっているのも、空を見上げているのも、そう変わらない」

できるなら夢の世界が、元の形に戻ればいいと野ノ尾は思う。

この老人には書斎が似合う。無心にペンを走らせている姿が似合う。彼はこんな、なんにもない世界を、綺麗《きれい》だと言って生きたいわけではないだろう。

「この世界は、どうなると思いますか？」

「さあな。明日にはなにもかも、元通りになっているのかもしれない。もしかしたらいつまでも、なにもないままなのかもしれない。すべては神が決めることだ」

「神？」

なんだか彼には似合わない言葉だ。

老人はふいに、こちらに視線を向けた。

「昔、会ったことがあるんだよ。神は君とそう変わらない歳の少女だった」

「それで？」

「彼女がこの世界を愛しているなら、すべては元に戻るだろう。そうでないなら、どうしようもない。どちらにせよ俺が口を出すことではないな」

「自分の世界を、愛せない神なんていますか？」

「さぁな。だが、人と同じようなものだろう。自分を愛せない人がいるなら、自分の世界を愛せない神だっている」

老人は神について語っているはずだが、どうしてもそう聞こえなかった。

彼はもっと個人的な話をしているような気がした。

小さな躊躇《ためら》いを乗り越えて、野ノ尾は尋ねる。

「貴方はどうして、書斎に籠もり、能力を使い続けていたのですか？」

「心地良かったからだよ。煩わしい音も聞こえず、誰かに気を遣う必要もない。俺は独りで真実だけを眺めて生きるのが、心地良かった」

その気持ちは、わかる。

野ノ尾だって同じだ。煩わしいすべてから距離を取り、猫の世界に浸って生きるのが心地良かった。でも。

「それで、幸せですか？」

「ああ。俺は独りでいるのが、幸せだ」

でも、彼は言ったのだ。

――誰かと一緒にいなさい。

と。

――隣にいる人が笑うことを、幸せと呼ぶんだ。

と、彼は言った。

偽物の青を本物の青だと信じ込むようなことは、してはいけない。

＊

気がつけば、浅井ケイがいなくなっていた。

夕陽に照らされた教室で、春埼美空はひとり、チルチルと向かい合っていた。

「ケイはどこですか？」

と、春埼は尋ねる。

チルチルは肩をすくめてみせた。

「危険なことはないよ。気にしなくていい」

「教えてください」

「説明が面倒なんだ。ま、大体、ここと同じような教室にいる」

「どの教室ですか？」

「歩いて行ける場所じゃない。心配しなくても、すぐにまた会えるさ」

しばらく迷ったけれど、春埼は頷《うなず》いた。他にどうしようもない。

「座れよ」

チルチルは彼の正面にある椅子を指さす。

春埼美空はその椅子に腰を下ろす。チルチルの後ろ、窓の向こうに夕暮れの空がある。教室内が暗いせいだろうか、空の明るさで少し目が痛い。

チルチルは言った。

「ようこそ、夢の世界に。ここでは君が望むものが、なんだって手に入る。さぁ、君の望みを言ってごらん」

望み。

「とくにありません」

「本当に？」

「はい」

のども渇いていないし、空腹でもない。少し眠いが、ここで眠ると現実の世界に戻されてしまう。それはまだ早い。

必要なものはなにもないように思えた。だがチルチルは首を振る。

「そんなはずがない」

「でも、本当なのです。私に望みは、ありません」

特別なものをなにも持たず、自分自身でさえ特別ではなく、だからなにかを望むこともない。それが春埼美空なのだと浅井ケイは定義した。

——だから、私は、なにも望まない。

これが答えだ。

なのにチルチルは首を振る。

「君はひとりの少年に、強く縛られているね」

「はい」

それは、否定のしようがない。

夕陽に照らされて、神よりも悪魔に似た表情でチルチルは笑う。

「まるで呪いのようだ。ひとりの少年に縛られて、シンプルな君はとても複雑になった」

「意味がわかりません」

「そうかな？　簡単なことだよ。彼の定義する春埼美空と、現実の君が、いつの間にか乖離《かいり》してしまった。本当は色々なことを望んでいるのに、なにも望まない仮面を被《かぶ》り続けることになった。君は矛盾するふたつの自己を抱えている」

「私は、ひとりだけです。なんの矛盾もありません」

「でもオレは、もうひとりの君を呼び起こす呪文《じゅもん》を知っているんだ。試してみよう」

彼はまるで魔法でも使うように、顔の横でくるくると人差し指を回す。

「このままでは、浅井ケイは、相麻菫のものになってしまうかもしれないよ。浅井ケイは相麻菫を求め、君には見向きもしなくなるかもしれない」

相麻菫。

その名前を、今ここで聞くとは思っていなかった。

鼓動が速くなるのを感じる。胸の中心に混沌《こんとん》とした塊が現れる。その名前には、さすがにもう思い当たりつつあった。

──これが、私の感情だ。

美しいものではない。理性的でもない。すぐに意識をかき乱し、正しい判断を足蹴《あしげ》にする。混乱の象徴。

──私はそれに、敵対する。

理性で抑えつけ、正しい答えを選ばなければならない。

チルチルの声が聞こえた。

「春埼美空。君が、君自身の望みをみつける手伝いをしてあげよう」

「必要ありません」

「ゆっくり話し合ってみろよ。本当の君を知っている、もうひとりの君と」

チルチルはぱちんと指を鳴らす。

その音が反響して消えたとき、もう彼は教室内にはいなかった。

代わりにひとりの少女が、目の前にいた。

顔を合わせるのは初めてだ。でも彼女が誰なのか、理解できないはずもなかった。

「貴女《あなた》は私を嫌っている。でもそれは矛盾する。貴女に特別なものがないのなら、誰かを嫌うこともできないはずだから」

と、目の前に現れた、もうひとりの春埼美空は言った。

＊

気がつけば、春埼美空がいなくなっていた。

夕陽に照らされた教室で、浅井ケイはチルチルと向かい合っていた。

「なにをしたんですか？」

と、ケイは尋ねる。

「春埼美空を、別のオレのところに送った」

「貴方《あなた》は何人もいるんですか？」

「普段はいない。でも作れば生まれる。さ、座って」

促され、ケイはチルチルの前にある椅子に腰を下ろす。

彼は言った。

「ようこそ、夢の世界に。ここでは君が望むものが、なんだって手に入る。君の望みはなんだ？」

望み。

そういえば昨日、初めてミチルに会ったときにもそれを尋ねられた。なにか意味のある質問なのだろうか。

少し気になったが、都合がいい。元々彼には頼みたいことがあった。

「お願いしたいことは、ふたつあります」

「欲張りだな。なんだ？」

「まずシナリオの写本、『No．407』を読ませてください」

チルチルは首を振る。

「それは君が望むものではないだろう？　菫ちゃんが指示しただけだ」

菫ちゃん。違和感のある呼び方だ。

「相麻菫を知っているんですね？」

「友達だよ。たったひとりだけの」

やはり相麻菫はかつて、日常的にこの世界を訪れていたのだろう。

ケイは以前、彼女に聞いた言葉を思い出す。

――私も小さいころ、通院していた病院なんだけど。

なんだか不思議な気分になる。幼いころの彼女を上手《うま》く想像できなかった。

チルチルがこちらの顔を覗《のぞ》き込む。

「もうひとつの望みはなんだ？　オレが聞きたいのは、君の本当の望みだよ」

ケイは頷く。

「相麻菫が咲良田の外に出たとき、なにが起こるか知りたいんです。それをこの夢の世界で、試させていただけませんか？」

このために、夢の世界に入って来たのだ。

チルチルは顔をしかめた。

その表情には気づいていたが、ケイは続ける。

「具体的には、まず岡絵里という名前の女の子に協力してもらい、相麻の両親の記憶を書き換えてください」

岡絵里は人の記憶を書き換える能力を持っている。

相麻の両親から彼女が死んだ記憶を奪い、代わりに彼女と共に咲良田の外に引っ越すことが決まっているのだと思い込ませる。それから、相麻と共に、彼女の両親を咲良田の外に出す。

「その方法で、二年前に相麻が死んだという事実を消し去り、彼女がただの女の子として暮らせるようになるのか、試して欲しいんです」

咲良田の外に出ると、人は能力に関する記憶を失う。能力に関する記憶は、もっとも自然で都合の良いものに置き換わる。

目の前に生きている相麻がいるなら、彼女が死んだという事実の方が無くなるのが自然だ。だが役所の書類などで、いくつかの矛盾は生まれるだろう。それらをすべて正確にシミュレートしたい。

「可能ですか？」

と、ケイは尋ねた。

「もちろん可能だ」

チルチルは頷《うなず》いたけれど、その表情は冴《さ》えなかった。睨《にら》むようにケイをみている。

「でも、オレにとっては、この世界が現実だ」

「ええ。そうでしょうね」

「ならわかるだろう？　モルモットで実験するように、この世界の菫ちゃんを使うことはできない」

「この世界の相麻になにが起ころうと、貴方なら彼女を守れるでしょう」

「だとしてもだよ。君は、いつか幸せになれるなら、今どれだけ不幸になってもいいと思えるのか？　生き返らせると約束すれば、人を殺してもいいのか？」

いいはずがない。

それでも必要だとわかっているなら、ケイはそれを実行する。

――とはいえ、目の前にいるのは、神さまだ。

もう少しスマートな方法があるかもしれない。

「実際に夢の世界の相麻を使って実験しなくても構いません。結果だけがわかるなら、それでいいんです」

「無理だよ。オレにできるのは、この世界を作り変えることだけだ。未来まで知ることはできない」

なるほど。

神も全能ではないらしい。

「ならやはり、実際に試してもらうしかありませんね」

チルチルは首を振る。

「君は知的な人間だと聞いていたけどね。何度も同じことを言わせるのは、愚かだ。オレはこの世界の人間を、実験に使うつもりはない」

ケイは微笑む。

「そんなはずがない。貴方はもう、街ひとつぶんの人間を犠牲にしています」

宇川沙々音が偽物の咲良田を破壊したとき、チルチルはなにもしなかった。彼には少なくとも、偽物の街を犠牲にしてでも、優先すべきことがあった。

「同じことをしてくれればいいんです。この世界の相麻を使うのが問題なら、もうひとり相麻を用意してくれればいい。正確な実験結果が得られるなら、どんな形でも構いません」

チルチルはしばらくの間、じっとこちらを眺めていた。ケイの目、耳、鼻、口。ひとつひとつを確認するように。その間、ケイは笑みを崩さなかった。笑ったまま、ケイもチルチルの表情を観察していた。

ふたり、にらみ合うようにしたまま時間が流れる。このままでは話が進まない。

沈黙にも飽きて、ケイは方法を変えることにした。

「チルチル。貴方が本当に、この世界を守りたいと思っているのなら、どうしてモンスターがいるんですか？」

モンスター。それは夜に現れて、夢の世界を壊す。

もしチルチルがこの世界の住民にわずかな犠牲も出ないことを望んでいるのなら、モンスターなんてものがいるべきではない。

彼はなにも答えなかった。

続けて、ケイは尋ねた。

「モンスターを作ったのは、ミチルですか?」

ミチル。片桐穂乃歌。この世界を作る能力を持つ女性。本物の神さま。チルチルにさえ対処できないなら——モンスターがチルチルよりも強い力を持っているなら、それを作ったのはミチルだ。

チルチルは苛立《いらだ》った様子で、尖《とが》った声を出す。

「それが、どうかしたのか?」

ケイは頷く。

「はい。ようやく、この世界のことに、確信を持てました」

「君になにがわかるっていうんだ?」

とても単純な勘違いをしていた。

なぜそのことに、今まで思い当たらなかったのか、不思議なくらいに。

「ミチルだけが、片桐穂乃歌さんじゃない」

ケイは言った。

「この世界のすべてが、彼女なんだ」

＊

目の前に現れた、もうひとりの春埼美空は言った。

「貴女《あなた》は私を嫌っている。でもそれは矛盾する。貴女に特別なものがないのなら、誰かを嫌うこともできないはずだから」

春埼美空は答える。

「そう。矛盾している」

それから気づいた。――私も、自分自身には敬語を使わないのか。

不思議な感覚だ。春埼は相手が赤子であっても丁寧な言葉で喋《しゃべ》る。誰であれ同じように扱う。だが自分自身は別らしい。

目の前の自分が言った。

「どうして、私を嫌うの？」

春埼は答えた。

「理由なんて、ひとつしかない」

――私が特別なものをなにも持たないというのは、間違いだ。

絶対的に、ひとつだけ、特別なものがある。浅井ケイ。彼だけが唯一、特別だ。

――目の前にいる私が、私の感情だというのなら。

胸の中心に居座る、混沌《こんとん》とした、もうひとりの自分だというのなら。

「貴女は、ケイにとっての利益にならない。だから、嫌い」

「でも私は貴女の内側から生まれた。咲良田の能力と同じように。本質的に、貴女は私を望んでいる」

知ったことではなかった。

耳を塞《ふさ》いでしまいたかった。

――私は私の感情の言葉を聞くべきではない。

彼女は理性的ではないから。正しい判断を足蹴《あしげ》にするから、よくない。

だがもうひとりの春埼は続ける。

「貴女は相麻菫が再生することが嫌だった。相麻菫の未来視があれば、ケイにとってリセットは価値を失うから。そうなるのが怖かった」

春埼は頷く。

「そう。でも、そんなことはどうでもいい。ケイが選んだのだから、私はそれに従う」

「ケイが相麻菫を咲良田の外に出すと決めたとき、貴女はそれが嬉《うれ》しかった。リセットの価値を失わずに済むから」

「私のことは、関係ない。ケイが選んだなら、それを肯定する」

春埼自身の感情が首を傾げる。

「でも、私は、それが嫌。相麻菫は、咲良田に留《とど》まるべきかもしれない」

「どうして?」

「ケイはきっと、相麻菫といることを望んでいるから。私が純粋に、私自身を忘れるほど純粋に浅井ケイの幸せを望んでいるのなら、相麻菫をこの街に引き留めるべきなのかもしれない」

春埼はまだ、二年前、ケイと相麻菫が屋上で抱き合っていた場面を忘れることができないでいる。

目の前の少女は——春埼美空の感情は、表情もなくこちらをみている。

春埼美空のもっとも深い部分を覗《のぞ》きみて、告げる。

「貴女が本当に嫌っているのは、心の底から怖れているのは、それ。貴女自身が浅井ケイの幸せを最優先していないのではないかという可能性。貴女は、彼を独占したいという感情を、とても感情的に嫌っている。私も、貴女も、どちらも感情」

頭が痛くなる。春埼美空は額を押さえた。

——彼女が言うことは、きっと正しいのだ。

おそらく、初めからわかっていた。春埼自身の内側で、理性が摩耗している。いつの間にか感情的に、ただ浅井ケイに嫌われないために、彼に従っていたことを理解していた。わかって、気づかないふりをしていた。

——私はケイのためでなく、私のために、彼に従っていた。

それを認めてしまえば、今まで春埼が抱えていた価値観が崩れて消える。

なのに、目の前の少女は言った。

「ケイの幸せが、貴女の幸せではない。貴女は貴女の幸せのために、彼を利用しているだけ」

きっと、そういうことだ。

中学二年生の夏、春埼美空は感情を探していた。あれから二年たった。

――私は、感情を手に入れても、それを理解できなかった。

物語で青い鳥が自宅にいたように、ずっと持っていたそれに、春埼は気がつかなかった。気づかないふりをしていた。

春埼美空の感情は言う。

「貴女は、貴女の小さな楽園にいた。とても安易な場所で、貴女自身を守っていた」

春埼美空は目を閉じる。強く、強く閉じる。

それでなにもみえなくなる。だが、感情の声が聞こえなくなるわけではなかった。耳を塞いでもなお、彼女の言葉は聞こえるだろう。彼女は春埼の内側にいるのだから。

「さあ、教えて――」

ふいに、彼女の声色が変わる。

「――君の、望みはなんだ？」

春埼が目を開いたとき、そこにいたのは自身の感情ではなかった。

いつの間にかチルチルが、机の上に腰を下ろしていた。

窓の外に、もう夕陽は沈み、影が横たわったような空がみえる。

「君の望みを言ってごらん」

と、チルチルは言った。

＊

とても単純な勘違いをしていた。

ケイはたった一度しかミチルに会ったことがない。だから彼女のことを理解できないのだと思い込んでいた。

――でも、彼女を知る方法は、別にある。

ミチルは片桐穂乃歌なのだから。

昨日も今日も、ケイは夢の世界にいた。夢の世界を作ったのは片桐穂乃歌だ。ここは、片桐穂乃歌の夢の中だ。この場所のなにもかもが片桐穂乃歌に繋《つな》がっている。心の中を直接覗きみるように、この世界を観察すれば、彼女がわかる。

「どうしてモンスターがいるのか、わかりました」

答えはとても単純だ。

「ミチルが求めているんです。神さまと同じように、モンスターが存在することを」

チルチルは警戒するようにこちらの顔を覗く。

「どうして、そう思う？」

「だって、襲われなければ、守ってもらえない」

この世界について、宇川沙々音は語った。

――部屋の中で独りきり人形遊びをしているようなものだもの。逃げて、誤魔化して、閉じこもっている。

まったくその通りだ、とケイは思う。

ミチルは――片桐穂乃歌は、たったひとりでこの世界を演じている。モンスターの人形で自分自身を襲い、神さまの人形で自分自身を守る。同じ遊びがいつまでも続く。同じ演目を繰り返す舞台みたいに。

「ミチルは誰かに、守られたいんですね？」

「黙れ」

「きっと、他者と繋がっているために」

「黙れよ」

彼女の望みはシンプルだ。シンプルで、美しくさえある。誰かが歩みより、ミチルのために手を差し出す。彼女の孤独を消し去る。きっとそれだけを彼女は求めている。

怖々足を踏み出すような、ゆっくりとした口調で、チルチルは言った。

「あの子が、間違っていると思うか？」

「正しくは、ありません。目的と手段が噛《か》み合っていない」

歪《ゆが》んだ構図だ。

彼女は神さままで全部、自分自身で用意してしまったのだから。結局は自分の力で、自分を助けているだけなのだから。そんな方法で、誰かと繫がることなんてできはしない。ミチルの望みは叶《かな》わない。

チルチルは首を振る。

「ああ、まったくだ。オレもそう思う。でも、仕方がないだろう？　ミチルには――片桐穂乃歌には、この世界しかない」

現実の片桐穂乃歌は、眠り続けている。もう九年間も、ずっと。

その孤独を、ケイには想像することもできない。

――でも、人と繫がりたいと願って、当然だ。

偽物でも、欺瞞《ぎまん》でも。自身がすがれる誰かを、手に入れたいと望んで、当然だ。そんなこと誰にも否定できない。

「古い話をしよう。神話の時代の話を。オレみたいな偽物じゃない、本物の神さまが、この世界にいたころの話を」

チルチルは言った。

「そのころのミチルはまだ片桐穂乃歌で、ここは彼女が現実にいる誰かと言葉を交わすための場所だった。隣の病室で眠る人と、話ができればそれでよかった」

それはたぶん、正しい能力の使い方だ。たとえば宇川沙々音の中にある正義に、反することのない使い方だ。手も伸ばせず、目を開くことも叶わない少女が、それでも誰かと繋がることを望んだ。だから夢を共有する能力を手に入れたなんてこと、否定できるはずがない。

チルチルは続ける。

「彼女はきっと、臆病《おくびょう》だったんだろう。だからこの世界に入って来た人の望みを叶え続けた。身体から苦痛を取り除いて、欲しい物を与えて。夢の世界を訪れた人々を幸せにすれば、味方でいてくれると信じていた」

そして片桐穂乃歌は、この世界の神さまになった。

現実からやってきた人たちにとって都合のいい神さまに。

「でもね、ここでは誰もが我儘《わがまま》になる。彼らは目を覚ますことができるから、夢の世界ではひとりきり、好き勝手に振る舞った。知っているかな？　神とは人を幸せにする存在なんだよ。誰も神さまを幸せにしようとは、思わないんだ」

わかるとは言えなかった。

神さまの悩みなんて、理解できるはずもない。

「でも彼女はそれでよかった。誰かを幸せにできたなら、それで人と繋がっているんだと信じることができた。なのに管理局は、この世界に人が入ることを禁じた。彼女が作る楽園は偽物だと、彼らは判断した」

ワンハンド・エデン。神さまにとっては片手を差し伸べるだけで作れてしまう、安易な楽園。それは偽物の青なのだと、管理局は判断した。

ケイは口を開く。

「人との繋がりを失った片桐さんは、だから神さまとモンスターを作ったんですね？」

また独りきりに戻って、それでも誰かが欲しくて、誰かと繋がっていたくて。

だから彼女を守る、兄のようなチルチルが生まれた。彼が手を差し伸べてくれることを確かめたくて、モンスターが生まれた。

「そうだよ。オレとあれを生んで、彼女はなにも知らないミチルになった」

チルチルは視線を落として、「でも」と続ける。

「でも自分自身を綺麗《きれい》に騙《だま》しきることとなんて、できはしなかった。ミチルは昔の出来事をみんな忘れて、ここが楽園だと繰り返す。なのに心の深い場所で、それが嘘だと知っている。自分の孤独を、理解している」

ミチルは手の中の果物が、甘いのだと繰り返すけれど。

本当はそれがすっぱいことを、知っている。甘い果物は手の届かない場所にあるのだとわかっている。

この世界全部が、片桐穂乃歌だ。

夢の世界全部が、チルチルもモンスターも現実そっくりなのに偽物の街も、すべて合わせてひとりの人間だ。ひとりの人間の、苦悩と、葛藤《かっとう》と、誤魔化しが混じりあい、この世界ができている。

チルチルの背後、窓からみえる空は、もうずいぶん暗くなっていた。群青色の空。夜の始まり。モンスターの時間。

夜は孤独を、意識するものだ。

「ミチルはまだ、あの白い壁の中にいるんですか？」

宇川沙々音が破壊した、レプリカの街に。

「ああ、そうだ」

「貴方《あなた》はあの場所を、彼女のために用意したんですね？」

きっとチルチルは、彼女のためだけにレプリカの街を作ったのだろう。宇川沙々音がすべてを壊し、そこにミチルが独りきり取り残されるように、準備した。

彼はわずかに首を振る。

「楽園だと言いながら、夜にはモンスターが暴れ回るような世界が。そんな場所を作った彼女が、幸せなはずがないんだ。ミチルは、自分が片桐穂乃歌だということを、思い出さなければいけない」

今回の出来事は、きっとなにもかもが、そこに繋がっている。

――たったひとつのメッセージに、繋がっている。

神さまが少女にメッセージを送るために、あのレプリカの街は用意された。

「ミチルは今、あの壊れた街で泣いているよ。どうしてオレが助けに来ないのか、訳が分からなくて、とても寂しくて、泣いている」

あの白い壁に囲まれた範囲が、夢の世界のすべてだとミチルは思っている。

夢の世界が壊れたのだと思って、それが悲しくて、ミチルは泣く。

「泣き疲れたら、きっと考える。どうすれば独りじゃなくなるのか。偽物でも、今まで彼女を守っていた楽園が、どこにあるのか。ミチルはあの、白い壁に囲まれた、小さな街しか知らない。でも片桐穂乃歌は、この世界がもっと広いことを知っている。だって彼女自身が、この世界を作ったんだから」

ケイは軽く、目を伏せた。

「ミチルが片桐穂乃歌さんの記憶を思い出したとき、あの白い壁から出てくると思いますか？」

「そうなると、オレは信じている」

少女が自分自身を、きちんと思い出すように。

この世界みんなが彼女だと思い出せるように、すべては用意された。

宇川沙々音が夢の世界を壊そうとすることまで計画に組み込んで、偽物の神さまは今の状況を作り上げた。でも。

「それでミチルは、救われますか？」

忘れたかった悲しみをはっきりと思い出したとき、少女はなにを思うだろう？

「わからない。でも、今のままでは、いけない。この世界は少し悲しすぎる」

空気中から夕陽の赤が、綺麗に抜け落ちていた。窓から入る光量が減ると、むしろ闇も薄くなったような気がした。

わかりきっていることをケイは尋ねる。

「貴方はミチルを、愛しているんですね」

躊躇《ためら》いなくチルチルは頷《うなず》く。

「当たり前だよ。そういう風に、オレは作られたから」

彼は笑う。暗がりの中では、彼の顔をきちんとみることができなかったけれど、それでも笑ったのだとケイは思う。

みえない顔で笑みを浮かべたまま、彼は言った。

「だからオレには、ミチルを救えないんだ」

彼を作ったのは、ミチルだから。

彼は無条件で、ミチルを愛するように作られてしまったから。

だから、ミチルを救えない。彼女自身が設定した神さまではいけない。ただの人間にしか、ミチルを救うことはできない。

――もういいだろう。

と、ケイは思う。

必要なことは、すべてわかった。あとは交渉するだけだ。

「チルチル。僕は神さまにはなれません。でも、ミチルに友人を作ることくらいなら、できるかもしれない」

　ミチルが他者との繋《つな》がりを求めているなら、それだけで彼女は救われる。

　暗がりの中で、彼がこちらをみたのがわかる。

　ケイは続ける。

「僕はできるだけこの世界が、彼女の本物の楽園になるように努力したいと思います」

　それは、本心だ。心の底からミチルの幸せのため、努力したいと思う。

　――でもそんなこと、チルチルは信じない。

　これから後に続ける言葉を考えれば、信じられるはずがない。

　浅井ケイは笑う。

「だから、チルチル、お願いです。代わりに相麻を咲良田の外に連れ出す実験を、手伝ってくれませんか？」

　ミチルが救われる可能性があるのなら、チルチルが断ることはないだろう。

　ひどいやり方だと思う。罠《わな》に嵌《は》めたようなものだ。でもケイは、相麻菫を普通の女の子にするためなら、手段を択《えら》ばないことを決めていた。

　チルチルは長い間、こちらをみていた。彼の表情は、相変わらずわからない。だがやがて、彼は頷いた。

「わかった。いいよ」

　チルチルの声は、掠《かす》れていた。

まるで泣き声のように、か細く、弱々しい声だった。

「オレだって、一度くらいは、誰かの望みを叶《かな》えてみたい」

そう、偽物の神さまは言った。

＊

「君の望みを言ってごらん」

チルチルにそう言われ、春埼美空は考える。

矛盾した感情。胸の内側にある苦痛。浅井ケイの幸福よりも重要なもの。そして、心の奥底で望むこと。

みんなまとめて、春埼は答える。

「貴方に望むものは、ありません」

チルチルは首を傾げる。

「そんなはずがない。遠慮することはないよ。オレはこの世界でなら、なんだってできる。たとえば浅井ケイを、君のものにしてもいい」

「私のもの、ですか」

「彼の手は君を抱き締めるためにあり、彼の言葉は君に愛を囁《ささや》くためにある。そういう風に、彼を作り変えてもいい」

ああ、それは素敵だな、と思う。

きっとそうなれば幸せだ。とても快適に日々を過ごすことができる。

でも春埼は、首を振る。

「それはもっとも、私が望まないことです」

なんでも思い通りになる彼は、もう彼ではない。ケイを歪《ゆが》めたくはない。春埼にとっていちばん価値を持つのは、純粋に今のままの浅井ケイだ。

「チルチル。私はようやく、私自身が望むものを理解しました」

「それは？」

「貴方にはどうしようもないものです」

夢の世界の神さまには、与えようのないものだ。

彼の力が現実まで及ぶのなら別だけれど。夢の世界だけでは、意味がない。

「私は成長したいのです。ケイにとって私がなによりも価値を持つ人間であれば、なにも怯《おび》えずにいられます」

これが正解なのだと思う。

理性でも、感情でも、正しい。

リセットの価値に頼らなくても彼の近くにいられるほどに、相麻菫と並んでも彼がこちらに視線を向けてくれるほどに価値を持つことが、春埼美空の望みだ。そうなればきっと、浅井ケイのために、相麻菫が咲良田に留《とど》まるよう願うことさえできる。

チルチルの声が聞こえる。

「なら君を、好きに作り変えてもいい」

「夢の世界だけでは意味がないのです。彼は現実に戻ります」

「この世界にも、彼とまったく同じ人間がいるよ」

「そんなことに、意味はありません」

春埼の前に、浅井ケイと同じ人間がいるだけではいけない。

ケイの前に、春埼美空がいる必要がある。

「だから、チルチル。貴方《あなた》に望むものは、なにもありません」

チルチルはゆっくりと頷く。

「そうか」

彼はため息をついて、それから指を鳴らした。弾けるような音が暗い教室に響く。

その音が消えたとき、春埼はすとんと後ろに倒れた。唐突に、座っていた椅子がなくなったのだ。咄嗟《とっさ》に体重を支えた手のひらに、冷たい感触があった。思わず閉じていた目を開く。

もうそこに、チルチルはいなかった。

春埼はひとり、学校の廊下に座り込んでいた。

暗い廊下。でも目の前にはひとつだけ、明かりが漏れる教室の扉があった。

＊

偽物の神さまは言った。

「オレだって、一度くらいは、誰かの望みを叶えてみたい」

その声は掠れていて、なんだか泣き声みたいで、ちっとも神さまの言葉には聞こえなかった。なんだか悲しい夢をみていた、小さな子供のような声だった。

チルチルは指を鳴らす。弾けるような音が暗い教室に響く。そのとたん、蛍光灯の明かりがつく。

それで一層、窓の外が暗くなった気がした。夜は部屋に明かりをつけるタイミングでやってくる。

「それじゃあ、ミチルを頼む」

それは確かにチルチルの声だった。でも、彼がいた方に視線を向けても、そこにチルチルはいなかった。代わりに机の上に、一羽の青い小鳥がとまっている。

――いや、この小鳥が、チルチルだ。

ミチルが望んだ幸福は、彼女の青い鳥は、チルチルだ。

様々な苦しみから自分自身を守ってくれる、兄のような誰かがミチルの幸福だ。

窓が開き、風が吹き込む。青い小鳥は羽ばたいて飛び上がる。夜空に消えて、すぐにみえなくなった。

代わりに、机の上に、一冊のノートが置かれていた。ケイは椅子から立ち上がり、ノートを手に取る。古びた大学ノートだ。表紙には『No．407』と書かれている。

シナリオの写本。そこには絶対的な真実がある。

チルチルがそうしていたように、ケイは机に腰を下ろし、そのノートをめくった。

ノートに記載されている事柄の大半は、価値があるとは思えないものだ。片方だけなくした靴下の行方。キツツキがくちばしを木にぶつける理由。ずっと遠くにある国の、交通事故者に関するデータ。

斜め読みで単語を拾いながら、三分の一ほどページをめくったとき、ふいに馴染《なじ》みの深い単語が目についた。咲良田、能力、管理局――

ケイは手を止め、走り書きの粗い文字を追う。

その文章は、「始まりの一年間」という言葉から始まる。

もう四〇年ほども前のことだ。咲良田に最初の能力が生まれてから、管理局が発足するまでの、およそ一年間の出来事。管理局と、咲良田という街を成り立たせた、極めて強力なみっつの能力に関する記述が、そこにはあった。

――相麻が知らせたかったのは、きっとこれだ。

だが、理由がわからない。この情報が、どんな意味を持つのか、わからない。

ともかくここに書かれていることは、管理局以外が知るべきではないだろう。春埼にさえ、今すぐ伝えることには抵抗がある。

ケイはノートを閉じ、机の中にしまった。

それと同時に、背後で教室の扉が開く。

視線を向けると、そこに春埼が立っていた。ケイは彼女に向かって微笑む。

「やあ。どこに行っていたの？」

「どこかの教室で、チルチルに会っていました」

「そう。なにかあった？」

春埼はしばらく沈黙して、それから首を振る。

「とくになにもありませんでした。チルチルは私に望みを尋ね、私はなにもないと答えました」

そう言った彼女は、普段よりもほんの少しだけ早口で、ほんの少しだけ声が大きい。

だからきっと、隠し事をしているのだろう。

小走り気味に、こちらに近づいてくる春埼に、ケイは言った。

「それはもったいないね。ケーキでも出してもらえばよかったのに」

「私はケイほど、甘いものが好きではありません」

「じゃあ、珍しい猫のグッズは？」

彼女は猫グッズのコレクターだ。

「必要ありません。みつけたら買うことに決めているだけです」

春埼美空はまるで、厳密なルールによって規定されているように行動する。だから今でもたまに、彼女には感情がないように思ってしまうことがある。

でもケイは、それが勘違いだと知っている。春埼美空が本質的には、とても普通の女の子だと知っているから、微笑む。

「でも猫は嫌いじゃないでしょう?」

「はい。どちらかというと、好きです」

春埼はこくんと頷《うなず》いて、それから言った。

「ケイはなにをしていたのですか?」

「君と同じだよ。チルチルに会って、望みを尋ねられた」

彼女が首を傾げるから、ケイは補足した。

「チルチルは神さまだからね。必要なら、ふたりになることもできるらしい。だから僕たちは別々の場所で、同時にチルチルに会っていたんだと思うよ」

「なにかお願いしたのですか?」

「うん。最初の予定通りに。相麻が咲良田の外に出たとき、なにが起こるのかを調べる手伝いをしてもらう約束をした。代わりに僕は、ミチルの問題を解決する」

「ミチルの問題?」

「片桐穂乃歌さんの問題と言ってもいいし、この世界の問題と言ってもいい」

「宇川沙々音がしたことは、間違いですか?」

ケイは頷く。

「この世界は全部まとめて、片桐さんみたいなものだよ。誰かが間違っているからといって、強引にすべて壊してしまうのは、やっぱり僕の好みじゃない」

宇川沙々音風に言うなら、浅井ケイの正義は、それが間違いだと判断する。

ケイが机の上から床に下りたとき、窓の外から大きな音が聞こえた。片桐穂乃歌の世界そのものが悲鳴を上げるような音だった。

窓の外に視線を向ける。ずっと先に海がある方向だ。霧のような白い壁で囲われた、レプリカの咲良田があるところ。でもここからでは、海はみえない。それは白い壁に遮られている。

その壁が。

偽物の神さまがひとりの少女に、自分が誰なのか思い出すようメッセージを込めて作った白い壁が、割れる。

白い壁を割り、夜と同じ色をした黒いなにかがあふれ、広がる。

なにか。無数の腕が生え、無数の目がびっしりとついている。それは腕を伸ばし、世界を摑《つか》み、取り込み、さらに巨大化していく。世界を覆い尽くすように。

「あれは、なんですか？」

と、春埼が言った。

「片桐穂乃歌さんだよ。この世界にある他のすべてと同じように、あれも彼女だ」

モンスターはふいに動きを止めて、大きな口を開ける。

音の塊が、街を叩《たた》く。モンスターの近くでは建物が倒壊している。ずいぶん離れているこの学校の窓もぴりぴりと揺れて、亀裂が入った。

「あれが、人間なのですか？」

「うん」

わかってみると、とてもシンプルだ。

片桐穂乃歌は、目を開きたい。だからモンスターには無数の目がある。

片桐穂乃歌は、誰かに手を取って欲しい。だからいくつもの腕が生えている。

独りきりで、寂しくて、悲鳴を上げたいくらいに怖いから、口を開く。

あれは片桐穂乃歌の感情そのものだ。誰かと繫《つな》がりたいと願い、それが叶《かな》わなくて苦しむ感情が、あのモンスターだ。そして彼女の感情は、この孤独な世界を侵食し、壊していく。孤独な世界を取り込めば取り込むほど、モンスターはさらに巨大化する。彼女はその感情から守られたいと願っている。

「モンスターは、なにをしているのですか？」

そんなの、ひとつしかない。

「探し物をしているんだよ。青い鳥を、探しているんだ」

辺りにあるものを手当たり次第に摑むけれど、探しているものはみつからない。やがて混乱し、なにを探しているのかさえわからなくなってしまう。

「きっと、あんな方法では、青い鳥はみつからない」

なのに片桐穂乃歌のモンスターは、青い鳥を探し続ける。

＊

——助けてよ。

と、ミチルは言った。

だが、その言葉は音にならなかった。

世界はモンスターで満たされていく。ミチルはその中心にいた。巨大なモンスターの内側で、胎児のように体を丸めていた。暗くて怖い場所だった。

——助けてよ、チルチル。

だが涙を流しても、彼は現れない。本当に私は泣いているのだろうか、とミチルは考える。何故だろう、私に泣けるはずなどないのだと思う。

手を伸ばそうとするけれど、そんなことができるはずがない。

目を開こうとするけれど、そんなことができるはずがない。

助けを呼びたいけれど、そんなことできるはずがない。

それでも、手を伸ばした。目を開いた。叫び声を上げた。

呼応するように、モンスターから無数の手が伸び、無数の目が開き、破壊的な音をまき散らす。辺りのなにもかもを掴み、モンスターの内側に取り込んでいく。
だが、ミチルは身動きがとれない。
——私を、助けてよ。
そう言ったつもりだった。でも、声にならない。モンスターが暴れるだけだ。
この苦しみを知っている。
ずっと昔、ミチルの世界は、これがすべてだった。
身動きもとれない。ただ暗闇の中に、ミチルはいた。
——ねえ、どうして？　ここは楽園のはずなのに。
なにも心配がない。幸福しかない場所のはずなのに。
独りきりだ。暗いところに、独りきり。青い鳥はどこにもいない。
——この世界が、楽園ではないのなら。
モンスターは世界を取り込み、どこまでも肥大化する。
——こんなもの、もういらない。
この世界を壊し尽くすまで、モンスターが消えることはない。
誰か助けてよ、と彼女は叫ぶ。
でもその声が、その願いが、楽園を破壊することを知っている。

2　同日／午後七時

そして浅井ケイは目を覚ます。

夢の世界で眠った記憶はなかった。ただ真っ黒なモンスターに、学校ごと飲み込まれただけだ。

靴下と靴を履き、ケイはベッドから降りた。春埼と野ノ尾は、もう目を覚ましているだろうか。

ベッドを囲むカーテンを開けると、病室の外から、ぱたぱたと足音が聞こえた。ひとりではない。何人かが走り回っているようだ。

やがてドアが開き、白衣を着た男性が現れる。昨日、この部屋までケイたちを案内した医師だ。

記憶にあるよりも少しだけ大きな声で彼は言う。

「夢の世界で、なにかしましたか？」

漠然とした質問だ。正確な答えに思い当たらず、ケイは尋ね返す。

「なにがあったんですか？」

「片桐さんの脳波が、極めて弱くなっています。脳幹の部分しか活動していない」

「つまり彼女は、もうなにも思考していないということですか？」

「通常なら。昏睡《こんすい》状態で能力を使う人間のデータなんて、片桐さんのものしかない。ですが彼女の脳波がここまで弱まるのは、初めてのことです」

――想像できなかったわけじゃない。

ミチルが片桐穂乃歌の記憶を取り戻したとき、なにが起こるのか。その可能性のひとつとしては思い当たっていた。

医師の声は、もう記憶の通りに戻っていた。

「原因に思い当たりますか？」

「わかりません。でも片桐さんが、能力を使うのを止めたのかもしれません」

「どうして？」

「能力は、望まなければ使えません。彼女が夢の世界に意味がないと思えば、能力を使うことを止めてしまうかもしれません」

ミチルが片桐穂乃歌の記憶を取り戻したとき、自身の能力がなんの救いにもなりはしないのだと考えたとしても、違和感はない。

医師は首を振る。

「馬鹿げている。彼女は目を覚ますことがない。能力の使用を止めるなんて、自殺みたいなものだ」

その通りだ、とケイは思う。

隣のベッドのカーテンが開き、春埼美空が顔を出した。野ノ尾盛夏はいない。先に目を覚まし、病室を出ていったのかもしれない。

首を傾げた春埼にケイは言う。

「もしかしたら夢の世界が、消えてなくなってしまったのかもしれない」

「いいんですか？」

「よくないよ。まったく、よくない」

どう考えても幸福な結末ではない。こんな展開、許容できるはずがない。

「リセットしますか？」

「まだいい。もう少し。状況がわかってからにしたい」

ケイは医師に視線を戻す。

「もう一度、夢の世界に入ってみます」

もし彼女が能力を使っていないなら、近くで眠ってもなにも起こらないはずだ。とはいえ目を覚ましたばかりで、簡単には眠れそうにはなかった。

「なにか、眠れる薬をいただけますか？」

わずかな時間、躊躇《ためら》ってから、その医師は頷《うなず》く。

「わかりました。ついてきてください」

彼はぱたぱたと足音を立てて病室の出口に向かう。

「すぐ戻ってくるよ」

と春埼に告げて、ケイも医師の後に続いて、病室を出た。

*

どれだけ眠っていたのか、もう思い出せない。

手足に痺《しび》れのような違和感がある。掛布団が胸の上に載っているはずだが、その感触はなかった。

老人は白いベッドの上で、うっすらと目を開いた。

すぐ隣にひとりの少女が立っている。肌が白く、長い黒髪を持つ少女だ。初め、それは幻覚かと思ったが、どうやら違うらしい。彼女は泣き顔に似た、奇妙な表情で、こちらをみていた。

錆《さ》びた戸を無理に開けるように、老人は口を開く。

「この姿を、みられたくは、なかったな」

上手《うま》く喋《しゃべ》れたような気がしたが、彼女までは声が届かなかったらしい。

その少女は身をかがめ、こちらの口元に耳を寄せた。だがもう一度、繰り返すのも馬鹿らしくて、老人は黙ったままでいた。

――この姿を、みられたくはなかった。

身体はやせ細り、髪の毛はまばらで頭皮がみえているだろう。身体からは四本の管が伸びている。それぞれの機能を、もう思い出せはしない。だがすべて老いた身体が生きていくために必要なものだ。

現実で、この少女と顔を合わせるのは六年ぶりだ。六年間で、老人は歳を取った。ベッドから起き上がれなくなると老いるのは早かった。

泣き顔のように顔を歪《ゆが》めたまま、少女は言った。

「体調は、どうですか？」

良いはずがない。だが、そう答えるのは愚かだろう。

老人は微笑む。

「君は、俺を、忘れなさい」

少女は首を振る。

「そんなことはできません」

「できるさ」

息を吸う度に、気管がひゅう、と音を立てた。呼吸ひとつにも体力を使う。吐き出す息を無理やり声に変えて、老人は告げる。

「この、六年間と、同じでいい。俺たちは、顔を合わせる、理由がない」

少女は首を振る。

ほんの幼い子供が、我儘《わがまま》を言う時の動作に似ていた。

「貴方《あなた》が言ったんだ。隣にいる人が笑うことを、幸せと呼ぶんでしょう？」

ああ、そうか。

老人はようやく、理解した。

この少女は、笑おうとして、失敗したのだ。彼女の泣き顔のように歪んだ顔は、無理やりに笑おうとしたものの失敗作だ。

「俺の、隣にいても、君は笑えない」

——だから君は、俺を忘れなさい。

そう付け加えたかったが、上手く言葉にならなかった。老人は静かに諦《あきら》める。これだけ喋れただけで、上出来だろう。

少女の顔が一層、泣き顔に近くなる。それでもまだ彼女は、笑うふりを続けていた。上手く笑えていないことには、彼女自身も気づいているはずだ。でも他に、どうすることもできないでいるのだろう。

老人のために笑おうとして、笑えないでいる子供をみるのは辛い。

——それならまだ、孤独の方が快適だ。

「俺は、独りで、いい」

そう告げて、老人は目を閉じる。

しばらくの間、少女は隣で、なにかを喋っているようだった。

だが上手く聞き取れない。それ以上、彼女になにかを語りかけるつもりも、また目を開くつもりも老人にはなかった。とても疲れていたのだ。

もしかしたらほんの短い時間、眠っていたのかもしれない。気がつけば少女の声が聞こえなくなっていて、老人は安堵《あんど》する。

そっと目を開いた。そこには誰もいなかった。ただ、白いカーテンがみえるだけだ。

——孤独には、なれている。

ずっと長い時間、老人は独りだった。もう思い出すこともできないほど昔から。

かつての彼は数学者で、ノートに数式だけを書いて生きていた。いくつかの賞をとったが、彼のためのどの式にも出なかった。周りに言われて結婚したこともある。それでも彼は独りだった。妻を愛していなかったわけではない。だが繋《つな》がりを感じたこともなかった。

人生の大半を、独りきりで過ごした彼は、だから知っていた。

——隣にいる人が笑うことを、幸せと呼ぶんだ。

それが真実だと知っていた。

もし、あの夢の世界なら。六年前と同じように身体が動く、あの世界なら。

ひとりの少女と笑い合うことができただろうか。彼女を追い返す必要もなく、ふたりで話すことができただろうか。

——俺は、楽園に囚《とら》われている。

それは悪魔に魂を奪われるのと同じように。

あの世界に戻りたくて、仕方がない。

*

老人の病室を出て、目元に滲《にじ》んだ涙を拭《ぬぐ》い、今さら野ノ尾盛夏は考える。

――どうして私は、六年間も彼に会おうとしなかったんだろう？

ああ、今さらだ。

人が老いて死ぬことを知っていた。

だが心のどこかで甘えていた。六年前、彼は野ノ尾が知る限り、もっとも強い人間だった。すべてを受け入れ、なにかに傷つくこともなく、ひとりきりでも悠然と生きていく強さを持っていた。少なくとも野ノ尾はそう信じていた。当時、小学生だった彼女には、老人の弱さをみつけることなどできなかった。

だから無理に彼を捜そうという気にはならなかった。

いなくなったのだから仕方がないさと、軽く考えていた。

――でも、六年あれば。

六年間探していれば、老いていく彼にかける言葉もみつけられたのだと思う。彼が死ぬときまで、笑っていられたのだと思う。

全部、今さらだ。

元いた病室に戻ると、春埼美空がひとり、ベッドに座っていた。浅井の姿はない。

野ノ尾は春埼の隣に腰を下ろす。彼女は一度、こちらに視線を向けたけれど、なにも言わなかった。

「浅井はどうした？」

「もう一度、眠ると言っていました」

「そうか」

それからふたり、言葉もなく、並んで座っていた。

珍しいことではない。春埼は最近、週に一度ほどの割合で野ノ尾の元を訪ねてくる。ふたりはだいたいたいなにも喋らず、こうしてただ並んでいる。

野ノ尾盛夏は目を閉じた。

眠くはなかった。でも、眠ってしまいたい気分だった。

——顔を、洗ってこよう。

そう思い、目を開いて、立ち上がる。不意に誰かが、野ノ尾の腕をつかんだ。

——誰か？

そんなの、決まっている。この部屋には春埼美空しかいない。

彼女は野ノ尾の腕をつかんだまま言った。

「なにかありましたか？」

「どうして？」

「なんだか貴女《あなた》は、悲しそうにみえます」

不意を打たれた。野ノ尾はもう一度、春埼の隣に腰を下ろす。

「驚いたよ。君は私に、なんの興味も持っていないと思っていた」

「それは間違いです。多少は貴女に興味があります」

「こういうとき、多少なんて言葉を使うべきではないな」

「次からは気をつけます」

きっと本心を少しも隠さず、この少女は話しているのだろう。

春埼は野ノ尾の腕をつかんだままで言う。

「私は以前、泣き顔と笑顔を区別する訓練をしたことがあります」

「ずいぶん特殊な訓練だな」

「必要なことだったのです。私がみたところ、貴女の表情は、笑顔よりは泣き顔に近いです」

「それで?」

「難しいところです。悲しいなら悲しめばいいし、泣きたいのなら泣けばいいのだと、私は思います」

「うん。そうだな」

「でも悲しんでいる人をみつけたなら、慰めるべきかもしれません」

まっすぐにこちらの瞳《ひとみ》をのぞき込んで、彼女は言った。

「貴女は慰められることを望んでいますか？」

こんな質問を、他意もなくできるのが、春埼美空なのだと思う。

放っておいて欲しいと頼めば、彼女はあっさり頷《うなず》くだろう。それがなんだか愉快で、
野ノ尾は仄《ほの》かに笑う。

「そうだな。私は悲しい。猫がいたなら、相手の都合も考えずに抱きしめてしまうくらい悲しい」

「猫のストラップなら持っています。抱きしめますか？」

「いや、いいよ。代わりに君に慰めてもらおう」

「わかりました」

春埼美空はこくりと頷き、ようやく野ノ尾の腕を離した。

「なにがあったのですか？」

「あるところに、老人がいるんだ」

「野良猫屋敷のお爺《じい》さん？」

「そう。私は彼に、幸せになって欲しいと思っている」

「不幸よりも幸せの方が良いと、私も思います」

野ノ尾は頷く。

「彼は隣にいる人が笑うと幸せなのだと言った。でも私は、彼の隣で、笑うことができなかった」

春埼は首を傾げた。

「どうしてですか？」

その質問はあまりに純粋だ。

「彼がとても、年老いていたからだよ。それがなんだかつらかった。思わず悲しくなってしまった」

老いていくことは自然で、絶対だ。だから受け入れられるだろうと思っていた。でも上手《うま》くいかなかった。

――愚かだ。とても。

考えてみれば今までも、老いていく相手に笑いかけたことなんてなかった。猫たちはこちらの様子なんて気にも留めないから、いくらでも彼らの前で悲しんでいられた。

「私は弱いな」

と野ノ尾は言う。

「人は弱くあるべきだと、ケイは言っていました」

と春埼は答える。

「場合によるさ。今は嘘でも相手を騙《だま》しきれるくらい、綺麗《きれい》に笑える強さが欲しい」

「上手く笑う方法はないのですか？」

「夢の中でなら、笑えたと思う。でももうあの世界に入ることはできないだろう？」

管理局は、それを禁じている。

春埼美空は頷いた。

「夢の世界は消えてなくなったかもしれないと、ケイは言っていました」

それは、知らなかった。

「じゃあ彼は、夢の世界も失ったのか」

きっと悲しいことだろう。彼は今までのように、書斎にこもることすらできなくなってしまったのだから。

病室の扉を開く音が聞こえた。浅井ケイが戻って来たのだ。

話を打ち切るつもりで、野ノ尾は告げる。

「言葉にすると気が紛れたよ。ありがとう」

なのに春埼は首を振る。

「まだ解決法がみつかっていません。ケイにも、相談した方がいいかもしれません」

「もう一度、この話をするのか？」

それはなんだか気恥ずかしいなと、野ノ尾は思う。

＊

浅井ケイは、片桐穂乃歌の病室で眠った。

二粒の白い錠剤で、簡単に眠りに落ちることができた。

だが夢の世界に入ることはできなかった。目を覚ましてから、どれだけ詳細に思い返しても、眠った時間はただ眠っていただけだ。夢の世界が消えて無くなったことを、ケイは理解した。

薬で無理に眠ったせいだろう。頭が重かった。

ケイはおぼつかない足取りで、元いた病室に戻る。みるとベッドの上に、春埼美空と野ノ尾盛夏が並んで座っていた。

「野ノ尾さんの話を聞いてください」

と、春埼美空は言った。

ケイは頷いて、パイプ椅子に腰を下ろす。

野ノ尾が事情を説明している間、ケイは彼女よりもむしろ、春埼のことが気になっていた。

チルチルに会ってから、なんだか少し、春埼の様子が普段と違っているような気がしていたのだ。でも彼女は野ノ尾の隣に座っているだけだったから、はっきりとした変化はわからなかった。

「なんとかならないか?」

と野ノ尾は言った。

ケイは、はっきりとしない意識を、無理やり彼女に向ける。

「野ノ尾さんは、野良猫屋敷のお爺さんの友人になりたいんですね?」

「ああ。そうだ」

「彼を、独りきりではなくすために」

野ノ尾は頷く。

「きっと。猫にミルクをやる人間というのは、本質的に孤独が嫌いなものだ」

なるほど。そうかもしれない。

ケイはとん、とんと二回、自身のこめかみを叩《たた》いた。

それから尋ねる。

「野ノ尾さん。貴女が求めているのは、野良猫屋敷のお爺さんが、孤独ではなくなることですか？　それとも、貴女が彼の隣にいることですか？」

その質問の意図を、野ノ尾盛夏はおそらく正確に理解した。

無理した様子もなく、彼女は答える。

「彼の友人が、私である必要はない」

「本当に？」

「ああ。私は六年間も、彼を捜さなかったんだ」

それならなんとかなるかもしれない。

「わかりました」

ケイは春埼に視線を向ける。彼女もこちらをみていたから、目が合った。

「リセットしますか？」

と彼女は言う。

少しだけ迷って、ケイは尋ねる。

「春埼。チルチルに会ったときに、なにがあったの？」

彼女が普段と違ってみえることが、気になっていた。リセットすれば、春埼の変化まで奪い取ってしまうことになる。

春埼美空は首を振る。

「とくに、なにも」

ケイは内心でため息をつく。

「僕は誰よりも、君の声と、表情と、仕草に詳しい自信がある」

「はい」

「君がなにかを隠していることは、わかるよ」

「はい。知っています」

「そっか」

じゃあ、仕方がない。

ケイは軽く息を吸って、その間に覚悟を決めて、言った。

「春埼。リセットだ」

今までもきっと、そう宣言する度に、なにかを壊してきたのだと思う。初めからわかっていたことだ。なにもかもを消し去る能力が、常に正しいはずなんてない。リセットは世界から、確実に歴史の一部を奪い取る。春埼美空が積み上げた時間とその感情を奪い取る。

けれど目にみえる悲しみを消すためなら、リセットを使い続けようとケイは決めている。二年前にそう決めて、ずっと守り続けている。

3　九月二三日（土曜日）――三回目

よく晴れた秋の空は涼しげな薄い水色をしていた。

空気は乾燥していて、ふわふわと軽い。

浅井ケイと、春埼美空と、野ノ尾盛夏は、病院の近くにある公園にいた。

小さな公園で、三人の他には誰もいない。ケイたちは並んでベンチに座っていて、春埼の膝《ひざ》の上には、学園祭の劇の脚本があった。

「九月二三日、一二時四八分、四一秒です」

と、春埼は言った。

ケイは思い出す。これから明日の夜までに起こる、様々な出来事を。チルチルと、ミチルを。老人と、野ノ尾を。小さな楽園に閉じこもった人たちの出来事を思い出す。

大きく息を吸い、それから吐いた。体の中の空気を全部、入れ替えるように。

「どうやら、リセットしたみたいだね」

春埼美空がこちらを見上げた。

「なにかあったのですか？」

「色々なことがあった。夢の世界には神さまがいたり、モンスターがいたり、宇川さんがいたりして大変だった」

「宇川？　宇川沙々音、ですか？」

「そうだよ。彼女は相変わらず正義の味方で、だから夢の世界を壊そうとした」

春埼は首を傾げる。

「よく意味がわかりません」

「とても複雑な話なんだ」

これからケイは、チルチルと、ミチルと、モンスターと、野ノ尾盛夏と、野良猫屋敷のお爺《じい》さんと、宇川沙々音と、青い鳥と、楽園について説明しなければならない。

春埼の隣であくびをする野ノ尾に向かって、ケイは言った。

「できるだけ丁寧に話すから、少し時間が掛かりますが、聞いていてください」

目を擦《こす》って、野ノ尾は答える。

「私も聞かなければいけないことか？」

ケイは頷《うなず》く。

「はい。半分くらいは貴女《あなた》と、野良猫屋敷のお爺さんの話です。――ああ、でも、その前に」

空を見上げて、ケイは言った。

「相麻。君はこの未来をみているかな？　もしみているなら、頼むよ。夢の世界に入ったとき、僕がチルチルに会えるようにして欲しい」

野ノ尾は顔をしかめる。

「なんだ？　それは」

「魔法の呪文のようなものです」

リセット前の通りなら、今夜、モンスターが現れる前に、チルチルから電話があるはずだけれど。かなり前回とは違った行動をするつもりだから、どうなるかわからない。チルチルは確実に、味方につけなければならない。

「さて。それでは、説明を始めましょう」

ふたりをみて、ケイはそう言った。

＊

浅井ケイはリセット前に起こったことをできる限り丁寧に伝え、これからなにをするべきなのかを伝えた。

話すべきことをすべて話し終えるには、三〇分ほどかかった。

それから三人は病院に移動して、あの医師に案内され、病室に入った。ケイはいつものように、眠るのに手間取って、夢の世界に入ったときには午後二時を回っていた。

ベッドの上で目を開いたケイは、靴下とスニーカーを履いてベッドから立ち上がる。先に眠った春埼と野ノ尾は別行動をする予定だ。もうここにはいないだろう。

カーテンを開くと、女の子がパイプ椅子に座っていた。

ミチル。彼女は青い小鳥を、肩にのせている。

ケイと同じくらいの歳か、あるいは少し下にみえる少女。おそらくは片桐穂乃歌が長い眠りについたころ、一四歳の姿なのだと思う。

こちらの顔をみて、ミチルは微笑む。

「ようこそ、夢の世界に。貴方《あなた》が、ケイ？」

「はい」

「さっき、美空から貴方の話を聞いたの。もうすぐ来るはずだって」

「それはすみません。ずいぶん待たせてしまったでしょう？」

「三〇分くらいかしら。貴方、眠るのが苦手なの？」

ケイは頷く。

「色々なことを、つい思い出してしまって、なかなか寝つけないんです」

能力によって思い出したことを、ケイは忘れることができない。目を閉じると頭の中にある記憶が、さらに鮮明になるような気がする。

意図して笑みを浮かべて、ケイは続ける。

「貴女がミチルですね」

彼女は驚いた風にこちらを見上げる。

「ええ、そうよ。私たち、会ったことがある？」

ケイは首を振る。

「いえ。でも僕は、貴女に会うために、ここにきたんです」

ミチルは口を閉じて、少しうつむいた。ケイは彼女の顔を覗《のぞ》き込む。

――泣いているような顔だ。

そう思ったとたん、ミチルは表情を変えた。顔いっぱいで笑う。

「わかった。貴方はチルチルに会いに来たんでしょう」

「どうして、そう思うんですか？」

「チルチルは神さまだもの。彼ならどんなお願いでも叶《かな》えてくれる。貴方の望みはなんなの？」

ケイはもう一度、首を振る。

「僕は本当に貴女に会いに来たんですよ。神さまなんて、どうでもいい」

「どうして、そんな嘘をつくの？」

「嘘ではありません」

「信じられない」

「でも、本当なんです。貴女と一緒に、青い鳥を探すために、僕はここにいる」

ミチルはパイプ椅子から立ち上がる。

無表情に近い顔で、こちらを睨《にら》みつけていた。

「つまらないことを言わないで。青い鳥なら、もうみつけた。この世界にいれば、私は幸せになれる」

ミチルの肩には、青い小鳥がとまっている。

でも、ミチルの言葉は、嘘だ。

「貴女が捕まえた青い鳥は偽物です。少し時間が経つと、色が変わって死んでしまう。偽物の青い鳥です」

「貴方になにがわかるのよ？」

「本物の、青い鳥の探し方を知っています」

浅井ケイは笑う。

「嘘だと思うなら、試してみましょう。しばらく僕と一緒にいてください」

「なにを、企んでいるの？」

「別に、なにも。それにもし僕が悪者なら、チルチルが退治してくれますよ」

「それは――」

「チルチルは必ず貴女を守ってくれる。そうでしょう？」

長い沈黙の後で、ミチルは頷いた。

「そうね。いいわ。付き合ってあげる」

それはよかった。

正直なところ、今の段階では、喧嘩《けんか》別れしても仕方がないと思っていたけれど。やっぱりミチルは――片桐穂乃歌は、外の世界と繋《つな》がりたがっている。とても強く、それを望んでいる。

「ミチル。昼食は食べましたか？」

「まだよ」

「それじゃあ、まずはランチにしましょう」

「いいわ。すっごく美味《おい》しいものを食べさせてあげる」

そう言って、彼女は怒ったように、足早に歩き出した。

彼女の肩から、青い小鳥が飛び立つ。

――あの鳥は、チルチルだろうか？

そう思ったが、ケイは声をかけなかった。きっと相麻が上手《うま》くやってくれるはずだ。

＊

――相麻。君はこの未来をみているかな？　もしみているなら、頼むよ。夢の世界に入ったとき、僕がチルチルに会えるようにして欲しい。

と、浅井ケイが公園で告げた声を、もちろん相麻菫は聞いていた。正確には過去からケイの未来をみて、彼がそう言うことを知っていた。

だから相麻は、夢の世界に来た。ケイはできる限り、頼られれば応えたい相手だ。

薄暗い病室で、チルチルが現れるのを待つ。やがて、ふいにカーテンが消えてなくなり、ロックが外れて窓が開く。

わずかに前髪を揺らす程度の、ささやかな風と共に、一羽の青い小鳥が室内に飛び込んできた。くるりと部屋の中で回転し、向かいのベッドにとまる。

「もう少し、強い風がいいかな?」

と、青い小鳥は言った。くちばしを動かすこともなく、だが確かにその鳥から、声が聞こえた。

相麻は首を振る。

「いえ。心地良いわ。ありがとう」

瞬《まばた》きをしたほんの一瞬で、青い鳥は消えた。代わりにそこに、ひとりの男性がいた。二〇歳ほどの、背の高い男性が、足を組んでベッドに座っている。

彼は微笑む。

「ずいぶん久しぶりだね、菫ちゃん。また会えて嬉《うれ》しいよ」

「そうね。久しぶり」

微笑もうと思ったけれど、それは上手くいかなかった。チルチルとミチルの関係を知っているなら、彼の姿をみるのは悲しい。

相麻は表情を誤魔化すために、窓の外に視線を向ける。

「チルチル。貴方はまだ、神さまのようなことをしているのね」

彼——チルチルは、小さな笑い声をあげた。

「それが仕事だからね。でもオレからみれば、君の方がずっと神さまみたいだ」

「どうでしょうね」

相麻菫の能力は、会話によって発動する。

便宜上、未来視と呼んでいるその能力は、だが実際には映像がみえるわけではない。話していると、ただわかるのだ。相手の未来が。

それは不思議な感覚だった。過去の記憶を思い出すように、相手の未来を知る。ケイがリセットによって消え去った時間を思い出す感覚に似ているのかもしれないな、と相麻は思う。

——どうやら、リセットしたみたいね。

と、相麻は声に出さずに呟《つぶや》いてみる。未来をみれば、リセットを使ったか否かを判断できる。

たとえば今日は、九月二三日だ。ケイたちは二四日にリセットを使い、また二三日を再現した。この場合、まだリセットを使っていないなら二四日の未来に、リセットで再現される二三日がみえる。リセットで時間の流れは変わらない。ただ、セーブした時点とまったく同じ状況が再現されるだけだ。だから二四日の先に二三日がある。

でも今、二四日の次には、きちんと二五日がある。つまりリセットをもう使ってしまった後だということだ。

口元だけでささやかに、相麻は笑う。

「機嫌が良さそうだね」

と、チルチルは言った。

できるだけ軽い口調で、相麻は答える。

「別に、それほどでもないけれど」

様々な問題で、今夜予定されていたケイと春埼の夕食がなくなるのは、喜ばしいことだともいえる。

ひどい考え方だな、と思うけど、内心で喜ぶくらいは許して欲しい。別にふたりの夕食を邪魔するために、なにか悪いことをしたわけではないのだから。

相麻はふっと息を吐きだした。それから言った。

「チルチル。貴方《あなた》は、浅井ケイに会わなければいけない」

「へぇ。どうして？」

「このままだと、夢の世界が消えて無くなってしまうから。ミチル——片桐さんが能力を使うことを、止めてしまうから」

チルチルの顔から、表情が消えた。

「そんな未来、君は話してくれなかった」

「ごめんなさい。でも、こうするのが、いちばんスマートだったのよ」

浅井ケイのためだけではない。チルチルとミチルにとっても、この方法がもっともスムーズに物事を進められる。

たとえばチルチルに警告し、ミチルが片桐穂乃歌であることを、思い出さないよう仕向けることは可能だったけれど。それではミチルは、いつまでもミチルのままだ。この世界で本質的には独りきり、自分を騙《だま》し続けて生きることになる。

「オレが浅井ケイに会えば、問題は解決するのか？」

「そうね。貴方が彼の指示に従えば、上手くいくわ」

チルチルはしばらく、こちらの顔をじっとみていた。

それからゆっくり、首を振る。

「オレには君を信じる根拠がない」

相麻は笑う。なにもかもを知っている魔女のように。

「でも、信じるわよ。私にはその未来がみえている」

迷って、それでも、信じざるを得ない。彼にとってミチルの存在はそれほど大きい。

ミチルが彼の、すべてだと断言できる。

チルチルは窓の外に視線を向け、大きく息を吐き出して、言った。

「君の言葉は、まるでシナリオみたいだ」

シナリオ。完全なる真理。自動的で、回避不可能な未来。

未来を知る能力を使っていると、世界のシナリオを覗《のぞ》きみているような錯覚に陥る。

だが、それは勘違いだ。

窓から風が吹き込み、カーテンと相麻の前髪を揺らす。

その風を振り払うように、相麻菫は首を振った。

「いいえ。私がみる未来は、絶対的なものじゃない」

少なくともこの能力によってみた未来は、回避できる。

できるのだと、信じている。

＊

ずいぶん太陽が傾いていた。午後五時三〇分を回ったころだった。

ケイはこの数時間を、ミチルに言われるがままに過ごした。一緒にランチを食べて、ゲームセンターに立ち寄り、バイクレースとダンスゲームで得点を競い合い、クレーンでパンダをモチーフにしたぬいぐるみを取った。それからカラオケボックスに移動して何曲かロックンロールを歌った。叫ぶような声で歌ったのは久しぶりだ。少し喉《のど》が痛い。

今は商店街の喫茶店で、向かい合って座っている。ケイの前にはレモンスカッシュが、ミチルの前にはアイスクリームがある。

テーブルの上に身を乗り出してミチルが言う。

「次はどこに行く？」

首を振ってケイは答える。

「もうしばらく、ここにいましょう」

顔をしかめて、ミチルは銀色のスプーンを振った。

「つまらない」

「ともかく、アイスクリームを食べてください」

「食べ終わったら、どこに行く？」

「食べてから考えましょう」

ケイはレモンスカッシュに口をつける。

正直なところ、少し疲れた。騒々しいのはやはり苦手だ。ゲームセンターもカラオケボックスも嫌いではないけれど、音に酔って気分が悪くなってしまう。

――まったく、慣れないことをするものじゃないね。

内心でため息をつく。とはいえミチルの警戒心を解くのは、それほど難しいことではなかった。

彼女は他者を求めていた。人と無意味な話をして、他愛もないことで笑いあう時間をとにかく求めていた。それは当たり前のことだ。現実で、片桐穂乃歌が意識を失って九年。——管理局が彼女を隔離してからは？　正確には把握していないけれど、おそらく五、六年といったところか。それだけのあいだ、彼女は本質的にひとりきりだった。表面的にはどれだけ満ち足りた生活を送っていても、彼女の本心はその孤独に気づいている。

孤独は飢えのようなものなのではないか、と考える。ケイは本物の孤独を知らないから、推測することしかできないけれど。本当に飢えていたなら、なにを食べても美味《うま》く感じる。それはもう味覚ではない。一時でも空腹感が紛れることが快感なのだろう。きっと孤独も同じように、相手に拘《かか》わらず、それが紛れるだけで快感になる。だからケイは彼女の隣にただいるだけでよかった。

アイスクリームを口に運んで、ミチルは言う。

「貴方には、若者らしい活発さがないわ」

「段ボールで草すべりをする、とかなら好きなんですけどね」

「え？　ホントに？」

「たぶん。したことはないけれど」

ああいうのは楽しそうだな、と素直に思う。

ミチルは笑う。

「似合うかもね。貴方、若者っぽくはないけど、子供っぽいのは意外と似合いそう」

ケイはレモンスカッシュのグラスを手に取り、椅子の背もたれに体重を預ける。

「子供っぽいものは好きです。ブリキのミニカーも、レゴブロックも」

「私はぬり絵が好きだった。色鉛筆で、まず輪郭をとると上手《うま》くぬれるの。懐かしいな、そういうの」

「買ってきましょうか？　近くに本屋があります」

「んー。今日はいいわ」

ミチルのスプーンとガラス製の皿が触れ合って、澄んだ音を立てる。

アイスクリームを口に含む彼女を眺めながら、ケイは尋ねた。

「野良猫屋敷のお爺《じい》さんを知っていますか？」

ミチルは首を傾げる。

「さあ？　だれ？」

「現実から、この世界に入って来たお爺さんです。洋館で暮らしているけれど、チルチルの力で、普段は誰もそこに入れないようになっています」

「ああ、聞いたことはあるけれど」

「会ったことはないんですか？」

「ええ。それがどうかした？」

「いえ。なんでもありません」

ミチルはアイスクリームの最後のひとかけをすくい取り、口に運ぶ。

「さて。全部食べたよ」

彼女はアイスクリームの皿を持ち上げて、こちらにみせる。

「美味《おい》しかったですか？」

「もちろん。ねぇ、これから遊園地に行きましょうよ」

「咲良田に遊園地はありません」

「大丈夫よ。チルチルに頼んだら、作ってもらえるもの」

「それにもうすぐ日が暮れます」

ケイは窓の向こうに視線を向ける。西の空の太陽はみえなかったけれど、空の低い位置に、黄色が混じりつつある。

「いいじゃない。観覧車からナイトパレードを眺めましょう」

それはとても、素敵な提案だけど。

ケイは首を振る。

「実はこの後、少し予定があるんです。だから今夜、遊園地にいく時間はありません」

え、と小さな声を、ミチルは漏らす。息を詰まらせたような声だった。

彼女は睨《にら》むような視線をこちらに向ける。

「私に会うのが、貴方《あなた》の目的だったのよね？」

「ええ。そうですよ」

「なら、いいじゃない。他のことは、ぜんぶ放っておきましょうよ」

ケイは首を振った。

「色々な事情があるんです。また明日、会いましょう」

ミチルはしばらくこちらを睨みつけていたけれど、ふいに表情を消した。

「私の、本物の青い鳥をみつけてくれるって言ったのに」

「違いますよ。一緒に探しましょう、と言ったんです」

「同じことよ。どっちでも」

まったく違う。でもケイは口を開かなかった。

ミチルは席から立ち上がる。冷たく、寂しげな表情だった。幼いころの夢をみていたような、それから目が覚めて、もうあの時間は戻ってこないのだと理解したときのような表情に、ケイにはみえた。

「夜の暗い時間に、近くにいてくれない人なんて、信用できない」

ミチルは喫茶店の出口に向かって歩く。

ゆっくりとした歩調だった。呼び止められるのを待っているんだろうな、と思う。でもケイは黙って、レモンスカッシュに口をつける。それは氷が半分くらい溶けて、ずいぶん薄くなっている。弱い炭酸が、喉を下っていく。喫茶店のドアが、開いて、閉まった。

「追いかけないのか？」

と、声が聞こえた。

みると隣のテーブルに、いつの間にか青い小鳥がとまっていた。

チルチル。よかった、ちゃんと会いに来てくれた。

ケイは頷《うなず》く。

「今はとりあえず、これで充分です」

いつの間にかその青い鳥は、青年の姿になっていた。目をそらしもしなかったのに、ケイにはいつ彼が姿を変えたのかわからなかった。チルチルは肩をすくめる。

「君はいったい、なにがしたいんだ？」

「貴方との約束を果たしたいんですよ」

「約束？」

「はい。リセット前に、貴方と交わした約束があります。僕はミチルの問題を解決し、貴方は僕に手を貸してくれる。そういうことになっています」

「それなら一緒に遊園地に行けばよかったんだ。ミチルは悲しんでいる」

「色々あるんです」

今夜、ミチルは、モンスターを生み出さなければならない。彼女はあのモンスターと向かい合う必要がある。

「ミチルは——片桐さんは、孤独を怖れている。誰かと一緒にいたいと思っている。そうですね？」

チルチルは頷く。

「ああ。きっと、そうだろう」

「ではどうして、野良猫屋敷のお爺さんを紹介しないんです？」

この世界で彼だけは、片桐穂乃歌に作られた存在ではない。現実の世界からやってきた、本物の人間だ。彼だけが他者を求めるミチルの救いになり得る。

チルチルは目を伏せた。

「まだミチルになる前の、片桐穂乃歌は、彼を怖れていた」

「どうして？」

「管理局がこの世界に、外部から人が入ってくることを規制する前、彼女は色々な人の願いを叶《かな》える神さまだった」

リセットの前にも聞いた話だ。元々、片桐穂乃歌は、この世界の神さまだった。

チルチルは言った。

「でもあの老人だけは、それを否定したんだよ。安易に願いが叶うことで失うものもあるのだと、彼だけが指摘した」

――ああ、なるほど。

確かにそれは、片桐穂乃歌にとっての恐怖だろう。彼女にとって唯一の希望である、彼女の世界を否定する言葉なのだから。

チルチルは、この世界の神さまは、涙をこらえる少年のような声で言う。

「夢の世界の、なにがいけないんだ。なあ、どうして、この世界じゃいけないんだ」

浅井ケイはまた考える。

この、夢の世界の構造は、片桐穂乃歌の心をそのまま表している。

彼女を無条件で守るように作られたチルチル。彼は幸福の象徴で、だから青い鳥でもある。夜に現れて世界を壊すモンスター。あれが片桐穂乃歌の感情だ。彼女が孤独を恐れ、誰かを求めるたび、この世界は傷ついていく。だってここは、彼女の独りきりの世界なんだから。

ミチルはモンスターに襲われ、チルチルに守られる。だがチルチルにもモンスターを消し去ることはできない。孤独から逃れるために神さまを作った少女は、でも神さままで自分自身で作ってしまったから、孤独から逃れられないでいる。すべてを忘れ、ミチルになった片桐穂乃歌は、それでも幸福をみつけられないでいる。私は幸せなのだと自分自身に言い聞かせるけれど、それが嘘だということも知っている。

この世界はすべてまとめて、ひとりの人間だ。九年間、ベッドで眠り続け、孤独な場所に囚《とら》われた人間ひとりぶんの心が、この世界だ。

だから、ケイは答える。

「この世界じゃいけない理由なんて、なにもありません」

間違っている部分があり、矛盾している部分がある。逃げて、誤魔化して、閉じこもっている。しかもそれに失敗している。逃げ切れず、誤魔化しきれず、閉じこもりきれないでいる。

全部、まとめて片桐穂乃歌だ。

それを否定することなんて、誰にもできない。

――いや、違う。ひとりだけいる。

ミチル。片桐穂乃歌。リセット前、彼女自身が、それを否定した。

彼女は能力を使うことを、止めてしまった。

「だから、チルチル。協力してください。誰にもこの世界を否定されないように」

片桐穂乃歌自身が、この世界を受け入れられるように。

「なにをするつもりだ？」

「貴方とミチルがずっと続けてきたこと、そのままです」

「オレたちが続けてきたこと？」

ケイは頷く。

「ミチルを綺麗《きれい》に騙《だま》すんです。ここが彼女の楽園だと、信じ込ませるんです」

彼女自身が、この世界を受け入れなければならない。だからそのために、たったひとりの少女のために、舞台を演じるのだ。

彼女が本物の、青い鳥をみつけるまでのフィクションを。

＊

老人はペンを走らせる。

なにもわからないまま、なにかを知るために。

活用しない知識は無意味だ。だが無意味なものを追求するより価値を持つことにも、思い当たりはしなかった。

ノートには脈絡もなく真実が並んでいく。未《いま》だ発見されていない数式と、世界の構造の一端と、犬が隠したボールの行方が同じリズムで記される。彼は自身の右手で書いた文字を、順番に目で追っていた。

背後の扉からは、かりかりと軽い音が聞こえていた。猫が爪で、扉をひっかいているのだろう。この部屋に入りたがっているのか、それとも皿にミルクをそそいで欲しいのか。

猫は以前、頻繁にこの洋館を訪れていた、ひとりの少女を連想させる。透明だと錯覚するほどに白い肌と、黒く長い髪を持つ少女だ。老人は彼女の名前も知りはしなかったが、奇妙に共感できるところのある子供だった。

きっとあの子は俺の同類だったのだろう、と考えて、少し悲しくなる。彼女は自分とは違う人生を歩んでいればいいと思う。独りきりでいることには慣れているが、ただ慣れただけで、好ましいものではない。

背後からは相変わらず、猫が爪で扉をひっかく音が聞こえていた。

そろそろ相手をしてやろうか。そう考えたとき、違う音が聞こえた。

人工的で理性を感じる、硬い音がみっつ続けて鳴る。それは人間が、手の甲で、ドアをノックする音だ。

——管理局員がやってくるのは、明日だったはずだ。

でも他にこの洋館を訪ねてくる人間にも思い当たらない。

なにも答えずにいると、ドアの向こうから、声が聞こえた。

「入ります」

温度の低い声だ。冬の朝、池に張る薄い氷のように。鋭利で、澄んでいる。

聞き覚えのある声だった。錯覚かもしれない、と疑ったのは、その声がちょうど先ほどまで思い返していた少女のものだったからだ。

音を立てて、ドアが開く。小さな猫が部屋の中に駆け込んでくる。その猫はデスクの手前で足を止め、当てが外れたようにきょろきょろと辺りを見回した。期待していたものがみつからなかったのだろうか。

扉の前には、ひとりの少女が立っていた。

やはり、白い肌。やはり、黒い髪。老人の記憶にある彼女を、そのまま成長させたような。

「お久しぶりです」

と彼女は言った。

内心では驚いていた。だが老人は、平坦《へいたん》な声で答える。

「おや、君は」

老人の右手はまだ、ノートに文字を書き続けていた。もうそれを目で追うつもりもなかったが、この能力はひとつの文章を書き終えるまで止まらない。

少女は小さな足音を立てて、こちらに歩み寄る。

「何年振りかな。よく覚えていませんが」

老人は答えた。

「五年と一か月、八日ぶりだ」

それからようやく、右手が止まった。生ぬるい疲労感を払うように、老人はペンを置いてその手を振る。

「どうやって入って来た？」

この洋館には誰も入れないはずだ。管理局がそう言っていた。

「友人が、神さまに頼んでくれたんです。私がここに、こられるように」

ああ、この子にはきちんと、友人がいるのか。

老人は微笑む。

「なんの用だ？」

少女は答える。

「色々と、反省することがあったんです」

「反省」

「私は貴方《あなた》を、祖父のように思っていた。孫のように甘えていた」

俺も孫のように思っていた、と答えようとして、止める。

「君に甘えられた記憶なんてないな」

「そうですか。なら、貴方が気づかなかっただけです」

「それで?」

「だから、反省したんですよ。人が神さまを幸せにしようとしないように。小さな子供は、自分を守ってくれる祖父を幸せにすることまで、意識が回らないものだ」

老人は、頷《うなず》く。

「当然だよ。人には役割がある。子供の役割は、大人を幸せにすることではない」

もっと身勝手でいい。我儘《わがまま》を言いながら成長し、いつか大人になってから、自身の子供や孫を守ればいい。

だが少女は首を振った。

「私は貴方の友人でいたいから、それではいけないんです」

「友人だって?」

「そう、友人。考えてみたんです。友人の役割とは、なんなのか」

「答えはみつかったのか?」

「はい」

彼女の声はやはり静かで、低温で、だが鋭い確信を含んでいる。

「友人の役割とは、相手を孤独ではなくすことです」

長い時間を掛けて、老人は「なるほど」と答えた。

六年間でこの少女は、大きく変化したのだとわかった。老人自身とはまったく似ていない。独りきりでは手に入らない強さを、この少女は手に入れたのだろう。

なのに、彼女は言った。

「私はそのことを、貴方から学んだんです。小さなころ、たしかにそれを学んでいたはずだったのに、忘れていた」

ああ、そうだ。

以前、この少女といた時間は、孤独ではなかった。当然のように長い時間、同じ空気を吸っていた。

きっと少女は、老人の友人だった。

「でも私は、いつも貴方と一緒にいられるわけではありません。この世界に入るのには、とても手間が掛かるんです」

「ああ。知っているよ」

「だから――」

綺麗《きれい》に笑って、少女は言った。

「だから、私の頼みを、聞いてください」

＊

ミチルは泣いていた。

細い路地裏で、夕陽に照らされて、古びたコンクリートの壁に両腕を押しつけて。うつむいて声を出さずに泣いていた。

急に涙があふれて、止まらなくなった。

理由はわからない。でもその涙がずっと、自身の体内にあったことは知っている。夜になるといつも泣きたくなる。枕に顔をうずめて、大声で泣き叫びたくなる。グラスいっぱいに注いだ水みたいに、涙はいつも、まぶたのすぐ裏側にある。コインを一枚落とせばあふれるくらいぎりぎりの場所にあることを、ミチルは知っている。

——でも、泣いたことなんてなかったのに。

ずっと、我慢していたのに。いつも我慢できたのに。

——なに泣いてるのよ、ばか。

私は幸せだ。私は満ち足りている。誰もが羨《うらや》むような楽園で私は暮らしている。

そう言い聞かせても涙は止まらない。胸の真ん中を見上げると、大きな穴が開いていて、そこからあふれて止まらない。

「助けてよ」

チルチル、助けてよ。チルチル、チルチル。

何度も何度も、繰り返す。

頭の上に温かな手が添えられるのを感じた。チルチルの手だ。顔を上げなくてもわかる。彼はすぐ隣にいる。

でも涙は止まらない。あの大きな穴は、胸にある空白は、チルチルの温度では埋まらない。わかっていた。でも他にはなにもない。

温かな手を感じたまま、彼に視線を向けることもできず、ミチルは繰り返す。

「チルチル。助けてよ、チルチル」

他に、できることはなにもない。彼に助けを求める他に、救いなんてない。

――あの少年が悪いんだ。

この涙を作ったのは浅井ケイではない。

だが溢《あふ》れさせたのは彼だ。

――貴女《あなた》が捕まえた青い鳥は偽物です。少し時間が経つと、色が変わって死んでしまう。偽物の青い鳥です。

そんなことを、彼が言ったから。

――本物の、青い鳥の探し方を知っています。

あの言葉のせいで、色々なことがおかしくなった。楽園が壊れ、青い鳥は死滅しつつある。そんな事態になってしまった。

──貴女と一緒に、青い鳥を探すために、僕はここにいる。

なら私を守りなさいよ。私の傍に、いなさいよ。全部嘘でも最後まで、私を騙《だま》してみせなさいよ。

まったく嫌になる。この痛みは知っている。いつか、もう覚えていないいつかにも体験したことだ。自分は独りきりなのだと、思い出すときの感覚だ。

ミチルは繰り返す。

「助けて、チルチル」

チルチルの声が聞こえる。

「オレには、無理だよ」

顔を上げる。夕陽で赤く染まった視界、濃い影が散らばる景色の真ん中に、涙で歪《ゆが》んだチルチルの顔がみえる。

彼は微笑んでいた。

「君も、知ってるだろう？　穂乃歌。オレに君は、救えない」

ああ、知っている。

「私は、そんな名前じゃない」

ミチルはチルチルを睨《にら》む。

首を振って、チルチルの姿がかき消える。

代わりにそこにいたのは、一羽の小鳥だった。青い鳥ではない。黒く変色してしまった、ただの小鳥がいた。

黒い小鳥は羽ばたく。ミチルは手を伸ばす。でも届かない。黒い小鳥は空に飛び立って、影のように、夕焼けのどこかに消える。

初めからチルチルなんていなかったように。ここには、ミチル独りしかいなかったように。頭に載っていた手のひらの体温も、風に溶けて消えてしまう。

「助けてよ」

ミチルはつぶやく。けれどチルチルがいないなら、いったい誰に助けを求めればいいというのだろう?

どこかから大きな音が響く。世界を逆さまにして硬いアスファルトの上に落としたような、破壊的な音だった。

午後六時。夕陽も沈み切らないうちに、真っ黒な影が生まれた。見上げると目の前に、黒く巨大なモンスターがいた。

顎《あご》を上げたまま、ミチルはぽろぽろと涙を流す。こんな場所が楽園なんかじゃないことなんて、ずっと昔から知っている。ふらふらとした足取りでモンスターに近づく。細い路地から出て、二車線の道路をまっすぐモンスターに向かって歩く。足音のように、ぽたり、ぽたりと、涙が落ちる。

モンスターの表面にびっしりとついた無数の目が、ミチルをみたような気がした。いくつもの腕がこちらに伸びる。体毛のようなそれは、だが近づくと、人の腕の何倍も大きい。

ミチルは足を止めた。

誰にも救われないことを知っている。

それでも、ミチルは、つぶやいた。

「誰か、私を、助けてよ」

目の前にモンスターの腕が迫った、そのとき。

なにかが身体にぶつかった。大きく、温かく、柔らかななにかだった。衝撃でミチルは倒れる。視界がぐるりと回転する。空、夕暮れの空——群青色の天頂がみえる。

アスファルトに身体を打ちつけるのを覚悟して、強く目を閉じる。だが、痛みはやってこなかった。

代わりに、声が聞こえる。

「お待たせしました」

そっと目を開く。視界は涙でぼやけている。

それでも、はっきりとみえる。目の前に浅井ケイがいる。

ミチルは彼に抱きしめられていた。

「どうして？」

ケイは、ミチルの手を引き、立ち上がりながら答えた。

「貴女の声が、聞こえたから」

立ち上がっても彼は、手を放さなかった。

夕陽の、最後の一欠けらに照らされて、彼は笑った。

「貴女がそれを望むなら、僕が貴女を、守ります」

確かな声で彼は言う。

すぐ隣の建物が倒壊し、ふたりをめがけて瓦礫《がれき》が降り注いだ。

＊

「貴女がそれを望むなら、僕が貴女を、守ります」

と、浅井ケイは言った。

それは嘘だったが、今は胸を張って嘘をつこうと決めていた。

隣の建物から大きな音が聞こえる。ケイはミチルの手を引いて走り出す。先ほどまでふたりがいたところに、音を立てて瓦礫が落ちる。

みんな知っていた。モンスターがなにかをしたわけではない。建物を倒したのはチルチルだ。さらに言うなら、そうするように指示を出したのはケイだった。

こんなの、ただの演出だ。ミチルを上手《うま》く騙すために用意した舞台装置だ。あらゆる危険を顧みず、彼女を守っているようにみせるための、シナリオ通りの出来事だ。

ケイはさらに力を込めて、ミチルの手を握る。

「モンスターを倒すことはできなくても、貴女を守ることはできる」

抱きかかえて走った方がヒーローっぽいなと思ったけれど、女の子を抱えて走り回れるほどの体力はない。仕方がないので、手を引いて走る。

夕陽が消えて、夜が始まる。モンスターは触れたなにもかもを飲み込みさらに巨大化する。間近でみるそれは津波のようだ。あるいは、夜のようだ。街を覆って迫り来る。黒く巨大な塊から逃げるため、ケイはミチルの手を引いて走り続ける。どんな表情をすればいちばんドラマチックだろうか、なんてことを悩みながら。

「どうして」

彼女の声に、ケイは振り向く。

「どうして、ここにいるの？」

とミチルは言う。

チルチルはこの世界に関して、知らないことがない。だからミチルの居場所をみつけるなんて簡単なことだけれど、そんなのはどうでもいい。少し前までケイは、すぐ近くの物陰からミチルの前に現れるのに最適なタイミングを計っていたけれど、そんなことを教えられるはずがない。

胸を張って、答えた。

「僕は貴女の、青い鳥をみつける方法を知っています。貴女が手を伸ばすなら、その手を掴《つか》む方法を知っています」

「わけが、わからない」

「わからなくていいんですよ。それでも貴女は救われる」

「無理よ。モンスターからは逃げられない」

「そうですか？　でも、貴女の涙を止めることはできた」

ミチルは空いている方の手で、自身の頬に触れた。濡《ぬ》れた頬だ。でも今はもう、涙は流れていない。

「モンスターから逃げられても、逃げられなくても、僕は貴女の隣にいます」

黒いアスファルトと白線を踏みしめて、呼吸と足音を弾ませて走る。赤信号でも立ち止まらずに、歩道も車道も無視して走る。ふたりが駆け抜けたアスファルトをすぐ後ろでモンスターが飲み込む。それはどこまでも追ってくる。

「嘘よ」

押し殺した声で、ミチルは言った。

「遊園地には、来てくれなかった。貴方《あなた》もきっと、すぐにいなくなる」

その通りだ。

——僕はすぐにいなくなる。

いつまでもミチルの隣にいられるわけではない。ずっと彼女を、甘やかしていられるわけではない。

——本当なら、そうできればよかった。

綺麗《きれい》な嘘だけをついて、暖かな毛皮で包むように、いつまでも過ごしていられればよかった。彼女の楽園を守り続けられるなら、彼女の耳元で優しい言葉を囁《ささや》き続けられるなら、それが嘘ではなくミチルが求めているものだろう。

けれど、それはできない。

もしかしたら可能なのかもしれないけれど、そうするつもりがない。

これからのなにもかもをミチルのために費やすような覚悟はない。いつだって他の誰よりも、春埼や相麻の方が重要だ。

本当の意味でミチルを救うことは、ケイにはできない。だから偽物は偽物の方法で、ミチルを守ろうと思う。インスタントな方法で、フィクションみたいに劇的に、今だけは飾り物のヒーローになる。

そうすることを決めたから、胸を張って嘘をつく。

「貴女が青い鳥をみつけるまで、僕はいなくなりません」

モンスターが叫び声を上げる。頭上にあるガラス窓が砕け散る。ケイはミチルを抱き寄せる。破片が浅く頬を切る。だがミチルが傷つくことはない。

全部、知っていた。

ケイの指示通り、チルチルが操作しているのだから。

モンスターの黒い波は、すぐ後ろに迫る。だがそれが、ケイたちに追いつくことはない。チルチルがこの世界を作り変え、ケイたちとモンスターの間に、決して埋まらない距離を作っているのだから。

あらゆる危険が、偽物だ。

――あとは時間が来るまで、走りきればいい。

ミチルを綺麗に騙《だま》せるまで、走り続ければそれでいい。

＊

黒い小鳥になったチルチルは、高く上空を飛んでいた。

決してミチルにはみつからない位置で、浅井ケイに指示された通りに世界を作り替えていた。

ミチルがつまずき、浅井ケイがそれを支える。すぐ後ろにモンスターの腕が迫っている。チルチルは大きく輪を描くように羽ばたく。ふたりとモンスターの間にある距離がわずかに開き、黒い腕が空を切る。

ふたりはまた走り出す。息を切らして、黒く巨大なモンスターに飲み込まれそうになりながら、夜の始まりの街を走る。

――まったく、詐欺のようなやり方だ。

絶対安全だと知りながら、危険を冒しているふりを続けて、少女を騙すことが正しいというのだろうか。でもこの世界にある危険は初めから偽物だ。偽物の危険しかないのなら、偽物のヒーローしか生まれようがないのだろうか。それはなんらかの意味で、ミチルにとっての本物になれるのだろうか。

黒く巨大なモンスターが、街を飲み込み、広がっていく。

少年は少女の手を掴み、どこまでも走り続ける。前だけをみて、全力で、大量の汗を流しながら走る。

仕方がないな、とチルチルは思う。

ミチルが歯を食いしばって懸命に走る姿を、チルチルがみるのは初めてだった。群青色の空の下、息を切らしながら手を取って走る少年と少女の姿は劇的だった。大げさに言うなら、感動的だった。

だから、仕方がない。神さまとしては、少年と少女の方に手を貸さざるを得ない。

——所詮《しょせん》はオレも、偽物の神さまだ。

作り物の奇跡で、まがい物の幸福だ。

なら偽物に、胸を打たれても仕方ない。ミチルが綺麗に騙されてくれればいいなと、チルチルは思う。

＊

息が上がっていた。

それだけが真実で、あとはだいたい偽物だ。

複製の街、用意されたモンスター、飾り物ばかりの夜。演出と演技と嘘で、少女は救われるだろうか。

握り締めた手のひらから、微熱ぎみの体温を感じる。浅井ケイはいつまでも走り続ける。動悸《どうき》が胸を締めつけて、息を吸うにも体力を使う。

「もう、無理だよ」

とミチルは言う。

喋《しゃべ》る余裕があることに、少し驚く。

ケイは強引に笑い、無理やりに声を出す。

「でも、ほら、モンスターは、もうそこに――」

「無理じゃない」

「関係ないんだ。そんなことは」

もう少しだ、と思う。

あとほんの少しで、ケイが求めている時間がやってくる。

――もう少しじゃないと、ちょっと困る。

走り始めて、どれくらい時間が経つだろう？

よくわからなかったが、空はすっかり暗くなっている。満月まであと数日の、大きく膨らんだ月が浮かんでいる。全天を見渡せば、一番星だってみつかるだろう。でも今は前だけをみて、ケイは走り続ける。

　ふりだとしてもモンスターから逃げているのだから、ランニングのようなペースで走るわけにはいかなかった。一〇〇メートル先にゴールがあるくらいのつもりで走り始めて、もうどれだけ経つだろう？

　足が重い。わき腹が痛い。血液が妙に熱い。酸素が足りず、視界が霞《かす》んで、ケイは口の中を噛《か》む。そしてミチルの手を引き続ける。速度を落とせば、モンスターから逃げるリアリティを失う。

　吐く息を無理やり言葉にしたような声で、ミチルは言った。

「どう、したいのよ、貴方は」

「青い鳥を、捕まえているんです」

　喋ると頭がくらくらする。酸素が足りない。

　どうでもよかった。ケイは続ける。

「片手で楽園を作ることはできない」

　決してこの手を放してはいけない。

　ひとつの手では、ミチルが望む楽園を作ることはできないから。独りきりの身勝手な幸福を、彼女は幸福だと信じられないでいるのだから。誰でもいい、もうひとり、彼女ではない誰かがこの手を握っていなければならない。

「楽園は今、僕たちの手のひらと、手のひらの間にあります」

それは青い鳥が住む楽園だ。

ふたつの手と手で生まれた楽園を、壊してはいけない。

もし偽物だとしても。こんなものさえ偽物で、手を滑らせれば砕けるガラスのような嘘でも、今だけは綺麗な真実にみえればいいと思う。偽物ばかりを並べて、この少女を騙しきろうと思う。

「楽園は、こうやって作るんです。貴女《あなた》の青い鳥は、こうすれば捕まるんです」

誰にも摑《つか》まれない片手の苦しみを、ミチルは誰よりも理解している。手を繫《つな》ぐ誰かが隣にいる、たったそれだけの事実が持つ価値を知っている。

彼女は首を振った。

「嘘。私の、ことなんか、なにも知らないくせに」

「意外と知っていますよ」

ミチルと顔を合わせたことは、ほとんどないけれど。この世界にいたのは、リセット前に二日間。今日で三日目。たったそれだけではあるけれど。

「僕はこの世界をみたから、意外と貴女のことを、知ってます」

ミチルの、片桐穂乃歌の心の中をみてきた。その歪《ゆが》み方も、矛盾点も、苦しさも、全部この目でみた。

モンスターは街を壊す。道路がめくれる。建物が倒れる。どこかの看板が落ちて、騒々しい音を立てる。それを踏みつけふたりは走る。

騒音の隙間で、ミチルの声が聞こえた。

「わけが、わからないわ」

「そうですか？　全部わかれば、貴女は、モンスターだって倒せるのに」

そして彼女は、本当はわかっているのだ。

ミチルがそれを思い出すまで、浅井ケイは走り続ける。

＊

浅井ケイがミチルの手を取って夜の街を走る光景を、相麻菫は少し離れたビルの屋上から眺めていた。

もちろんずっと前から、こうなることはわかっていた。

すべて知っていたけれど、彼を眺めていたかったのだ。浅井ケイが全力で走り回る姿なんて、そうそうみられるものではない。

――不思議ね、ケイ。

四年前、彼が咲良田を訪れたとき、彼は能力に惹《ひ》かれてこの街に留《とど》まったのに。能力はとても価値のあるものだと、信じていたのに。

今は能力とは関係のない方法で、ミチルを救おうとしている。

能力による問題を、ただの言葉と行動で解決しようとしている。まるで、能力を嫌うあの管理局員――浦地正宗を肯定するように。

なのにケイは、能力を否定しない。どれだけ能力の問題を目の当たりにしても、それは正しく使われるべきなのだと信じ続ける。

相麻は彼の姿をじっとみつめていた。様々な問題で過敏に傷つきながら、それでも理想主義者であることを止められない彼が、美しいのだと思った。

ふいに、背後からドアが開く音が聞こえる。

――誰か、来た？　誰が？

首筋の辺りを寒気が上る。

――この未来は、知らない。

相麻菫の能力は、会話によって発動する。誰かと話している間だけ、その相手の未来を覗《のぞ》きみることができる。だから自分自身の未来を知ることはできない。

だが問題はないはずだ。

――ここではまだ、私の不利になることは起こらない。

たとえば今、問題が起こるなら、それをケイたちに向かって叫べばいい。それで過去の自分に危険を知らせることができる。危険だとわかっていたなら、この未来を、回避していたはずだ。

――未来の私は、この出来事を回避しようと思わない。

だから、問題はないはずだ。

相麻菫は振り返る。

ビルの屋上、その入り口に、ひとりの少女が立っていた。まったく予想していなかった。実際に目でみるまで、思い当たりもしなかった。

そこにいたのは、春埼美空だ。

彼女はまっすぐに、こちらに向かって歩み寄る。

奇妙に緊張した。春埼と顔を合わせるのは、なんだか気まずい。

「久しぶりですね。相麻菫」

「ええ、久しぶり。元気にしていた？」

「それなりに」

「どうして貴女が、ここにいるの？」

春埼は首を傾げる。

「ケイになにも頼まれなかったので、することがないのです」

「残念ね。それで？」

「だから、貴女に会いに来ました」

まったく、簡単に言ってくれる。

「なぜ私がここにいるとわかったの？」

「なんとなくです。正直なところ、本当にいるとは思っていませんでした。でも——」

彼女は道路を走るケイに視線を向ける。

「ケイの姿を眺めるなら、ここが最適です。未来を知っている貴女なら、最適な場所にいるだろうと思いました」

内心で、相麻菫はため息をつく。

浅井ケイでも、管理局でもなく、春埼美空に不意を打たれるとは思っていなかった。

理性では春埼を評価しているのだ。この少女の思考は的確で躊躇《ためら》いがない。だがどうしても感覚的に、ケイの付属品のように考えてしまう。

「貴女の方から私に会いに来るのは、初めてね」

中学生のころから、そんなことは一度もなかった。これが初めてだ。

「そうでしたか。よく覚えていません」

視界の隅で、ミチルが体勢を崩すのがみえた。ケイが彼女を支える。それは、抱きしめるように。

相麻は一度、そちらに視線を向けて、次に春埼の顔を確認した。ちょうど彼女もこちらをみていた。おそらく互いが、互いの顔色をうかがおうとしたのだろう。目が合って、相麻は笑う。春埼に表情はなかった。

「演技でも平然と女の子を抱きしめられるのは、どうかと思うわね」

「必要なことなら、ケイは実行します」

「知ってるわよ。でも、嫌なものは嫌でしょう」

「演技でないよりは、ずっとましです」

それは、そうか。

もしミチルの立場にいるのが春埼美空なら、おそらく相麻菫は、ここにこなかった。

その光景をみたいとは思わなかっただろう。

夜空に似た静かな口調で、春埼は言った。

「相麻菫。貴女の目的は、なんですか？」

「秘密よ。ケイにも言ってないんだもの。誰にも言わないわ」

「では、貴女の行動で、ケイは悲しみますか？」

答えるのが難しい質問だ。

相麻は軽く目を閉じる。嘘をつこうかと思ったけれど、上手《うま》く言葉がみつからない。

だから結局、素直に答える。

「あるいは、悲しむかもしれない。いえ、きっと悲しむでしょう。でもなにもしないよりはましなの。彼が悲しんでも、苦しんでも、私は目的を変えない」

モンスターは街中を飲み込み、肥大化し続ける。その黒い波がこのビルにもぶつかり、足元が揺れる。

ひどい震動の中で、春埼美空は平然と言った。録音された音声のような声で。

「それなら、相麻菫。私は貴女に、ケイに近づいて欲しくはありません」

やがて、震動が収まる。

ビルは傾いたけれど、まだ崩れてはいない。

不安定な足場。相麻菫は、フェンスに寄りかかって答える。

「春埼美空。二年前、まったく同じことを、私も考えていたわ。貴女《あなた》をケイに近づけたくはなかった」

「でも私とケイを出会わせたのは、貴女です」

傾いたビルの上、視線をあげると白い月がみえた。

夜になったばかりの空は、未《いま》だ完全な闇ではない。深い、深い、黒に近い群青。しっとりとした、鮮やかな色だ。

「そうね。悲しくても、苦しくても、どれだけ嫌でも。ひとつの未来を目指すことを、私は選んだの」

それに相麻がなにもしなくても、どうせケイと春埼は出会っていた。二年前とは違う形で出会い、今とそう変わらない関係性を作る。そういう未来を、相麻はみたことがある。

風が吹いた。そんなことが切っ掛けではないだろうが、足元でさらにビルが傾く。バランスが崩れ、自重に耐えられないようだ。

夢の世界でどうなろうと、現実で目覚めるだけだ。慌てる必要はない。

――ケイが相手なら、悲鳴を上げて抱きついてもいいんだけれど。

目の前にいるのは春埼だから、そうしても仕方がない。

相麻は静かに彼女をみていた。春埼美空も変わらず、静かな口調で言った。

「最後に、教えてください」

「ええ。なにかしら」

「貴女は、浅井ケイの敵ですか？」

ああ、これだけは、胸を張って答えられる。

「いいえ。私は彼のためだけに、ここにいる」

二年前に死んだはずの相麻菫が、今もまだ咲良田にいる理由は、これだけだ。

——浅井ケイのためだけに、私は存在している。

他の理由は、ひとつもない。

「そうですか」

春埼の声は安堵《あんど》に近い、柔らかなものに聞こえた。

音を立てて、ビルが崩れる。

落下は浮遊に似ていた。もう視界に、春埼美空は入らなかった。まっ逆さまに落ちながら、深い群青色の空と、白い月を眺めて、相麻菫は笑う。

笑みを浮かべたまま、真っ黒なモンスターの海に沈む。

＊

「助けて、チルチル」

と、ミチルは言った。今までとは違う、力強い声だった。

小さな声だったけれど、浅井ケイは確かに、それを聴いた。

――ようやくだ。

結局は、その言葉なのだろうと思っていた。

ミチルはいつだってチルチルに助けを求める。でも彼女の深い部分では、それは救いにならないことを知っている。チルチルはミチルが――片桐穂乃歌が、作り出したのだから。自分ではない誰かに救われたいミチルが、自分自身の力であるチルチルによって救われることはない。

だから、チルチルに救いを求める言葉は、大抵が嘘だ。自分自身を騙《だま》すため、彼女が繰り返してきた嘘だ。でも、もしも彼女が心の底からチルチルに助けを求めたなら、それはまったく別の意味を持つ。

彼女が、彼女自身の力に頼った。自分の力でなにかをしたいと願った。

今夜の嘘はこの言葉を作るためだけにある。チルチルに助けを求めるとき、これまでにも無数に繰り返された言葉をミチルがまた口にするとき、その意味が確かに変わる瞬間のためだけにある。

――間に合って、よかった。

もう走るのも限界だ。これで嘘にまみれた夜を、終わらせることができる。

「チルチルは、来ません」

「どうして」

「必要が、ないからです。片桐さん。貴女の力で、モンスターは消える」

おそらくは反射的なものだろう、彼女は首を振る。

「私はそんな名前じゃ――」

その言葉を遮り、ケイは続ける。

「思い出して。目を覚まして。大丈夫、貴女はもう、独りじゃない」

少しだけ不安だ。でも、きっと大丈夫だ。

――そろそろ、バトンを渡さないといけない。

結局ケイが彼女の傍にいられるのは、今だけなのだから。もう少し、彼女の近くにいられる人に、後を任せようと思う。

嘘ではなく彼女を守れる人に、任せようと思う。

「片桐さん。片桐、穂乃歌さん」

強く彼女の手を引き寄せる。足に力が入らない。体勢が崩れる。

ケイは思い切り、彼女の身体を突き飛ばした。それが限界だった。そのまま、地面に倒れ込む。

「貴女のモンスターを、受け入れてください」

その言葉は小さくて、彼女まで届いていた自信はなかった。

目を見開いた彼女に向かい、ケイは無理やりに笑う。

――全部、上手くいくはずだ。

そう信じて、浅井ケイは、モンスターの黒い波に飲み込まれた。

＊

浅井ケイが暴力的な黒に包まれるのを、片桐穂乃歌は目を見開いて眺めていた。

全部、思い出していた。片桐穂乃歌。

――その名前で、私を呼ばないで。

お願いだから、そっとしておいて。あの冷たい孤独を忘れさせていて。

でも、躊躇《ためら》っているうちに、彼はいなくなってしまった。せっかく欲しかったものが手に入りそうだったのに。自分ではない誰かと、話し、触れ合うことができたのに。

――私が、逃げていたから。

ミチルのふりをしていたから、また独りに戻ってしまった。

それを理解して、片桐穂乃歌は泣いた。なんて愚かなんだろう。ずっと探していた青い鳥は、さっきまでそこにいたのに、飛び立った。

モンスターの波が押し寄せる。関係ない。彼女はただ泣く。

全部それに飲み込まれればいいんだと思った。

もうすべて、消えてしまっていい。

──そう思って、泣いていたのに。

ふいに、目の前に誰かが立った。歪《ゆが》んだ視界でそれがみえた。

最初は見間違いだと思った。次に浅井ケイかもしれないと考えた。最後にチルチルだろうと思い当たり、顔を上げる。けれど予想はすべて外れた。

ひとりの老人が、そこにいた。

彼のことは、知っている。もう何年も前からこの世界にいる老人だ。まだ神さまだったころの片桐穂乃歌に、ただひとりだけなにも望まず、この世界を否定し、洋館に籠《こ》もり続けていた老人。まるで孤独の象徴のような人。

彼は気難しげな顔でこちらをみて、次に右手を差し出した。

「なにがあったのか知らないが、倒れれば立ち上がるものだ」

と、彼は言った。

わけがわからなかった。片桐穂乃歌は老人の手を取って、立ち上がる。

「貴方《あなた》は？」

老人はわずかに首を振る。

「古い知人が訪ねてきたんだ。彼女に、友人の友人が泣いているから、会ってきて欲しいと頼まれた。先ほどまで彼女と話していたはずだが、気がつけばここに立っていた」

どういうことだろう。

古い知人とは誰だ？　友人の友人とは、私のことなのか？

らしい。

なにもわからなかったが、ともかくとても遠回りな関係性で、彼はここにやってきた
「私に会うために、ここに来たんですか？」

こんな、モンスターの目の前まで。

「そういうことだよ。面倒ではある。だが、まあ、あらゆる面倒事を避けていれば幸福だというわけでもないだろう」

彼の言葉は場違いに落ち着いている。

混乱したまま、片桐穂乃歌は言った。

「ありがとう、ございます」

老人は、せき込むように笑う。

「感謝の言葉というのは、微笑みながら言うものだよ」

笑った方が、いいのだろうか？

よくわからなかった。上手《うま》く笑顔を思い出せない。

「ところで、君には以前、会ったことがあるな」

「え？」

「確か、君が、この世界の神さまだ」

違う、と答えようとして、止めた。

「はい。私が、この世界を作りました」

「そうか。ならひとつ、君に言わなければならないことがある」

顎《あご》を撫《な》でて、その老人は言った。

「神と悪魔の違いが、やっとわかった」

その言葉は胸に刺さる。

——君が神だというのなら、神と悪魔の違いとはなんだ？

あの会話が夢の世界は偽りの楽園なのだと証明したのだと、片桐穂乃歌は思う。

だから、怖れながら尋ねた。

「それは、なんですか？」

「神は人のために笑い、悪魔は自分のために笑う。まだシナリオの写本には書かれていないが、きっとそれは、真実だ」

でも。

「そのふたつに、違いはありますか？」

結果が同じなら、ふたつとも同じではないか。

そう思ったが、老人は確信を持った様子で、首を振った。

「違う。相手のために笑うなら、それは友人と同じだ。俺の友人は、きっと、俺のために笑った」

ああ、それなら。

——私はやはり、神ではなかった。

ずっと独りきり、自分のために笑う方法しか、考えていなかった。

「ところで、神よ。頼みたいことがあるんだ」

老人は背後を指さす。

「あれで俺の家が潰《つぶ》れてしまった。なんとかならないか？」

老人が指さした先には、モンスターがいる。白い靄《もや》のような壁でせき止められ、こちらには流れてこない。

チルチル。

——彼は今も、私を守っている。

なんだか無性に、泣きたくなった。私はなんて愚かなんだろう、とまた思う。

片桐穂乃歌は、そちらに歩み寄る。

「チルチル。もういいわ」

ふいに白い靄の壁は途切れ、視界が開けた。月光を遮るほどに高くせり上がったモンスターが、こちらに向かってなだれ込む。

消えなさい、と言おうとして、それは違うような気がした。

モンスター。

——私の、感情。本当の願い。

「戻りなさい」

小さな言葉で、そう呟《つぶや》いたとたん、モンスターは掻《か》き消える。おそらくは、片桐穂乃歌の胸の中へ、消える。

夢の世界を、偽物の月光が照らした。

時間が巻き戻るように。何事もなかったように、建造物が元の形に戻り、窓からは明かりが漏れ、喧噪《けんそう》が聞こえた。

人々の話し声、テレビの音、自動車のエンジン音。それらが重なり、歌うように。

片桐穂乃歌は振り返り、まっすぐ老人に向き直る。

「これで、いいですか？」

老人は頷《うなず》く。

「ああ。大したものだ。ついでにもうひとつ、頼んでもいいかな」

「ええ。なんでも」

「コーヒーカップが欲しい」

「コーヒーカップ？」

老人は真剣な表情で頷く。

「古い知人に頼まれたんだ。明日、彼女と、彼女の友人たちと、それから君にコーヒーをごちそうして欲しい、と。でもそれには、コーヒーカップがひとつ足りない」

カップが揃《そろ》っていないのは我慢ができないんだよ、と彼は言った。

＊

レプリカの街に月明かりが差す。

チルチルは——夢の世界の、偽物の神さまは、その光景を眺めていた。

片桐穂乃歌の背後にあるビルの屋上、彼女の視界に入らない位置で。

彼女の声が聞こえる。

「チルチル。いるんでしょう、チルチル」

偽物の神さまは、じっと月を眺める。

「返事をしないんですか？」

と浅井ケイが言った。この少年がモンスターに飲み込まれたときには、助け出すように頼まれていたのだ。

偽物の神さまは首を振る。

もう一度、ビルの下から、彼の名前を呼ぶ声が聞こえる。

ふいに思い立ち、偽物の神さまは手のひらを宙にかざす。その上に、青い鳥が生まれる。ただの青い鳥だ。特別な力はなにも持たない鳥だ。

青い鳥は手を離れ、空に羽ばたく。

月光に照らされて、空を飛ぶその鳥は、彼女の頭の上でくるりと回った。

偽物の神さまは、その様子をそっと、盗みみる。
彼女は青い鳥を見上げる。
それから、驚いた風に目を丸くして、笑った。
笑った。
ずっと、偽物の神さまがみたかった顔で、笑った。
青い鳥は飛ぶ。
高く、遠く、飛んでいく。
本物だか偽物だか、区別できないくらいに、遠くを。
もう間もなく、その姿はみえなくなるだろう。
でもそれは確かにいるのだ。
この世界のどこかの空を、青い鳥が飛んでいる。

4　九月二四日（日曜日）――二回目

結局、片桐穂乃歌は、新しいコーヒーカップをふたつ作った。彼女自身のためにひとつ、それからチルチルのためにもうひとつ。

宇川沙々音は、この世界に対して「まぁいいんじゃないかな」とコメントした。「昨日はなんだか嫌な気持ちがしたけれど、今日は悪くない」と。

以上が夢の世界に関する、とりあえずの結末なのだと思う。

浅井ケイは、春埼美空と、野ノ尾盛夏と、チルチルと、片桐穂乃歌になったミチルと一緒に、野良猫屋敷のお爺《じい》さんの家でコーヒーを飲んだ。

それからチルチルとふたりきり、川沿いの道をしばらく歩いた。

九月二四日、日曜日。空はよく晴れている。光は水面で反射し、きらきらと揺れる。

「ありがとう」

とチルチルは言った。

微笑んで、浅井ケイは答える。

「実は全部、僕のためにしたことです」

「君のため？」

「そう。チルチル。リセットする前に、僕たちは約束しました。僕はミチルが幸せになるよう全力を尽くすから、代わりに貴方《あなた》は、僕に協力してくれると」

チルチルは頷く。

「ああ。オレにできることなら、なんでもしよう」

ケイは空を見上げる。深い青。目に染みる。

「相麻菫に会わせてください」

「それだけでいいのか？」

「もしかしたら、もう少しお願いするかもしれません。でも、とりあえずはそれだけでかまいません」

頷いて、チルチルは足を止める。

「君はこのまま、まっすぐに歩けばいい。この先に菫ちゃんがいる」

「ありがとうございます」

一定のリズムで足音を並べて、ケイは川沿いの道を進む。

空を小鳥が飛んだ。青い鳥ではなかった。その鳥は白く、青空によく映える。やがて小鳥がみえなくなって、浅井ケイは視線を下げる。

そこに、相麻菫がいた。川沿いのベンチに腰を下ろし、コーラを飲んでいた。

「やあ、相麻」

ケイは片手を上げる。

彼女はこちらをみて、微笑んだ。

ふたり、並んでベンチに座る。

暖かな光が射していた。手のひらで頬に触れるような光だった。

「君は、どちらの相麻なのかな」

とケイは尋ねる。

相麻は少しだけ首を傾げてみせる。

「どちらって？」

「夢の中の相麻なのか、それとも現実からこの世界に入って来た相麻なのか」

「どちらでもいいでしょう？」

「そうだね。でも、できれば答えを知りたい」

彼女は笑う。

「現実の方よ。今は、病院の屋上で眠っているの」

「屋上？」

「そう。覚えておくといいわ。片桐さんの能力は球形に効果範囲があるから、彼女の真上で眠れば夢の世界に入れるの」

「なるほど」

神さまと話をしたくなったら、病院の屋上で眠ろうと思う。

「チルチルに連絡を取ってくれて、ありがとう」

「いいわよ、あれくらい。この世界に来るのは好きなの。カロリーを気にせず、好きな物を食べられるから」

「それはいいね。でも、僕は結構走り回ったのに、なんのトレーニングにもならなかった。ちょっとショックだよ」

彼女に聞きたいことは、いくらでもあった。

あまり重要ではない部分から、ケイは尋ねる。

「七月。僕が野ノ尾さんに出会ったのも、君が計画した通りなのかな？」

野ノ尾盛夏に出会ったのも、相麻菫が用意した、マクガフィンの影響だ。

簡単に相麻は頷《うなず》く。

「ええ。シナリオの写本に貴方を繋《つな》げるための、ラインのひとつ」

思わずケイは笑う。相麻菫。この少女はちょっと、優秀すぎる。

「今、僕が考えていることのうち、いったいどれだけが君の計画なんだろう？」

ケイのあらゆる行動は、すべて相麻の思惑通りなのかもしれない。ケイは自分で思考しているつもりでいるけれど、全部相麻に考えさせられているだけなのかもしれない。

相麻は微笑むだけで、なにも答えなかった。

ケイも答えを求めていたわけではない。どうでもいいことだ。

「相麻。僕は君を、咲良田の外に出そうと思っている。そうしたときにどんなことが起こるのか、できるなら詳しく知りたい」

「前に会ったときにも聞いたわよ。秘密、と答えたはずだけど？」

「うん。あれから、どうして秘密なのか考えてみたんだ」

「興味があるわ。聞かせてもらえる？」

「もちろん」

ほんの微《かす》かに風が吹く。

それが肌をくすぐって心地いい。

「君は僕を、この夢の世界に導きたかった。その理由は、ミチルを救いたかったからなのかもしれないし、僕にシナリオの写本を読ませたかったからなのかもしれない。どちらでもいい。ともかく、あの質問に秘密とだけいえば、僕が夢の世界にくることを知っていた」

相麻菫を咲良田の外に出したとき、なにが起こるのか。元々はそれを調べるためだけに、ケイは夢の世界にやってきたのだ。

彼女は楽しそうに笑う。

「珍しいわね。ケイ。大外れよ」

それは残念だ。

「そこそこ、自信があったんだけどね」

「貴方は私を、疑いすぎよ。答えはもっとシンプルなの」

彼女は一口、コーラを飲んで。

それからまっすぐに、こちらをみつめた。

「私は咲良田の外に出たくないの。ずっとこの街にいたいの。それだけ」

「なるほどね」

核心に近づいているな、とケイは思う。

今日、もっとも話したかったことに、確実に歩み寄っている。

「ケイ。今回の貴方は、とても残酷だったわね」

「そうかな。大体、普段通りだと思うけれど」

相麻菫は首を振る。

「たとえば昨夜、ミチルを助けようとしたことだって変よ。あれは普段の貴方なら、今夜に予定する。だって今日の昼に、もう一度、セーブすることができるから」

「今日まで持ち越すと、不確定な要素が多すぎたんだよ。管理局の人たちがこの世界に来てしまうから」

今ごろ三人の管理局員は、野良猫屋敷のお爺さんの家にいるだろう。できるなら彼らと顔を合わせたくはない。

「そうかしら」

相麻は楽しげに微笑む。

「せっかく、白い壁に囲われた、レプリカの街が用意されているんだもの。その外側を活用すれば、管理局だって問題じゃなさそうだけど」

「今回の件には、君が関わってることがわかったからね。多少、強引なことをしてもいいと思ったんだ。もし判断を間違えているなら、君が止めてくれるでしょう？」

「どうかしらね。ともかく貴方《あなた》は、失敗するリスクを冒しても、昨日の夜のうちにすべてを終わらせたかった。今日、この世界での時間を、貴方のために使うために。つまりは私を咲良田の外に出したとき、なにが起こるのかを知るために」

仕方なく、ケイは頷く。

「その通りだよ」

どうしても昨日のうちに、ミチルに関する問題を片づける必要があった。ケイが夢の中にいられる時間は、二日間だけなのだから。

「結局、意味はなかったみたいだけどね」

相麻が咲良田にいたいというなら、仕方がない。彼女の意思を踏みにじってまで物事を進めるつもりはない。そもそも未来視能力者を欺く方法なんか思いつかない。

彼女は頷く。

「今回の貴方は、初めからおかしかった。夢の世界の私を実験に使うなんてこと、普段なら貴方が考えるはずないわ」

ケイは顔をしかめてみせる。

「できれば、その話はしたくない」

それは本心だったのに、相麻は続けた。

「貴方はレプリカだから犠牲にしてもいいなんて考え方はしない。とくに、私のことに関しては。だって私自身が、写真から生まれたレプリカなんだから」

こうもはっきり言われるとは、思っていなかった。

「高い確率で、君を咲良田の外に出しても、問題はないと思っていたんだ」

「そんなことは言い訳にならないわよ。安全だと確信しているなら、初めから現実の私を使えばいいのだから」

今日の相麻は徹底しているな、と思う。

どんどん逃げ場がなくなっていく。

仕方がないので、ケイは頷く。

「うん。君の言う通りだ。多少のリスクを冒しても、あるいは君を傷つけても、僕は答えを知りたかったんだ。君を咲良田の外に、連れ出してもいいのか」

「春埼美空のために」

「そう。春埼のために」

相麻菫の再生が、春埼美空を傷つけていると知っていたから、できるだけ早く対処したかった。

話す気がなかったことまで話してしまったな、と思う。

やはり相麻菫は特別だ。まるでフィクションの名探偵みたいに素敵だ。能力なんてなくても、こちらの思考を、なにもかも見通せるのではないだろうか。

「改めて、質問してもいいかな？」

「ええ。そのために、今日こうして顔を合わせたのだから」

軽く息を吸って、ケイは尋ねる。

「どうして君は、この街にいることに、こだわるんだろう？」

はっきりとした口調で、相麻菫は答える。

「それは、ケイ。貴方がいるからよ。私は貴方が、大好きなの」

——僕はただ、君に利用されているだけの方が、気楽だったんだけどね。

あるいはこの告白すら、彼女が目的を達成するための最適な手順のひとつなのかもしれない。思わずそう考えかけて、内心で舌打ちする。それを疑うのは、最低だ。

笑おうとしたけれど、それは上手《うま》くいかなかった。ケイは答えた。

「ありがとう。とても嬉しい。でも僕は、君よりも春埼が好きだ」

「知っているわ。もちろん」

彼女は首を傾げる。

「でも、その感情は本物かしら？　もしかしたら、すべて勘違いかもしれない。共感と、馴《な》れ合いと、好奇心と、憐《あわ》れみと、尊敬と、嫉妬《しっと》と。そういう感情が重なって、錯覚しているだけかもしれない」

「だとしても。ねぇ、相麻——」

ケイは、自然に笑う。なんだか気恥ずかしくて。

「それだけの感情を、ひとりの女の子に対して抱けたなら、それはつまり好きだということだよ」

相麻菫は、しばらくこちらの顔を眺めていた。

こんなときでさえ、彼女は楽しそうに微笑んでいた。

——彼女のことは、よくわからない。

よくわからないから、気に入っている。きっと春埼美空の次くらいに。

笑顔のままで、彼女は言った。

「私は好きな人をいじめたくなるタイプだから、もうひとつ教えてあげるわ」

「いじめられるのは好きじゃないけど、聞こう。なにかな？」

「今回、貴方がリセットで、消したものについて」

ああ、それを聞くのは、怖い。

でも聞かないわけにはいかなかった。

「僕はいったい、なにを消したんだろう？」

なにに向かって、リセット、と言ったんだろう。

ささやかな風に似た口調で、相麻菫は告げた。

「端的にいうなら、ようやく春埼は偽物の楽園から抜け出す覚悟を決めた。貴方との繋《つな》がりを、能力だけに求めるのではなく。安易で、安らかで、歪《ゆが》んだ、片手の楽園のような繋がり方ではなく。二年前、貴方が求めていた、普通の女の子としての恋に近い感情で、貴方と繋がりたいと望んだ」

相麻はじっとこちらをみていた。

その瞳《ひとみ》はガラス球のように澄んだ、春埼の瞳とは違う。様々なものが混ざり合った、複雑で深い色合いの瞳だった。

「それを貴方は、リセットで消してしまった」

なるほど。

「それは、最低だ」

想像していたどれよりも、ずっとひどい。

まさか、ここまでだとは、思っていなかった。

「覚悟していたことでしょう？　リセットでいちばん変化するのは、間違いなく春埼なのだから」

それは、そうだ。

リセットしたことを知らなければ、人はリセットの前と同じ行動を取る。だから多くの場合、ケイと、その周囲の人間だけが、リセットの前後で未来が変わる。

それならリセットでもっとも変化するのは、春埼美空だ。ケイのいちばん近くにいる彼女が、もっとも多くのものを、リセットによって失う。

今までだって、きっと、いくつもいくつも、彼女の感情を消し去ってきた。わかっていて彼女に、リセットと指示を出してきた。

相麻菫は笑う。

「それでも貴方は、リセットを使うことを止めないのね」

ケイは頷《うなず》く。

「それが正しいんだと、決めたんだよ」

できるだけ多くの人が幸せになるまで、やり直すことが正しいのだと判断した。

——今だってまだ、それが正しいと信じている。

だから、きっとこれからも、リセットと指示を出す。

怯《おび》えながら、決して間違えないよう気をつけて、それでもどうしようもなく間違えながら。

春埼美空の能力に、頼り続けるのだと思う。

エピローグ

秒針の進む音が聞こえていた。この部屋は、多くの場合、静まりかえっている。

索引さんはプリントアウトした資料の端をとん、とん、とデスクの上で整え、右端をダブルクリップで留めて席を立った。

ほんの数歩先、浦地正宗のデスクの隣に立ち、差し出す。彼は先ほどから黒い手帳を開き、何度もページを行き来していた。

浦地はさも億劫《おっくう》だといった動作で、こちらに視線を向ける。

「それは？」

「片桐穂乃歌の能力に関するデータと、夢の世界で起こった出来事に関する報告書です」

「ずいぶん分厚いな」

「宇川沙々音と、芦原橋高校奉仕クラブがそれぞれ作成した報告書が添付資料になっています」

奉仕クラブの報告書は顧問である津島信太郎《つしましんたろう》名義になっているが、要するに浅井ケイが作成したものだ。

「そのふたつに矛盾はあったかな？」

「いえ。みつかりません」

「そう」

浦地は資料を受け取り、そのままデスクの脇に置いた。ああ、もうこの資料がめくられることはないな、と索引さんは思う。紙資源の無駄だった。

彼は再び、黒い手帳に視線を戻す。意識の大半をそちらに向けているのだろう。気の抜けた口調で、言った。

「シナリオの写本についての記述はどうだい？」

「奉仕クラブからの報告に、少しだけ。宇川沙々音の方にはありません」

「そこだけ別にプリントアウトしておいてくれ」

「もうしています。資料のいちばん後ろです」

「へぇ。ずいぶん、優秀だ」

「今朝も同じ指示を受けましたから」

「ああ、そうだったかな」

浦地は平然と手帳をめくる。

索引さんは内心でため息をつき、軽く頭を下げて自身のデスクに戻った。

――浦地正宗。

半年ほど前から、彼は対策室室長と呼ばれている。名前のないシステム——魔女を自称する未来視能力者の死期に合わせ、この春、管理局内では大規模な人事異動があった。その一環で、彼はこの部署の責任者になった。

管理局の役割は、単純にみてふたつだ。

能力の調査と、能力に関する問題への対処。このふたつ。とはいえどちらの役割も細分化され、複数の部署がそれぞれ専門的に請け負っている。発生した問題が自動的に適切な部署に割り振られるシステムが構築されている。

だが能力で起こり得る問題は、千差万別だ。どこにも振り分けられない問題というのも発生し得る。そういった問題が、対策室に届く。

対策室に届く問題も、大きくわければふたつだった。

ひとつ目は前例がない場合。ふたつ目は、本来担当すべき部署では、対処できないほど問題が大きい場合。

その役割上、対策室は管理局内でもっとも自由に能力を運用する権限を持つ。そして対策室室長の補佐となる人間——この数年間は、すべて索引さんが請け負っている——は、すべての能力に関するデータにアクセスする権限を持つ。

対策室は、たとえば片桐穂乃歌の能力に関して正確なデータを要請し、それが不充分だと判断したなら自分たちで調査を行うことができる。

——でも、できるというだけだ。

する必要はない。

片桐穂乃歌の能力は、対策室が関係する種類の問題を含んでいない。

「そんなことよりも」

と、浦地正宗は、言った。

「浅井くんに、管理局として公式に質問したい。彼がシナリオの写本がある書斎にいた件でね」

「手配しています。程なく許可が下りるでしょう」

「うん。頼むよ」

彼がそう告げたとき、索引さんの携帯電話が鳴り始めた。

どうぞ、と浦地は手のひらで促す。

軽く会釈をして、索引さんは携帯電話の通話ボタンを押した。

＊

それきり浦地は、索引さんの様子に注意を払っていなかった。

黒い手帳――リセットの前から情報を持ち込んだ手帳を眺めていただけだ。

だがほんの数分で、索引さんはまた浦地の隣に戻って来た。電話はまだ終わっていないようだ。

「貴方《あなた》に代われ、と言っています」

「へぇ。誰から？」

「わかりません。若い女性です。それと、浅井ケイを操っているのは、自分だと主張しています」

「なるほど」

それは愉快だ。ちょうど探していた相手から、電話が掛かってきたわけだから。

浦地は携帯電話を受け取る。

「初めまして。浦地です。こんにちは」

聞こえてきたのは、若い、というよりは幼いと表現した方が適切な声だった。

「こんにちは。残念だけど、こちらは名前を名乗れないの」

「へぇ。どうして？」

「色々と事情があるのよ」

「この電話は、公衆電話から？」

「ええ、そうよ」

「管理局は咲良田中のすべての公衆電話に、小さなカメラを設置しているのを知っているかな？」

「いいえ。でも、その話が嘘だということは知っている」

「へぇ。高校生のころ、友人に聞いたんだけどね。噂はただの噂だな」

「それも、嘘」

そう言って、電話の向こうで、彼女は笑った。

笑い声もずいぶん幼く聞こえる。浅井ケイが高校一年生だから、そう違わない年齢だろう。

「ところで、浦地さん。貴方と交渉したいのだけど」

「ああ。聞こう」

「私の正体を探るのを、止めてもらえるかしら？」

「それは、浅井くんに質問するのも含めて？」

「もちろん」

「君が素直に名乗ってくれれば、彼を呼び出したりはしないよ」

「なら、教えてあげる」

囁《ささや》くような口調で、些細《ささい》な伝言を耳打ちするように。

「私は魔女。二代目の魔女」

と、彼女は名乗った。

「魔女？」

「名前のないシステムでもいい。私は彼女と、同じ能力を持っている」

――未来視。

浦地は自身の口元が、笑みの形に歪《ゆが》むのを感じる。

「それは凄《すご》い。彼女は咲良田でもっとも優れた能力者だとされていた」

この少女が本当に未来視能力を持っているのなら、面倒だ。そんなことが広く知られるわけにはいかない。予定が大きく狂う可能性がある。

「私と交渉する気になったかしら？」

「内容次第だね。君の正体を探らなければ、私たちはなにを得られるのだろう？」

「ひと月後、貴方に協力してあげるわ」

「どうして、ひと月後なんだい？」

「そのタイミングで、貴方が大きな計画を予定しているからよ。とても大きな計画を」

「なんだろう？　部下の誕生会を、サプライズで準備していることかな？」

「それは本当。でも、それじゃない」

くすくすと少女は笑う。

「魔女の目を欺くことはできないの。私は貴方の目的を知っている」

「へぇ。教えてもらえるかな？」

「端的に言ってしまえば、この街中から、能力という能力を消し去ってしまう。能力があった四〇年間を、なかったことにして、やり直す」

まるで、名前のないシステムが未来について語ったときのように。

その少女は、確信に満ちた声で告げた。

「咲良田をリセットするのが、貴方の計画よ」

声を潜めて、浦地は笑う。

「なるほど。ま、大体あっている」

「当たり前でしょ。実際に私は、そうなった咲良田をみたのだから」

「快適だっただろう？　とくに君のような、強力な能力を持つ人間には」

「そうね。とても素敵だと思う。――ところで、返事は？　貴方は私の交渉に応じてくれるのかしら？」

「未来視能力者なら、私の答えなんてわかっているだろう？」

「ええ。儀礼的なものよ。答えのわかり切っている質問を混ぜるのが、会話のコツだもの」

「なるほど。勉強になる」

実のところ、浦地はまだ、答えを決めていなかった。

――この少女の真意を、知る方法はないだろうか？

そのことについて考えていた。

彼女は言った。

「ああ、そろそろ、コインが切れそうだわ。三日後にまた連絡する」

「その間に、私たちが君の正体について調べたら？」

「なにか仕返しするわよ。たとえば貴方の部下に、誕生日プレゼントは特大のテディベアだってばらすとか」

「それは大変だ」

加賀谷という寡黙な管理局員が、特大のテディベアを受け取ったとき、どんな表情をするのかは興味深い。

それじゃあまた、と彼女は言った。電話が切れる。

浦地は携帯電話を索引さんに差し出す。

「今の通話、録音しているね？」

「もちろんです」

「消しておいてくれ」

彼女は眉《まゆ》をひそめた。

「いいのですか？」

「ああ。プライベートな内容だったからね。あまり他人には聞かれたくないな」

「わかりました」

未来視能力者。事実だとすれば、面倒な話だ。警戒していなかったわけではないが、そんなものに完全に対処する方法などありはしない。

「ところで――」

ほんの気まぐれで、浦地は尋ねた。

「今の私の言葉は、嘘だったかな？」

プライベートな内容。

索引さんは驚いた風にこちらをみつめて、それから首を振った。

「いえ。嘘にはみえませんでした」

「なるほど。ありがとう」

――ならやはり、咲良田中から能力すべてを消し去りたいというのは、プライベートな案件なんだろう。

浦地正宗は、能力を嫌い、怖れている。

そう考えるのが正常な人間なのだと、信じている。

「片手の楽園」了

本書は、二〇一一年五月に角川スニーカー文庫より刊行された『サクラダリセット5 ONE HAND EDEN』を修正し、改題したものです。

片《かた》手《て》の楽《らく》園《えん》

サクラダリセット5

河《こう》野《の》 裕《ゆたか》

平成29年 1月25日 初版発行
令和6年 12月15日 6版発行

発行者●山下直久

発行●株式会社KADOKAWA
〒102-8177 東京都千代田区富士見2-13-3
電話 0570-002-301（ナビダイヤル）

角川文庫 20170

印刷所●株式会社KADOKAWA
製本所●株式会社KADOKAWA

表紙画●和田三造

●お問い合わせ
https://www.kadokawa.co.jp/（「お問い合わせ」へお進みください）
※内容によっては、お答えできない場合があります。
※サポートは日本国内のみとさせていただきます。
※Japanese text only

ISBN978-4-04-104209-0 C0193

角川文庫発刊に際して

角川源義

第二次世界大戦の敗北は、軍事力の敗北であった以上に、私たちの若い文化力の敗退であった。私たちの文化が戦争に対して如何に無力であり、単なるあだ花に過ぎなかったかを、私たちは身を以て体験し痛感した。西洋近代文化の摂取にとって、明治以後八十年の歳月は決して短かすぎたとは言えない。にもかかわらず、近代文化の伝統を確立し、自由な批判と柔軟な良識に富む文化層として自らを形成することに私たちは失敗して来た。そしてこれは、各層への文化の普及滲透を任務とする出版人の責任でもあった。

一九四五年以来、私たちは再び振出しに戻り、第一歩から踏み出すことを余儀なくされた。これは大きな不幸ではあるが、反面、これまでの混沌・未熟・歪曲の中にあった我が国の文化に秩序と確たる基礎を齎らすためには絶好の機会でもある。角川書店は、このような祖国の文化的危機にあたり、微力をも顧みず再建の礎石たるべき抱負と決意とをもって出発したが、ここに創立以来の念願を果すべく角川文庫を発刊する。これまで刊行されたあらゆる全集叢書文庫類の長所と短所とを検討し、古今東西の不朽の典籍を、良心的編集のもとに、廉価に、そして書架にふさわしい美本として、多くのひとびとに提供しようとする。しかし私たちは徒らに百科全書的な知識のジレッタントを作ることを目的とせず、あくまで祖国の文化に秩序と再建への道を示し、この文庫を角川書店の栄ある事業として、今後永久に継続発展せしめ、学芸と教養との殿堂として大成せんことを期したい。多くの読書子の愛情ある忠言と支持とによって、この希望と抱負とを完遂せしめられんことを願う。

一九四九年五月三日

つれづれ、北野坂探偵舎

物語に祝福された怪物

河野 裕

お前の最高傑作を、俺は待っている。

天才作家・朽木続《くちきつづく》こと雨坂《あまさか》が“幽霊の世界《紫色の指先》”に取り込まれ2年。雨坂の半生は世間の同情を引き、彼の本はベストセラーになっていた。一方佐々波《ささなみ》は、異世界で新作を書き続ける雨坂から原稿を奪い取る方法を模索する。そんな中、雨坂のデビュー作に映画化の話が持ち上がり――。理想の小説を書きたいだけの作家と、本にしたいだけの編集者が辿り着いた理想郷《ユートピア》とは？　ひたすら純粋に才能と小説を追い求める物語、感動のシリーズ完結。

角川文庫のキャラクター文芸

ISBN 978-4-04-102164-4

ISBN 978-4-04-104210-6

角川文庫ベストセラー

タイニー・タイニー・ハッピー　飛鳥井千砂

東京郊外の大型ショッピングセンター、「タイニー・タイニー・ハッピー」、略して「タニハピ」。今日も「タニハピ」のどこかで交錯する人間模様。葛藤する8人の男女を瑞々しくリアルに描いた恋愛ストーリー。

アシンメトリー　飛鳥井千砂

結婚に強い憧れを抱く女。結婚に理想を追求する男。結婚に縛られたくない女。結婚という形を選んだ男。非対称（アシンメトリー）なアラサー男女4人を描いた、切ない偏愛ラプソディ。

判決はCMのあとで
ストロベリー・マーキュリー殺人事件　青柳碧人

裁判がテレビ中継されるようになった日本。番組から誕生した裁判アイドルは全盛を極め、裁判中継がエンタテインメントとなっていた。そんな中、裁判員として注目の裁判に臨むことになった生野悠太だったが⁉

星やどりの声　朝井リョウ

東京ではない海の見える町で、亡くなった父の残した喫茶店を営むある一家に降りそそぐ奇跡。才能きらめく直木賞受賞作家が、学生時代最後の夏に書き綴った、ある一家が「家族」を卒業する物語。

きみが見つける物語
十代のための新名作　スクール編　編／角川文庫編集部

小説には、毎日を輝かせる鍵がある。読者と選んだ好評アンソロジーシリーズ。スクール編には、あさのあつこ、恩田陸、加納朋子、北村薫、豊島ミホ、はやみねかおる、村上春樹の短編を収録。

角川文庫ベストセラー

きみが見つける物語　十代のための新名作　放課後編

編／角川文庫編集部

学校から一歩足を踏み出せば、そこには日常のささやかな謎や冒険が待ち受けている——。読者と選んだ好評アンソロジーシリーズ。放課後編には、浅田次郎、石田衣良、橋本紡、星新一、宮部みゆきの短編を収録。

きみが見つける物語　十代のための新名作　休日編

編／角川文庫編集部

とびっきりの解放感で校門を飛び出す。この瞬間は嫌なこともすべて忘れて……読者と選んだ好評アンソロジーシリーズ。休日編には角田光代、恒川光太郎、万城目学、森絵都、米澤穂信の傑作短編を収録。

きみが見つける物語　十代のための新名作　友情編

編／角川文庫編集部

ちょっとしたきっかけで近づいたり、大嫌いになったり。友達、親友、ライバル——。読者と選んだ好評アンソロジー。友情編には、坂木司、佐藤多佳子、重松清、朱川湊人、よしもとばななの傑作短編を収録。

きみが見つける物語　十代のための新名作　恋愛編

編／角川文庫編集部

はじめて味わう胸の高鳴り、つないだ手。甘くて苦かった初恋——。読者と選んだ好評アンソロジーシリーズ。恋愛編には、有川浩、乙一、梨屋アリエ、東野圭吾、山田悠介の傑作短編を収録。

不思議の扉　時をかける恋

編／大森　望

不思議な味わいの作品を集めたアンソロジー。ひとたび眠るといつ目覚めるかわからない彼女との一瞬の再会を待つ恋……梶尾真治、恩田陸、乙一、貴子潤一郎、太宰治、ジャック・フィニイの傑作短編を収録。

角川文庫ベストセラー

不思議の扉 時間がいっぱい

編／大森　望

同じ時間が何度も繰り返すとしたら？　時間を超えて追いかけてくる女がいたら？　筒井康隆、大槻ケンヂ、牧野修、谷川流、星新一、大井三重子、フィッツジェラルド描く、時間にまつわる奇想天外な物語！

不思議の扉 ありえない恋

編／大森　望

庭のサルスベリが恋したり、愛する妻が鳥になったり、腕だけに愛情を寄せたり。梨木香歩、椎名誠、川上弘美、シオドア・スタージョン、三崎亜記、小林泰三、万城目学、川端康成が、究極の愛に挑む！

GOTH 夜の章・僕の章

乙　一

連続殺人犯の日記帳を拾った森野夜は、未発見の死体を見物に行こうと「僕」を誘う……人間の残酷な面を覗きたがる者〈GOTH〉を描き本格ミステリ大賞に輝いた乙一の出世作。「夜」を巡る短篇3作を収録。

失はれる物語

乙　一

事故で全身不随となり、触覚以外の感覚を失った私。ピアニストである妻は私の腕を鍵盤代わりに「演奏」を続ける。絶望の果てに私が下した選択とは？　珠玉6作品に加え「ボクの賢いパンツくん」を初収録。

砂糖菓子の弾丸は撃ちぬけない A Lollypop or A Bullet

桜庭一樹

ある午後、あたしはひたすら山を登っていた。そこにあるはずの、あってほしくない「あるもの」に出逢うために——子供という絶望の季節を生き延びようとあがく魂を描く、直木賞作家の初期傑作。

角川文庫ベストセラー

角川文庫ベストセラー

初恋ソムリエ　初野　晴

ワインにソムリエがいるように、初恋にもソムリエがいる?!　初恋の定義、そして恋のメカニズムとは……お馴染みハルタとチカの迷推理が冴える、大人気青春ミステリ第2弾！

空想オルガン　初野　晴

吹奏楽の〝甲子園〟――普門館を目指す穂村チカと上条ハルタ。弱小吹奏楽部で奮闘する彼らに、勝負の夏が訪れた!!　謎解きも盛りだくさんの、青春ミステリ決定版。ハルチカシリーズ第3弾！

千年ジュリエット　初野　晴

文化祭の季節がやってきた！　吹奏楽部の元気少女チカと、残念系美少年のハルタも準備に忙しい毎日。そんな中、変わった風貌の美女が高校に現れる。しかも、ハルタとチカの憧れの先生と親しげで……。

かのこちゃんとマドレーヌ夫人　万城目　学

元気な小1、かのこちゃんの活躍。気高いアカトラの猫、マドレーヌ夫人の冒険。誰もが通り過ぎた日々が輝きとともに蘇り、やがて静かな余韻が心に染みわたる。奇想天外×静かな感動＝万城目ワールドの進化！

校庭には誰もいない　村崎　友

高校生葉音梢は、部員が2人しかいない合唱部で部長の面倒を見る毎日。ところが新学期の始まる前日、入部希望ノートに「中村雫」という学内には存在しない生徒の名前が……弱小合唱部謎解きの青春！